朱自清 著

生命的韵律

SHENGMING DE YUNLÜ

朱自清
ZHU ZIQING
美学文选
MEIXUE WENXUAN

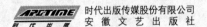
时代出版传媒股份有限公司
安徽文艺出版社

图书在版编目（ＣＩＰ）数据

生命的韵律：朱自清美学文选/朱自清著.—合肥：安徽文艺出版社,2015.10

ISBN 978-7-5396-5262-7

Ⅰ.①生… Ⅱ.①朱… Ⅲ.①中国文学－现代文学－作品综合集 Ⅳ.①I216.2

中国版本图书馆CIP数据核字(2014)第296592号

出 版 人：朱寒冬　　　　　　　总 策 划：黎　雨
责任编辑：宋潇婧　周　丽　　　装帧设计：张子航

出版发行：时代出版传媒股份有限公司　www.press-mart.com
　　　　　安徽文艺出版社　www.awpub.com
地　　址：合肥市翡翠路 1118 号　邮政编码：230071
营 销 部：(0551)63533889
印　　制：河北信德印刷有限公司

开本：880×1230　1/32　印张：10.5　字数：189千字
版次：2015 年 10 月第 1 版　2024 年 1 月第 2 次印刷
定价：46.00 元

代总序

蔡元培

　　爱美是人类性能中固有的要求。一个民族，无论其文化的程度何若，从未有喜丑而厌美的。便是野蛮民族，亦有将红布挂在襟间以为装饰的，虽然他们的审美趣味很低，但即此一点，亦已足证明其有爱美之心了。我以为如其能够将这种爱美之心因势而利导之，小之可以怡性悦情，进德养身，大之可以治国平天下。何以见得呢？我们试反躬自省，当读画吟诗，搜奇探幽之际，在心头每每感到一种莫可名言的恬适。即此境界，平日那种是非利害的念头，人我差别的执着，都一概泯灭了，心中只有一片光明，一片天机。这样我们还不怡性悦情么？心旷则神逸，心广则体胖，我们还不能养身么？人我之别、利害之念既已泯灭，我们还不能进德么？人人如此，家家如此，还不能治国平天下么？我向年曾主张以美育代宗教，亦就因为美育有宗教之利、而无宗教之弊的缘故，至今我还是如此主张。在民元时，我曾提出《对于教育方针的意见》，以美育与军国民主义、实利主义、德育主义及世界观并列。我以为能照此做去，至少可以少闹许多乱子。

但是，审美观念是随着修养而进步的，修养愈深，审美程度愈高；而修养便不得不借助于美学的研究了。通常研究美学的，其对象不外乎"艺术""美感"与"美"三种。以艺术为研究对象的，大多着重在"何者为美"的问题；以美感为研究对象的，大多致力于"何以感美"的问题；以美为研究对象的，却就"美是什么"这问题来加以探讨。我以为"何者为美""何以感美"这种问题虽然重要，但不是根本问题；根本问题还在"美是什么"。单就艺术或美感方面来讨论，自亦很好；但根本问题的解决，我以为尤其重要。

（《美学原理》序节选，1934 年 10 月 15 日）

目　录

第一辑

清韵，生活之美

荷塘月色

这几天心里颇不宁静。今晚在院子里坐着乘凉，忽然想起日日走过的荷塘，在这满月的光里，总该另有一番样子吧。月亮渐渐地升高了，墙外马路上孩子们的欢笑，已经听不见了；妻在屋里拍着闰儿，迷迷糊糊地哼着眠歌。我悄悄地披了大衫，带上门出去。

沿着荷塘，是一条曲折的小煤屑路。这是一条幽僻的路；白天也少人走，夜晚更加寂寞。荷塘四面，长着许多树，蓊蓊郁郁的。路的一旁，是些杨柳，和一些不知道名字的树。没有月光的晚上，这路上阴森森的，有些怕人。今晚却很好，虽然月光也还是淡淡的。

路上只我一个人，背着手踱着。这一片天地好像是我的；我也像超出了平常的自己，到了另一世界里。我爱热闹，也爱冷静；爱群居，也爱独处。像今晚上，一个人在这苍茫的月下，什么都可以想，什么都可以不想，便觉是个自由的人。白天里一定要做的事，一定要说的话，现在都可不理。这是独处的妙处，我且受用这无边的荷香月色好了。

曲曲折折的荷塘上面，弥望的是田田的叶子。叶子出水很高，像亭亭的舞女的裙。层层的叶子中间，零星地点缀着些白花，有袅娜地开着的，有羞涩地打着朵儿的；正如一粒粒的明珠，又如碧天里的星星，又如刚出浴的美人。微风过处，送来缕缕清香，仿佛远处高楼上渺茫的歌声似的。这时候叶子与花也有一丝的颤动，像闪电般，霎时传过荷塘的那边去了。叶子本是肩并肩密密地挨着，这便宛然有了一道凝碧的波痕。叶子底下是脉脉的流水，遮住了，不能见一些颜色；而叶子却更见风致了。

月光如流水一般，静静地泻在这一片叶子和花上。薄薄的青雾浮起在荷塘里。叶子和花仿佛在牛乳中洗过一样；又像笼着轻纱的梦。虽然是满月，天上却有一层淡淡的云，所以不能朗照；但我以为这恰是到了好处——酣眠固不可少，小睡也别有风味的。月光是隔了树照过来的，高处丛生的灌木，落下参差的斑驳的黑影，峭楞楞如鬼一般；弯弯的杨柳的稀疏的倩影，却又像是画在荷叶上。塘中的月色并不均匀；但光与影有着和谐的旋律，如梵婀玲上奏着的名曲。

荷塘的四面，远远近近，高高低低都是树，而杨柳最多。这些树将一片荷塘重重围住；只在小路一旁，漏着几段空隙，像是特为月光留下的。树色一例是阴阴的，乍看像一团烟雾；但杨柳的风姿，便在烟雾里也辨得出。树梢上隐隐约约的是一带远山，只有些大意罢了。树缝里也漏着一两点路灯光，没精打采的，是渴睡人的眼。这时候最热闹的，要数树上的蝉声与水里的蛙声；但热闹是它们的，我什么也没有。

忽然想起采莲的事情来了。采莲是江南的旧俗，似乎很早就有，而六朝时为盛；从诗歌里可以约略知道。采莲的是少年的女子，她们是荡着小船，唱着艳歌去的。采莲人不用说很多，还有看采莲的人。那是一个热闹的季节，也是一个风流的季节。梁元帝《采莲赋》里说得好：

> 于是妖童媛女，荡舟心许；鹢首徐回，兼传羽杯；棹将移而藻挂，船欲动而萍开。尔其纤腰束素，迁延顾步；夏始春余，叶嫩花初，恐沾裳而浅笑，畏倾船而敛裾。

可见当时嬉游的光景了。这真是有趣的事，可惜我们现在早已无福消受了。

于是又记起《西洲曲》里的句子：

> 采莲南塘秋，莲花过人头；低头弄莲子，莲子清如水。

今晚若有采莲人，这儿的莲花也算得过人头了；只不见一些流水的影子，是不行的。这令我到底惦着江南了。——这样想着，猛一抬头，不觉已是自己的门前；轻轻地推门进去，什么声息也没有，妻已睡熟好久了。

桨声灯影里的秦淮河

一九二三年八月的一晚，我和平伯同游秦淮河；平伯是初泛，我是重来了。我们雇了一只七板子，在夕阳已去，皎月方来的时候，便下了船。于是桨声汩——汩，我们开始领略那晃荡着蔷薇色的历史的秦淮河的滋味了。

秦淮河里的船，比北京万牲园，颐和园的船好，比西湖的船好，比扬州瘦西湖的船也好。这几处的船不是觉着笨，就是觉着简陋、局促；都不能引起乘客们的情韵，如秦淮河的船一样。秦淮河的船约略可分为两种：一是大船；一是小船，就是所谓七板子。大船舱口阔大，可容二三十人。里面陈设着字画和光洁的红木家具，桌上一律嵌着冰凉的大理石面。窗格雕镂颇细，使人起柔腻之感。窗格里映着红色蓝色的玻璃；玻璃上有精致的花纹，也颇悦人目。七板子规模虽不及大船，但那淡蓝色的栏杆，空敞的舱，也足系人情思。而最出色处却在它的舱前。舱前是甲板上的一部。上面有弧形的顶，两边用疏疏的栏干支着。里面通常放着两张藤的躺椅。躺下，可以谈天，可以望远，可以顾盼两岸的河房。大船上也有这个，便在小船上更觉清隽罢了。舱前的顶下，一律悬着灯彩；灯的多少，明暗，彩苏的精粗，艳晦，是不一的。但好歹总还你一个灯彩。这灯彩实在是最能勾人的东西。夜幕垂垂地下来时，大小船上都点起灯火。从两重玻璃里映出那辐射着的黄黄的散光，反晕出一片朦胧的烟霭；透过这烟霭，在黯黯的水波里，又逗起缕缕的明漪。在这薄霭和微漪里，听着那悠然的间歇的桨声，谁能不被引入他的美梦去呢？只愁梦太多了，这些大小船儿如何载得起呀？我们这时模模糊糊地谈着明末的秦淮河的艳迹，如《桃花扇》及《板桥杂记》里所载的。我们真神往了。我们仿佛亲见那时华灯映水，画舫凌波的光景了。于是我们的船便成了历史的重载了。我们终于恍然秦淮河的船所以雅丽过于他处，而又有奇异的吸引力的，实在是许多历史的影像使然了。

　　秦淮河的水是碧阴阴的；看起来厚而不腻，或者是六朝金粉所凝么？我们初上船的时候，天色还未断黑，那漾漾的柔波是这样的恬静，委婉，使我们一面有水阔天空之想，一面又憧憬着纸醉金迷之境了。等到灯火明时，阴阴的变为沉沉了：黯淡的水光，像梦一般；那偶然闪烁着的光芒，就是梦的眼睛了。我们坐在舱前，因了那隆起的顶棚，仿佛总是昂着首向前走着似的；于是飘飘然如御风而行的我们，看着那些自在的湾泊着的船，船里走马灯般的人物，便像是下界一般，迢迢的远了，又像在雾里看花，尽朦朦胧胧的。这时我们已过了利涉桥，望见东关头了。沿路听见断续的歌声：有从沿河的妓楼飘来的，有从河上船里渡来的。我们明知那些歌声，只是些因袭的言词，从生涩的歌喉里机械的发出来的；但它们经了夏夜的微风的吹漾和水波的摇拂，袅娜着到我们耳边的时候，已经不单是她们的歌声，而混着微风和河水的密语了。于是我们不得不被牵惹着，震撼着，相与浮沉于这歌声里了。从东关头转弯，不久就到大中桥。大中桥共有三个桥拱，都很阔大，俨然是三座门儿；使我们觉得我们的船和船里的我们，在桥下过去时，真是太无颜色了。桥砖是深褐色，表明它的历史的长久；但都完好无缺，令人太息于古昔工程的坚美。桥上两旁都是木壁的房子，中间应该有街路？这些房子都破旧了，多年烟熏的迹，遮没了当年的美丽。我想象秦淮河的极盛时，在这样宏阔的桥上，特地盖了房子，必然是髹漆得富富丽丽的；晚间必然是灯火通明的。现在却只剩下一片黑沉沉！但是桥上造着房子，毕竟使我们多少可以想见往日的繁华；这也慰情聊胜无了。过了大中桥，便到了灯月交辉，笙歌彻夜的秦淮河；这才是秦淮河的真面目哩。

　　大中桥外，顿然空阔，和桥内两岸排着密密的人家的大异了。一眼望去，疏疏的林，淡淡的月，衬着蓝蔚的天，颇像荒江野渡光景；那边呢，郁丛丛的，阴森森的，又似乎藏着无边的黑暗：令人几乎不信那是繁华的秦淮河了。但是河中眩晕着的灯光，纵横着的画舫，悠扬着的笛韵，夹着那吱吱的胡琴声，终于使我们认识绿如茵陈酒的秦淮水了。此地天裸露着的多些，故觉夜来的独迟些；从清清的水影里，我们感到的只是薄薄的夜——这正是秦淮河的夜。大中桥外，本来还有一座复成桥，是船夫口中的我们的游踪尽处，或也是秦淮河繁华的尽处了。我的脚曾踏过复成桥的脊，在十三四岁的时候。但是两次游秦淮河，却都不曾见着复成桥的面；明知总在前途的，却常觉得有些虚无缥缈似的。我想，不见倒也好。这时正是盛夏。我们下船后，借着新生的晚凉和河上的微风，暑气已渐渐消散；到了此地，豁然开朗，身子顿然轻了——习习的清风荏苒在面上，手上，衣上，这便又感到了一缕新凉了。南京的日光，大概没有杭州猛烈；西湖的夏夜老是热蓬蓬的，水像沸着一般，秦淮河的水却尽是这样冷冷地绿着。任你人影的憧憧，歌声的扰扰，总像隔着一层薄薄的绿纱面幂似的；它尽是这样静静的，冷冷的绿着。我们出了大中桥，走不上半里路，船夫便将船划到一旁，停了桨由它宕着。他以为那里正是繁华的极点，再过去就是荒凉了；所以让我们多多赏鉴一会儿。他自己却静静地蹲着。他是看惯这光景的了，大约只是一个无可无不可。这无可无不可，无论是升的沉的，总之，都比我们高了。

那时河里闹热极了；船大半泊着，小半在水上穿梭似的来往。停泊着的都在近市的那一边，我们的船自然也夹在其中。因为这边略略的挤，便觉得那边十分的疏了。在每一只船从那边过去时，我们能画出它的轻轻的影和曲曲的波，在我们的心上；这显着是空，且显着是静了。那时处处都是歌声和凄厉的胡琴声，圆润的喉咙，确乎是很少的。但那生涩的，尖脆的调子能使人有少年的，粗率不拘的感觉，也正可快我们的意。况且多少隔开些儿听着，因为想象与渴慕的做美，总觉更有滋味；而竞发的喧嚣，抑扬的不齐，远近的杂沓，和乐器的嘈嘈切切，合成另一意味的谐音，也使我们无所适从，如随着大风而走。这实在因为我们的心枯涩久了，变为脆弱；故偶然润泽一下，便疯狂似的不能自主了。但秦淮河确也腻人。即如船里的人面，无论是和我们一堆儿泊着的，无论是从我们眼前过去的，总是模模糊糊的，甚至渺渺茫茫的；任你张圆了眼睛，揩净了眦垢，也是枉然。这真够人想呢。在我们停泊的地方，灯光原是纷然的；不过这些灯光都是黄而有晕的。黄已经不能明了，再加上了晕，便更不成了。灯愈多，晕就愈甚；在繁星般的黄的交错里，秦淮河仿佛笼上了一团光雾。光芒与雾气腾腾的晕着，什么都只剩了轮廓了；所以人面的详细的曲线，便消失于我们的眼底了。

但灯光究竟夺不了那边的月色；灯光是浑的，月色是清的，在混沌的灯光里，渗入了一派清辉，却真是奇迹！那晚月儿已瘦削了两三分。她晚妆才罢，盈盈的上了柳梢头。天是蓝得可爱，仿佛一汪水似的；月儿便更出落得精神了。岸上原有三株两株的垂杨树，淡淡的影子，在水里摇曳着。它们那柔细的枝条浴着月光，就像一支支美人的臂膊，交互的缠着，挽着；又像是月儿披着的发。而月儿偶然也从它们的交叉处偷偷窥看我们，大有小姑娘怕羞的样子。岸上另有几株不知名的老树，光光的立着；在月光里照起来。却又俨然是精神矍铄的老人。远处——快到天际线了，才有一两片白云，亮得现出异彩，像美丽的贝壳一般。白云下便是黑黑的一带轮廓；是一条随意画的不规则的曲线。这一段光景，和河中的风味大异了。但灯与月竟能并存着，交融着，使月成了缠绵的月，灯射着渺渺的灵辉；这正是天之所以厚秦淮河，也正是天之所以厚我们了。

这时却遇着了难解的纠纷。秦淮河上原有一种歌伎，是以歌为业的。从前都在茶舫上，唱些大曲之类。每日午后一时起；什么时候止，却忘记了。晚上照样也有一回。也在黄晕的灯光里。我从前过南京时，曾随着朋友去听过两次。因为茶舫里的人脸太多了，觉得不大适意，终于听不出所以然。前年听说歌伎被取缔了，不知怎的，颇涉想了几次——却想不出什么。这次到南京，先到茶舫上去看看，觉得颇是寂寥，令我无端的怅怅了。不料她们却仍在秦淮河里挣扎着，不料她们竟会纠缠到我们，我于是很张皇了。她们也乘着七板子，她们总是坐在舱前的。舱前点着石油汽灯，光亮炫人眼目：坐在下面的，自然是纤毫毕见了——引诱客人们的力量，也便在此了。舱里躲着乐工等人，映着汽灯的余晖蠕动着；他们是永远不被注意的。每船的歌伎大约都是二人，天色一黑，她们的船就在大中桥外往来不息的兜生意。无论行着的船，泊着的船，都要来兜揽的。这都是我后来推想出来的。那晚不知怎样，忽然轮着我们的船了。我们的船好好的停着，一只歌舫划向我们来的；渐渐和我们的船并着了。铄铄的灯光逼得我们皱起了眉头；我们的风尘色全给它托出来了，这使我踧踖不安了。那时一个伙计跨过船来，拿着摊开的歌折，就近塞向我的手里，说，点几出吧！他跨过来的时候，我们船上似乎有许多眼光跟着。同时相近的别的船上也似乎有许多眼睛炯炯地向我们船上看着。我真窘了！我也装出大方的样子，向歌伎们瞥了一眼，但究竟是不成的！我勉强将那歌折翻了一翻，却不曾看清了几个字；便赶紧递还那伙计，一面不好意思地说，不要，我们……不要。他便塞给平伯。平伯掉转头去，摇手说，不要！那人还腻着不走。平伯又回过脸来，摇着头道，不要！于是那人重到我处。我窘着再拒绝了他。他这才有所不屑似的走了。我的心立刻放下，如释了重负一般。我们就开始自白了。

我说我受了道德律的压迫，拒绝了她们；心里似乎很抱歉的。这所谓抱歉，一面对于她们，一面对于我自己。她们于我们虽然没有很奢侈的希望；但总有些希望的。我们拒绝了她们，无论理由如何充足，却使她们的希望受了伤；这总有几分不做美了。这使我觉得很怅怅的。至于我自己，更有一种不足之感。我这时被四面的歌声诱惑了，降服了；但是远远的，远远的歌声总仿佛隔着重衣搔痒似的，越搔越搔不着痒处。我于是憧憬着贴耳的妙音了。在歌舫划来时，我的憧憬，变为盼望；我固执的盼望着，有如饥渴。虽然从浅薄的经验里，也能够推知，那贴耳的歌声，将剥去了一切的美妙；但一个平常的人像我的，谁愿凭了理性之力去丑化未来呢？我宁愿自己骗着了。不过我的社会感性是很敏锐的；我的思力能拆穿道德律的西洋镜，而我的感情却终于被它压服着，我于是有所顾忌了，尤其是在众目昭彰的时候。道德律的力，本来是民众赋予的；在民众的面前，自然更显出它的威严了。我这时一面盼望，一面却感到了两重的禁制：一，在通俗的意义上，接近妓者总算一种不正当的行为；二，妓是一种不健全的职业，我们对于她们，应有哀矜勿喜之心，不应赏玩地去听她们的歌。在众目睽睽之下，这两种思想在我心里最为旺盛。她们暂时压倒了我的听歌的盼望，这便成就了我的灰色的拒绝。那时的心实在异常状态中，觉得颇是混乱。歌舫去了，暂时宁静之后，我的思绪又如潮涌了。两个相反的意思在我心头往复：卖歌和卖淫不同，听歌和狎妓不同，又干道德甚事？——但是，但是，她们既被逼的以歌为业，她们的歌必无艺术味的；况她们的身世，我们究竟该同情的。所以拒绝倒也是正办。但这些意思终于不曾撇开我的听歌的盼望。它力量异常坚强；它总想将别的思绪踏在脚下。从这重重的争斗里，我感到了浓厚的不足之感。这不足之感使我的心盘旋不安，起坐都不安宁了。唉！我承认我是一个自私的人！平伯呢，却与我不同。他引周启明先生的诗，因为我有妻子，所以我爱一切的女人，因为我有子女，所以我爱一切的孩子。

他因为推及的同情，爱着那些歌伎，并且尊重着她们，所以拒绝了她们。在这种情形下，他自然以为听歌是对于她们的一种侮辱。但他也是想听歌的，虽然不和我一样，所以在他的心中，当然也有一番小小的争斗；争斗的结果，是同情胜了。至于道德律，在他是没有什么的；因为他很有蔑视一切的倾向，民众的力量在他是不大觉着的。这时他的心意的活动比较简单，又比较松弱，故事后还怡然自若；我却不能了。这里平伯又比我高了。

在我们谈话中间，又来了两只歌舫。伙计照前一样的请我们点戏，我们照前一样地拒绝了。我受了三次窘，心里的不安更甚了。清艳的夜景也为之减色。船夫大约因为要赶第二趟生意，催着我们回去；我们无可无不可的答应了。我们渐渐和那些晕黄的灯光远了，只有些月色冷清清的随着我们的归舟。我们的船竟没个伴儿，秦淮河的夜正长哩！到大中桥近处，才遇着一只来船。这是一只载妓的板船，黑漆漆的没有一点光。船头上坐着一个妓女；暗里看出，白地小花的衫子，黑的下衣。她手里拉着胡琴，口里唱着青衫的调子。她唱得响亮而圆转；当她的船箭一般驶过去时，余音还袅袅的在我们耳际，使我们倾听而向往。想不到在弩末的游踪里，还能领略到这样的清歌！这时船过大中桥了，森森的水影，如黑暗张着巨口，要将我们的船吞了下去，我们回顾那渺渺的黄光，不胜依恋之情；我们感到了寂寞了！这一段地方夜色甚浓，又有两头的灯火招邀着；桥外的灯火不用说了，过了桥另有东关头疏疏的灯火。我们忽然仰头看见依人的素月，不觉深悔归来之早了！走过东关头，有一两只大船湾泊着，又有几只船向我们来着。嚣嚣的一阵歌声人语，仿佛笑我们无伴的孤舟哩。东关头转湾，河上的夜色更浓了；临水的妓楼上，时时从帘缝里射出一线一线的灯光；仿佛黑暗从酣睡里眨了一眨眼。我们默然地对着，静听那汩——汩的桨声，几乎要入睡了；朦胧里却温寻着适才的繁华的余味。我那不安的心在静里愈显活跃了！这时我们都有了不足之感，而我的更其浓厚。我们却只不愿回去，于是只能由懊悔而怅惘了。船里便满载着怅惘了。直到利涉桥下，微微嘈杂的人声，才使我豁然一惊；那光景却又不同。右岸的河房里，都大开了窗户，里面亮着晃晃的电灯，电灯的光射到水上，蜿蜒曲折，闪闪不息，正如跳舞着的仙女的臂膊。我们的船已在她的臂膊里了；如睡在摇篮里一样，倦了的我们便又入梦了。那电灯下的人物，只觉像蚂蚁一般，更不去萦念。这是最后的梦；可惜是最短的梦！黑暗重复落在我们面前，我们看见傍岸的空船上一星两星的，枯燥无力又摇摇不定的灯光。我们的梦醒了，我们知道就要上岸了；我们心里充满了幻灭的情思。

白马湖

今天是个下雨的日子。这使我想起了白马湖；因为我第一回到白马湖，正是微风飘萧的春日。

白马湖在甬绍铁道的驿亭站，是个极小极小的乡下地方。在北方说起这个名字，管保一百个人一百个人不知道。但那却是一个不坏的地方。这名字先就是一个不坏的名字。据说从前（宋时？）有个姓周的骑白马入湖仙去，所以有这个名字。这个故事也是一个不坏的故事。假使你乐意搜集，或也可编成一本小书，交北新书局印去。

白马湖并非圆圆的或方方的一个湖，如你所想到的，这是曲曲折折大大小小许多湖的总名。湖水清极了，如你所能想到的，一点儿不含糊像镜子。沿铁路的水，再没有比这里清的，这是公论。遇到旱年的夏季，别处湖里都长了草，这里却还是一清如故。白马湖最大的，也是最好的一个，便是我们住过的屋的门前那一个。那个湖不算小，但湖口让两面的山包抄住了。外面只见微微的碧波而已，想不到有那么大的一片。湖的尽里头，有一个三四十户人家的村落，叫做西徐岙，因为姓徐的多。这村落与外面本是不相通的，村里人要出来得撑船。后来春晖中学在湖边造了房子，这才造了两座玲珑的小木桥，筑起一道煤屑路，直通到驿亭车站。那是窄窄的一条人行路，蜿蜒曲折的，路上虽常不见人，走起来却不见寂寞。——尤其在微雨的春天，一个初到的来客，他左顾右盼，是只有觉得热闹的。

春晖中学在湖的最胜处，我们住过的屋也相去不远，是半西式。湖光山色从门里从墙头进来，到我们窗前、桌上。我们几家接连着；丏翁的家最讲究。屋里有名人字画，有古瓷，有铜佛，院子里满种着花。屋子里的陈设又常常变换，给人新鲜的受用。他有这样好的屋子，又是好客如命，我们便不时地上他家里喝老酒。丏翁夫人的烹调也极好，每回总是满满的盘碗拿出来，空空的收回去。白马湖最好的时候是黄昏。湖上的山笼着一层青色的薄雾，在水里映着参差的模糊的影子。水光微微地暗淡，像是一面古铜镜。轻风吹来，有一两缕波纹，但随即平静了。天上偶见几只归鸟，我们看着它们越飞越远，直到不见为止。这个时候便是我们喝酒的时候。我们说话很少；上了灯话才多些，但大家都已微有醉意。是该回家的时候了。若有月光也许还得徘徊一会；若是黑夜，便在暗里摸索醉着回去。

白马湖的春日自然最好。山是青得要滴下来，水是满满的、软软的。小马路的两边，一株间一株地种着小桃与杨柳。小桃上各缀着几朵重瓣的红花，像夜空的疏星。杨柳在暖风里不住地摇曳。在这路上走着，时而听见锐而长的火车的笛声是别有风味的。在春天，不论是晴是雨，是月夜是黑夜，白马湖都好。——雨中田里菜花的颜色最早鲜艳；黑夜虽什么不见，但可静静地受用春天的力量。夏夜也有好处，有月时可以在湖里划小船，四面满是青霭。船上望别的村庄，像是蜃楼海市，浮在水上，迷离惝恍的；有时听见人声或犬吠，大有世外之感。若没有月呢，便在田野里看萤火。那萤火不是一星半点的，如你们在城中所见；那是成千成百的萤火。一片儿飞出来，像金线网似的，又像耍着许多火绳似的。只有一层使我愤恨。那里水田多，蚊子太多，而且几乎全闪闪烁烁是疟蚊子。我们一家都染了疟疾，至今三四年了，还有未断根的。蚊子多足以减少露坐夜谈或划船夜游的兴致，这未免是美中不足了。

离开白马湖是三年前的一个冬日。前一晚"别筵"上，有丏翁与云君，我不能忘记丏翁，那是一个真挚豪爽的朋友。但我也不能忘记云君，我应该这样说，那是一个可爱的——孩子。

三家书店

　　伦敦卖旧书的铺子，集中在切林克拉斯路（Charing Cross Road）；那是热闹地方，顶容易找。路不宽，也不长，只这么弯弯的一段儿；两旁不短的是书，玻璃窗里齐整整排着的，门口摊儿上乱哄哄摆着的，都有。加上那徘徊在窗前的，围绕着摊儿的，看书的人，到处显得拥拥挤挤，看过去路便更窄了。摊儿上看最痛快，随你翻，用不着"劳驾""多谢"；可是让风吹日晒到到底没什么好书，要看好的还得进铺子去。进去了有时也可随便看，随便翻，但用得着"劳驾""多谢"的时候也有；不过爱买不买，决不至于遭白眼。说是旧书，新书可也有的是；只是来者多数为的旧书罢了。最大的一家要算福也尔（Foyle），在路西；新旧大楼隔着一道小街相对着，共占七号门牌，都是四层，旧大楼还带地下室——可并不是地窖子。店里按着书的性质分二十五部；地下室里满是旧文学书。这爿店二十八年前本是一家小铺子，只用了一个店员；现在店员差不多到了二百人，藏书到了二百万种，伦敦的《晨报》称为"世界最大的新旧书店"。两边店门口也摆着书摊儿，可是比别家的大。我的一本《袖珍欧洲指南》，就在这儿从那穿了满染着书尘的工作衣的店员手里，用半价买到的。在摊儿上翻书的时候，往往看不见店员的影子；等到选好了书四面找他，他却从不知那一个角落里钻出来了。但最值得流连的还是那间地下室；那儿有好多排书架子，地上还东一堆西一堆的。乍进去，好像掉在书海里；慢慢地才找出道儿来。屋里不够亮，土又多，离窗户远些的地方，白日也得开灯。可是看得自在；他们是早七点到晚九点，你待个几点钟不在乎，一天去几趟也不在乎。只有一件，不可着急。你得像逛庙会逛小市那样，一半玩儿，一半当真，翻翻看看，看看翻翻；也许好几回碰不见一本合意的书，也许霎时间到手了不止一本。

开铺子少不了生意经，福也尔的却颇高雅。他们在旧大楼的四层上留出一间美术馆，不时地展览一些画。去看不花钱，还送展览目录；目录后面印着几行字，告诉你要买美术书可到馆旁艺术部去。展览的画也并不坏，有卖的，有不卖的。他们又常在馆里举行演讲会，讲的人和主席的人当中，不缺少知名的。听讲也不用花钱；只每季的演讲程序表下，

"恭请你注意组织演讲会的福也尔书店"。还有所谓文学午餐会，记得也在馆里。他们请一两个小名人做主角，随便谁，纳了餐费便可加入；英国的午餐很简单，费不会多。假使有闲工夫，去领略领略那名隽的谈吐，倒也值得的，不过去的却并不怎样多。

牛津街是伦敦的东西通衢，繁华无比，街上呢绒店最多；但也有一家大书铺，叫做彭勃思（Bumpus）的便是。这铺子开设于一七九〇年左右，原在别处；一八五〇年在牛津街开了一个分店，十九世纪末便全挪到那边去了，维多利亚时代，店主多马斯彭勃思很通声气，来往的有狄更斯，兰姆，麦考莱，威治威斯等人；铺子就在这时候出了名。店后本连着旧法院，有看守所，守卫室等，十几年来都让店里给买下了。这点古迹增加了人对于书店的趣味。法院的会议圆厅现在专作书籍展览会之用；守卫室陈列插图的书，看守所变成新书的货栈。但当日的光景还可从一些画里看出：如十八世纪罗兰生（Rowlandson）所画守卫室内部，是晚上各守卫提了灯准备去查监的情形，瞧着很忙碌的样子。再有一个图，画的是一七二九的一个守卫，神气够凶的。看守所也有一幅画，砖砌的一重重大拱门，石板铺的地，看守室的厚木板门严严锁着，只留下一个小方窗，还用十字形的铁条界着；真是铜墙铁壁，插翅也飞不出去。

这家铺子是五层大楼，却没有福也尔家地方大。下层卖新书，三楼卖儿童书，外国书，四楼五楼卖廉价书；二楼卖绝版书，难得的本子，精装的新书，还有《圣经》，祈祷书，书影等等，似乎是精华所在。他们有初印本，精印本，著者自印本，著者签字本等目录，搜罗甚博，福也尔家所不及。新书用小牛皮或摩洛哥皮（山羊皮——羊皮也可仿制）装订，烫上金色或别种颜色的立体派图案；稀疏的几条平直线或弧线，还有"点儿"，错综着配置，透出干净，利落，平静，显豁，看了心目清朗。装订的书，数这儿讲究，别家书店里少见。书影是仿中世纪的抄本的一叶，大抵是祷文之类。中世纪抄本用黑色花体字，文首第一字母和叶边空处，常用蓝色金色画上各种花饰，典丽斋皇，穷极工巧，而又经久不变；仿本自然说不上这些，只取其也有一点古色古香罢了。

一九三一年里，这铺子举行过两回展览会，一回是剑桥书籍展览，一回是近代插图书籍展览，都在那"会议厅"里。重要的自然是第一回。牛津剑桥是英国最著名的大学；各有印刷所，也都著名。这里从前展览过牛津书籍，现在再展览剑桥的，可谓无遗憾了。这一年是剑桥目下的辟特印刷所（The Pitt Press）奠基百年纪念，展览会便为的庆祝这个。展览会由鼎鼎大名的斯密兹将军（General Smuts）开幕，到者有科学家詹姆士金斯（James Jeans），亚特爱丁顿（Arthur Eddington），还有别的人。展览分两部，现在出版的书约莫四千册是一类；另一类是历史部分。剑桥的书字形清晰，墨色匀称，行款合式，书扉和书衣上最见功夫；尤其擅长的是算学书，专门的科学书。这两种书需要极精密的技巧，极仔细的校对；剑桥是第一把手。但是这些东西，还有他们印的那些冷僻的外国语书，都卖得少，赚不了钱。除了是大学印刷所，别家大概很少愿意承印。剑桥又承印《圣经》；英国准印《圣经》的只剑桥牛津和王家印刷人。斯密兹说剑桥就靠《圣经》和教科书赚钱。可是《泰晤士报》社论中说现在印《圣经》的责任重大，认真地考究地印，也只能够本罢了。

　　一五八八年英国最早的《圣经》便是由剑桥承印的。英国印第一本书，出于伦敦威廉甲克司登（William Caxton）之手，那是一四七七年。到了一五二一年，约翰席勃齐（John Siberch）来到剑桥，一年内印了八本书，剑桥印刷事业才创始。八年之后，大学方面因为有一家书纸店与异端的新教派勾结，怕他们利用书籍宣传，便呈请政府，求英王核准，在剑桥只许有三家书铺，让他们宣誓不卖未经大学检查员审定的书。那时英王是亨利第八；一五三四年颁给他们勅书，授权他们选三家书纸店兼印刷人，或书铺，"印行大学校长或他的代理人等所审定的各种书籍"。这便是剑桥印书的法律根据。不过直到一五八三年，他们才真正印起书来。那时伦敦各家书纸店有印书的专利权，任意抬高价钱。他们妒忌剑桥印书，更恨的是卖得贱。恰好一六二〇年剑桥翻印了他们一本文法书，他们就在法庭告了一状。剑桥师生老早不乐意他们抬价钱，这一来更愤愤不平；大学副校长第二年乘英王詹姆士第一上新市场去，半路上就递上一件呈子，附了一个比较价目表。这样小题大做，真有些书呆子气。王和诸大臣商议了一下，批道，我们现在事情很多，没工夫讨论大学与诸家书纸店的权益；但准大学印刷人出售那些文法书，以救济他的支绌。这算是碰了个软钉子，可也算是胜利。那呈子，那批，和上文说的那本《圣经》都在这一回展览中。席勃齐印的八本书也有两种在这里。此外还有一六二九年初印的定本《圣经》，书扉雕刻繁细，手艺精工之极。又密尔顿《力息达斯》（Lycidas）的初本也在展览着，那是经他亲手校改过的。

近代插图书籍展览，在圣诞节前不久，大约是让做父母的给孩子们多买点节礼吧。但在一个外国人，却也值得看看。展览的是七十年来的作品，虽没有什么系统，在这里却可以找着各种美，各种趋势。插图与装饰画不一样，得吟味原书的文字，透出自己的机锋。心要灵，手要熟，二者不可缺一。或实写，或想象，因原书情境，画人性习而异。——童话的插图却只得凭空着笔，想象更自由些；在不自由的成人看来，也许别有一种滋味。看过赵译《阿丽思漫游奇境记》里谭尼尔（John Tenniel）的插画的，当会有同感吧。——所展览的，幽默，秀美，粗豪，典重，各擅胜场，琳琅满目；有人称为"视觉的音乐"，颇为近之。最有味的，同一作家，各家插画所表现的却大不相同。譬如我默伽亚谟（Omar Khay-yam），莎士比亚，几乎在一个人手里一个样子；展览会里书多，比较着看方便，可以扩充眼界。插图有"黑白"的，有彩色的；"黑白"的多，为的省事省钱。就黑白画而论，从前是雕版，后来是照相；照相虽然精细，可是失掉了那种生力，只要拿原稿对看就会觉出。这儿也展览原稿，或是灰笔画，或是水彩画；不但可以"对看"，也可以让那些艺术家更和我们接近些。《观察报》记者记这回展览会，说插图的书，字往往印得特别大，意在和谐；却实在不便看。他主张书与图分开，字还照寻常大小印。他自然指大本子而言。但那种"和谐"其实也可爱；若说不便，这种书原是让你慢慢玩赏的，那能像读报一样目下数行呢？再说，将配好了的对儿生生拆开，不但大小不称，怕还要多花钱。

诗籍铺（The Poetry Bookshop）真是米米小，在一个大地方的一道小街上。"叫名"街，是在一条小胡同吧。门前不大见车马，不说；就是行人，一天也只寥寥几个。那道街斜对着无人不知的大英博物院；街口钉着小小的一块字号木牌。初次去时，人家教在博物院左近找。问院门口守卫，他不知道有这个铺子，问路上戴着常礼帽的老者，他想没有这么一个铺子；好容易才找着那块小木牌，真是"远在天边，近在眼前"。这铺子从前在另一处，那才冷僻，连裴歹克的地图上都没名字，据说那儿是一所老宅子，才真够诗味，挪到现在这样平常的地带，未免太可惜。那时候美国游客常去，一个原因许是美国看不见那样老宅子。

诗人赫洛德孟罗（Harold Monro）在一九一二年创办了这爿诗籍铺。用意在让诗与社会发生点切实的关系。孟罗是二十多年来伦敦文学生涯里一个要紧角色。从一九一一年给诗社办《诗刊》（Poetry Review）起知名。在第一期里，他说，"诗与人生的关系得再认真讨论，用于别种艺术的标准也该用于诗。"他觉得能做诗的该做诗，有困难时该帮助他，让他能做下去；一般人也该念诗，受用诗。为了前一件，他要自办杂志，为了后一件，他要办读诗会；为了这两件，他办了诗籍铺。这铺子印行过《乔治诗选》（Georgian Poetry），乔治是现在英王的名字，意思就是当代诗选，所收的都是代表作家。第一册出版，一时风靡，买诗念诗的都多了起来；社会确乎大受影响。诗选共五册；出第五册时在一九二二年，那时乔治诗人的诗兴却渐渐衰了。一九一九年到一九二五年铺子里又印行《市本》月刊（The Chapbook）登载诗歌，评论，木刻等，颇多新进作家。

读诗会也在铺子里；星期四晚上准六点钟起，在一间小楼上。一年中也有些时候定好了没有。从创始以来，差不多没有间断过。前前后后著名的诗人几乎都在这儿读过诗：他们自己的诗，或他们喜欢的诗。入场券六便士，在英国算贱，合四五毛钱。在伦敦的时候，也去过两回。那时孟罗病了，不大能问事，铺子里颇为黯淡。两回都是他夫人爱立达克莱曼答斯基（Alida Klementaski）读，说是找不着别人。那间小楼也容得下四五十位子，两回去，人都不少；第二回满了座，而且几乎都是女人——还有挨着墙站着听的。屋内只读诗的人小桌上一盏蓝罩子的桌灯亮着，幽幽的。她读济兹和别人的诗，读得很好，口齿既清楚，又有顿挫，内行说，能表出原诗的情味。英国诗有两种读法，将每个重音咬得清清楚楚，顿挫的地方用力，和说话的调子不相像，约翰德林瓦特（John Drinkwater）便主张这一种。他说，读诗若用说话的调子，太随便，诗会跑了。但是参用一点儿，像克莱曼答斯基女士那样，也似乎自然流利，别有味道。这怕要看什么样的诗，什么样的读诗人，不可一概而论。但英国读诗，除不吟而诵，与中国根本不同之处，还有一件：他们按着文气停顿，不按着行，也不一定按着韵脚。这因为他们的诗以轻重为节奏，文句组织又不同，往往一句跨两行三行，却非作一句读不可，韵脚便只得轻轻地滑过去。读诗是一种才能，但也需要训练；他们注重这个，训练的机会多，所以是诗人都能来一手。

铺子在楼下，只一间，可是和读诗那座楼远隔着一条甬道。屋子有点黑，四壁是书架，中间桌上放着些诗歌篇子（Sheets），木刻画。篇子有宽长两种，印着诗歌，加上些零星的彩画，是给大人和孩子玩儿的。犄角儿上一张账桌子，坐着一个戴近视眼镜的，和蔼可亲的，圆脸的中年妇人。桌前装着火炉，炉旁蹲着一只大白狮子猫，和女人一样胖。有时也遇见克莱曼答斯基女士，匆匆地来匆匆地去。孟罗死在一九三二年三月十五日。第二天晚上到铺子里去，看见两个年轻人在和那女人司账说话；说到诗，说到人生，都是哀悼孟罗的。话音很悲伤，却如清泉流泻，差不多句句像诗；女司账说不出什么，唯唯而已。孟罗在日最尽力于诗人文人的结合，他老让各色的才人聚在一块儿。又好客，家里炉旁（英国终年有用火炉的时候）常有许多人聚谈，到深夜才去。这两位青年的伤感不是偶然的。他的铺子可是赚不了钱；死后由他夫人接手，勉强张罗，现在许还开着。

怀魏握青君

　　两年前差不多也是这些日子吧，我邀了几个熟朋友，在雪香斋给握青送行。雪香斋以绍酒著名。这几个人多半是浙江人，握青也是的，而又有一两个是酒徒，所以便拣了这地方。说到酒，莲花白太腻，白干太烈；一是北方的佳人，一是关西的大汉，都不宜于浅斟低酌。只有黄酒，如温旧书，如对故友，真是醺醺有味。只可惜雪香斋的酒还上了色；若是"竹叶青"，那就更妙了。握青是到美国留学去，要住上三年；这么远的路，这么多的日子，大家确有些惜别，所以那晚酒都喝得不少。出门分手，握青又要我去中天看电影。我坐下直觉头晕。握青说电影如何如何，我只糊糊涂涂听着；几回想张眼看，却什么也看不出。终于支持不住，出其不意，哇地吐出来了。观众都吃一惊，附近的人全堵上了鼻子；这真有些惶恐。握青扶我回到旅馆，他也吐了。但我们心里都觉得这一晚很痛快。我想握青该还记得那种狼狈的光景吧？

　　我与握青相识，是在东南大学。那时正是暑假，中华教育改进社借那儿开会。我与方光焘君去旁听，偶然遇着握青；方君是他的同乡，一向认识，便给我们介绍了。那时我只知道他很活动，会交际而已。匆匆一面，便未再见。三年前，我北来作教，恰好与他同事。我初到，许多事都不知怎样做好；他给了我许多帮助。我们同住在一个院子里，吃饭也在一处。因此常和他谈论。我渐渐知道他不只是很活动，会交际；他有他的真心，他有他的锐眼，他也有他的傻样子。许多朋友都以为他是个傻小子，大家都叫他老魏，连听差背地里也是这样叫他；这个太亲昵的称呼，只有他有。

　　但他决不如我们所想的那么"傻"，他是个玩世不恭的人——至少我在北京见着他是如此。那时他已一度受过人生的戒，从前所有多或少的严肃气氛，暂时都隐藏起来了；剩下的只是那冷然的玩弄一切的态度。我们知道这种剑锋般的态度，若赤裸裸地露出，便是自己矛盾，所以总得用了什么法子盖藏着。他用的是一副傻子的面具。我有时要揭开他这副面具，他便说我是《语丝》派。但他知道我，并不比我知道他少。他能由我一个短语，知道全篇的故事。他对于别人，也能知道；但只默喻着，不大肯说出。他的玩世，在有些事情上，也许太随便些。但以或种意义说，他要复仇；人总是人，又有什么办法呢？至少我是原谅他的。以上其实也只说得他的一面；他有时也能为人尽心竭力。他曾为我决定一件极为难的事。我们沿着墙根，走了不知多少趟；他原原本本，条分缕析地将形势剖解给我听。你想，这岂是傻子所能做的？幸亏有这一面，他还能高高兴兴过日子；不然，没有笑，没有泪，只有冷脸，只有"鬼脸"，岂不郁郁地闷煞人！

我最不能忘的，是他动身前不多时的一个月夜。电灯灭后，月光照了满院，柏树森森地竦立着。屋内人都睡了；我们站在月光里，柏树旁，看着自己的影子。他轻轻地诉说他生平冒险的故事。说一会，静默一会。这是一个幽奇的境界。他叙述时，脸上隐约浮着微笑，就是他心地平静时常浮在他脸上的微笑；一面偏着头，老像发问似的。这种月光，这种院子，这种柏树，这种谈话，都很可珍贵；就由握青自己再来一次，怕也不一样的。

他走之前，很愿我做些文字送他；但又用玩世的态度说，"怕不肯吧？我晓得，你不肯的。"我说，"一定做，而且一定写成一幅横披——只是字不行些。"但是我惭愧我的懒，那"一定"早已几乎变成"不肯"了！而且他来了两封信，我竟未覆只字。这叫我怎样说好呢？我实在有种坏脾气，觉得路太遥远，竟有些渺茫一般，什么便都因循下来了。好在他的成绩很好，我是知道的；只此就很够了。别的，反正他明年就回来，我们再好好地谈几次，这是要紧的。——我想，握青也许不那么玩世了吧。

圣诞节

　　十二月二十五日圣诞节。英国人过圣诞节，好像我们旧历年的味儿。习俗上宗教上，这一日简直就是元旦；据说七世纪时便已如此，十四世纪至十八世纪中叶，虽然将元旦改到三月二十五日，但是以后情形又照旧了。至于一月一日，不过名义上的岁首，他们向来是不大看重的。

　　这年头人们行乐的机会越过越多，不在乎等到逢年过节；所以年情节景一回回地淡下去，像从前那样狂热地期待着，狂热地受用着的事情，怕只在老年人的回忆，小孩子的想象中存在着罢了。大都市里特别是这样；在上海就看得出，不用说更繁华的伦敦了。再说这种不景气的日子，谁还有心肠认真找乐儿？所以虽然圣诞节，大家也只点缀点缀，应个景儿罢了。

可是邮差却忙坏了，成千成万的贺片经过他们的手。贺片之外还有月份牌。这种月份牌一点儿大，装在卡片上，也有画，也有吉语。花样也不少，却比贺片差远了。贺片分两种，一种填上姓名，一种印上姓名。交游广的用后一种，自然贵些；据说前些年也得钩心斗角地出花样，这一年却多半简简单单的，为的好省些钱。前一种却不同，各家书纸店得抢买主，所以花色比以先还多些。不过据说也没有十二分新鲜出奇的样子，这个究竟只是应景的玩意儿呀。但是在一个外国人眼里，五光十色，也就够瞧的。曾经到旧城一家大书纸店里看过，样本厚厚的四大册，足有三千种之多。

样本开头是皇家贺片：英王的是圣保罗堂图；王后的内外两幅画，其一是花园图；威尔士亲王的是候人图；约克公爵夫妇的是一六六〇年圣詹姆士公园冰戏图；马利公主的是行猎图。圣保罗堂庄严宏大，下临伦敦城；园里的花透着上帝的微笑；候人比喻好运气和欢乐在人生的大道上等着你；圣詹姆士公园（在圣詹姆士宫南）代表宫廷，溜冰和行猎代表英国人运动的嗜好。那幅溜冰图古色古香，而且十足神气。这些贺片原样很大，也有小号的，谁都可以买来填上自己名字寄给人。此外有全金色的，晶莹照眼；有蝴蝶翅的，闪闪的宝蓝光；有雕空嵌花纱的，玲珑剔透，如嚼冰雪。又有羊皮纸仿四折本的；嵌铜片小风车的；嵌彩玻璃片圣母像的；嵌剪纸的鸟的；在猫头鹰头上粘羊毛的：都为的教人有实体感。

太太们也忙得可以的，张罗着亲戚朋友丈夫孩子的礼物，张罗着装饰屋子，圣诞树，火鸡等等。节前一个礼拜，每天电灯初亮时上牛津街一带去看，步道上挨肩擦背匆匆来往的满是办年货的；不用说是太太们多。装饰屋子有两件东西不可没有，便是冬青和苹果寄生（mistletoe）的枝子。前者教堂里也用；后者却只用在人家里；大都插在高处。冬青取其青，有时还带着小红果儿；用以装饰圣诞节，由来已久，有人疑心是基督教徒从罗马风俗里捡来的。苹果寄生带着白色小浆果儿，却是英国土俗，至晚十七世纪初就用它了。从前在它底下，少年男人可以和任何女子接吻；但接吻后他得摘掉一粒果子。果子摘完了，就不准再在下面接吻了。

圣诞树也有种种装饰，树上挂着给孩子们的礼物，装饰的繁简大约看人家的情形。我在朋友的房东太太家看见的只是小小一株；据说从乌尔乌斯三六公司（货价只有三便士六便士两码）买来，才六便士，合四五毛钱。可是放在餐桌上，青青的，的里瓜拉挂着些耀眼的玻璃球儿，绕着树更安排些哀斯基摩人一类小玩意，也热热闹闹地凑趣儿。圣诞树的风俗是从德国来的；德国也许是从斯堪第那维亚传下来的。斯堪第那维亚神话里有所谓世界树，叫做乙格抓西儿（Yg-Dgdrasil），用根和枝子联系着天地幽冥三界。这是株枯树，可是滴着蜜。根下是诸德之泉；树中间坐着一只鹰，一只松鼠，四只公鹿；根旁一条毒蛇，老是啃着根。松鼠上下窜，在顶上的鹰与聪敏的毒蛇之间挑拨是非。树震动不得，震动了，地底下的妖魔便会起来捣乱。想着这段神话，现在的圣诞树真是更显得温暖可亲了。圣诞树和那些冬青，苹果寄生，到了来年六日一齐烧去；烧的时候，在场的都动手，为的是分点儿福气。

圣诞节的晚上，在朋友的房东太太家里。照例该吃火鸡，酸梅布丁；那位房东太太手头颇窘，却还卖了几件旧家具，买了一只二十二磅重的大火鸡来过节。可惜女仆不小心，烤枯了一点儿；老太太自个儿唠叨了几句，大节下，也就算了。可是火鸡味道也并不怎样特别似的。吃饭时候，大家一面扔纸球，一面扯花炮——两个人扯，有时只响一下，有时还夹着小纸片儿，多半是带着"爱"字儿的吉语。饭后做游戏，有音乐椅子（椅子数目比人少一个；乐声止时，众人抢着坐），掩目吹蜡烛，抓瞎，抢人（分队），抢气球等等，大家居然一团孩子气。最后还有跳舞。这一晚过去，第二天差不多什么都照旧了。

新年大家若无其事地过去；有些旧人家愿意上午第一个进门的是个头发深，气色黑些的人，说这样人带进新年是吉利的。朋友的房东太太那早晨特意通电话请一家熟买卖的掌柜上她家去；他正是这样的人。新年也卖历本；人家常用的是老摩尔历本（Old Moore's Almanack），书纸店里买，价钱贱，只两便士。这一年的，面上印着乔治王陛下登极第二十三年；有一块小图，画着日月星地球，地球外一个圈儿，画着黄道十二宫的像，如白羊金牛双子等。古来星座的名字，取像于人物，也另有风味。历本前有一整幅观像图，题道，将来怎样？老摩尔告诉你。从图中看，老摩尔创于一千七百年，到现在已经二百多年了。每月一面，上栏可以说是推背图，但没有神秘气；下栏分日数，星期，大事记，日出没时间，月出没时间，伦敦潮汛，时事预测各项。此外还有月盈缺表，各港潮汛表，行星运行表，三岛集期表，邮政章程，大路规则，做点心法，养家禽法，家事常识。广告也不少，卖丸药的最多，满是给太太们预备的；因为这种历本原是给太太们预备的。

松堂游记

去年夏天，我们和 S 君夫妇在松堂住了三日。难得这三日的闲，我们约好了什么事不管，只玩儿，也带了两本书，却只是预备闲得真没办法时消消遣的。

出发的前夜，忽然雷雨大作。枕上颇为怅怅，难道天公这么不做美吗！第二天清早，一看却是个大晴天。上了车，一路树木带着宿雨，绿得发亮，地下只有一些水塘，没有一点尘土，行人也不多。又静，又干净。

想着到还早呢，过了红山头不远，车却停下了。两扇大红门紧闭着，门额是国立清华大学西山牧场。拍了一会门，没人出来，我们正在没奈何，一个过路的孩子说这门上了锁，得走旁门。旁门上挂着牌子，"内有恶犬"。小时候最怕狗，有点趑趄。门里有人出来，保护着进去，一面吆喝着汪汪的群犬，一面只是说，"不碍不碍"。

过了两道小门，真是豁然开朗，别有天地。一眼先是亭亭直上，又刚健又婀娜的白皮松。白皮松不算奇，多得好，你挤着我我挤着你也不算奇，疏得好，要像住宅的院子里，四角上各来上一棵，疏不是？谁爱看？这儿就是院子大得好，就是四方八面都来得好。中间便是松堂，原是一座石亭子改造的，这座亭子高大轩敞，对得起那四围的松树，大理石柱，大理石栏杆，都还好好的，白、滑、冷。白皮松没有多少影子，堂中明窗净几，坐下来清清楚楚觉得自己真太小，在这样高的屋顶下。树影子少，可不热，廊下端详那些松树灵秀的姿态，洁白的皮肤，隐隐的一丝儿凉意便袭上心头。

堂后一座假山，石头并不好，堆叠得还不算傻瓜。里头藏着个小洞，有神龛、石桌、石凳之类。可是外边看，不仔细看不出。得费点心去发现。假山上满可以爬过去，不顶容易，也不顶难。后山有座无梁殿，红墙，各色琉璃砖瓦，屋脊上三个瓶子，太阳里古艳照人。殿在半山，岿然独立，有俯视八极气象。天坛的无梁殿太小，南京灵谷寺的太黯淡，又都在平地上。山上还残留着些旧碉堡，是乾隆打金川时在西山练健锐云梯营用的，在阴雨天或斜阳中看最有味。又有座白玉石牌坊，和碧云寺塔院前那一座一般，不知怎样，前年春天倒下了，看着怪不好过的。

可惜我们来的还不是时候，晚饭后在廊下黑暗里等月亮，月亮老不上，我们什么都谈，又赌背诗词，有时也沉默一会儿。黑暗也有黑暗的好处，松树的长影子阴森森的有点像鬼物拿土。但是这么看的话，松堂的院子还差得远，白皮松也太秀气，我想起郭沫若君《夜步十里松原》那首诗，那才够阴森森的味儿——而且得独自一个人。好了，月亮上来了，却又让云遮去了一半，老远的躲在树缝里，像个乡下姑娘，羞答答的。从前人说："千呼万唤始出来，犹抱琵琶半遮面。"真有点儿！云越来越厚，由他罢，懒得去管了。可是想，若是一个秋夜，刮点西风也好。虽不是真松树，但那奔腾澎湃的"涛"声也该得听吧。

西风自然是不会来的。临睡时，我们在堂中点上了两三支洋蜡。怯怯的焰子让大屋顶压着，喘不出气来。我们隔着烛光彼此相看，也像蒙着一层烟雾。外面是连天漫地一片黑，海似的。只有远近几声犬吠，教我们知道还在人间世里。

第二辑

溯古，经典常谈

《诗经》

诗的源头是歌谣。上古时候，没有文字，只有唱的歌谣，没有写的诗。一个人高兴的时候或悲哀的时候，常愿意将自己的心情诉说出来，给别人或自己听。日常的言语不够劲儿，便用歌唱；一唱三叹的叫别人回肠荡气。唱叹再不够的话，便手也舞起来了，脚也蹈起来了，反正要将劲儿使到了家。碰到节日，大家聚在一起酬神作乐，唱歌的机会更多。或一唱众和，或彼此竞胜。传说葛天氏的乐八章，三个人唱，拿着牛尾，踏着脚，似乎就是描写这种光景的。歌谣越唱越多，虽没有书，却存在人的记忆里。有了现在的歌儿，就可借他人酒杯，浇自己块垒；随时拣一支合式的唱唱，也足可消愁解闷。若没有完全合式的，尽可删一些、改一些，到称意为止。流行的歌谣中往往不同的词句并行不悖，就是为此。可也有经过众人修饰，作为定本的。歌谣真可说是"一人的机锋，多人的智慧"了。

歌谣可分为徒歌和乐歌。徒歌是随口唱，乐歌是随着乐器唱。徒歌也有节奏，手舞脚蹈便是帮助节奏的；可是乐歌的节奏更规律化些。乐器在中国似乎早就有了，《礼记》里说的土鼓土槌儿、芦管儿，也许是我们乐器的老祖宗。到了《诗经》时代，有了琴瑟钟鼓，已是洋洋大观了。歌谣的节奏，最主要的靠重叠或叫复沓；本来歌谣以表情为主，只要翻来覆去将情表到了家就成，用不着费话。重叠可以说原是歌谣的生命，节奏也便建立在这上头。字数的均齐，韵脚的调协，似乎是后来发展出来的。有了这些，重叠才在诗歌里失去主要的地位。

有了文字以后，才有人将那些歌谣记录下来，便是最初的写的诗了。但记录的人似乎并不是因为欣赏的缘故，更不是因为研究的缘故。他们大概是些乐工，乐工的职务是奏乐和唱歌；唱歌得有词儿，一面是口头传授，一面也就有了唱本儿。歌谣便是这么写下来的。我们知道春秋时的乐工就和后世阔人家的戏班子一样，老板叫作太师。那时各国都养着一班乐工，各国使臣来往，宴会时都得奏乐唱歌。太师们不但得搜集本国乐歌，还得搜集别国乐歌。不但搜集乐词，还得搜集乐谱。那时的社会有贵族与平民两级。太师们是伺候贵族的，所搜集的歌儿自然得合贵族们的口味；平民的作品是不会入选的。他们搜得的歌谣，有些是乐歌，有些是徒歌。徒歌得合乐才好用。合乐的时候，往往得增加重叠的字句或章节，便不能保存歌词的原来样子。除了这种搜集的歌谣以外，太师们所保存的还有贵族们为了特种事情，如祭祖、宴客、房屋落成、出兵、打猎等等做的诗。这些可以说是典礼的诗。又有讽谏、颂美等等的献诗；献诗是臣下作了献给君上，准备让乐工唱给君上听的，可以说是政治的诗。太师们保存下这些唱本儿，带着乐谱；唱词儿共有三百多篇，当时通称作"诗三百"。到了战国时代，贵族渐渐衰落，平民渐渐抬头，新乐代替了古乐，职业的乐工纷纷散走。乐谱就此亡失，但是还有三百来篇唱词儿流传下来，便是后来的《诗经》了。

"诗言志"是一句古话；"诗"这个字就是"言""志"两个字合成的。但古代所谓"言志"和现在所谓"抒情"并不一样；那"志"是关联着政治或教化的。春秋时通行赋诗。在外交的宴会里，各国使臣往往得点一篇诗或几篇诗叫乐工唱。这很像现在的请客点戏，不同处是所点的诗句必加上政治的意味。这可以表示这国对那国或这人对那人的愿望、感谢、责难等等，都从诗篇里断章取义。断章取义是不管上下文的意义，只将一章中一两句拉出来，就当前的环境，作政治的暗示。如《左传》襄公二十七年，郑伯宴晋使赵孟于垂陇，赵孟请大家赋诗，他想看看大家的"志"。子太叔赋

的是《野有蔓草》。原诗首章云："野有蔓草，零露漙兮，有
美一人，清扬婉兮。邂逅相遇，适我愿兮。"子太叔只取末
两句，借以表示郑国欢迎赵孟的意思；上文他就不管。全诗
原是男女私情之作，他更不管了。可是这样办正是"诗言
志"；在那回宴会里，赵孟就和子太叔说了"诗以言志"这
句话。

到了孔子时代，赋诗的事已经不行了，孔子却采取了断
章取义的办法，用诗来讨论做学问做人的道理。"如切如磋，
如琢如磨"，本来说的是治玉；他却将玉比人，用来教训学
生做学问的工夫。"巧笑倩兮，美目盼兮，素以为绚兮"，本
来说的是美人，所谓天生丽质。他却拉出末句来比方作画，
说先有白底子，才会有画，是一步步进展的；作画还是比方，
他说的是文化，人先是朴素的，后来才进展了文化——文化
必须修养而得，并不是与生俱来的。他如此解诗，所以说
"思无邪"一句话可以包括"诗三百"的道理；又说诗可以
鼓舞人，联合人，增加阅历，发泄牢骚，事父事君的道理都
在里面。孔子以后，"诗三百"成为儒家的六经之一，《庄
子》和《荀子》里都说到"诗言志"，那个"志"便指教化
而言。

但春秋时列国的赋诗只是用诗，并非解诗；那时诗的主
要作用还在乐歌，因乐歌而加以借用，不过是一种方便罢了。
至于诗篇本来的意义，那时原很明白，用不着讨论。到了孔

子时代，诗已经不常歌唱了，诗篇本来的意义，经过了多年的借用，也渐渐含糊了。他就按着借用的办法，根据他教授学生的需要，断章取义地来解释那些诗篇。后来解释《诗经》的儒生都跟着他的脚步走。最有权威的毛氏《诗传》和郑玄《诗笺》，差不多全是断章取义，甚至断句断义——断句取义是在一句、两句里拉出一个两个字来发挥，比起断章取义，真是变本加厉了。

毛氏有两个人：一个毛亨，汉时鲁国人，人称为大毛公；一个毛苌，赵国人，人称为小毛公。是大毛公创始《诗经》的注解，传给小毛公，在小毛公手里完成的。郑玄是东汉人，他是专给毛《传》作《笺》的，有时也采取别家的解说；不过别家的解说在原则上也还和毛氏一鼻孔出气，他们都是以史证诗。他们接受了孔子"无邪"的见解，又摘取了孟子的"知人论世"的见解，以为用孔子的诗的哲学，别裁古代的史说，拿来证明那些诗篇是什么时代作的，为什么事作的，便是孟子所谓"以意逆志"。其实孟子所谓"以意逆志"倒是说要看全篇大意，不可拘泥在字句上，与他们不同。他们这样猜出来的作诗人的志，自然不会与作诗人相合；但那种志倒是关联着政治教化而与"诗言志"一语相合的。这样的以史证诗的思想，最先具体的表现在《诗序》里。

《诗序》有《大序》《小序》。《大序》好像总论，托名子夏，说不定是谁作的。《小序》每篇一条，大约是大、小毛公作的。以史证诗，似乎是《小序》的专门任务；传里虽也偶然提及，却总以训诂为主，不过所选取的字义，意在助成序说，无形中有个一定方向罢了。可是《小序》也还是泛说的多，确指的少。到了郑玄，才更详密的发展了这个条理。他按着《诗经》中的国别和篇次，系统的附和史料，编成了《诗谱》，差不多给每篇诗确定了时代；《笺》中也更多的发挥了作为各篇诗的背景的历史。以史证诗，在他手里算是集大成了。

《大序》说明诗的教化作用；这种作用似乎建立在风、雅、颂、赋、比、兴所谓"六义"上。《大序》只解释了风、雅、颂。说风是风化（感化）、风刺的意思，雅是正的意思，颂是形容盛德的意思。这都是按着教化作用解释的。照近人的研究，这三个字大概都从音乐得名。风是各地方的乐调，《国风》便是各国土乐的意思。雅就是"乌"字，似乎描写这种乐的呜呜之音。雅也就是"夏"字，古代乐章叫作"夏"的很多，也许原是地名或族名。雅又分《大雅》《小雅》，大约也是乐调不同的缘故。颂就是"容"字，容就是"样子"；这种乐连歌带舞，舞就有种种样子了。风、雅、颂之外，其实还该有个"南"。南是南音或南调，《诗经》中《周南》《召南》的诗，原是相当于现在河南、湖北一带地方的歌谣。《国风》旧有十五，分出二南，还剩十三；而其中邶、鄘两国的诗，现经考定，都是卫诗，那么只有十一《国风》了。颂有《周颂》《鲁颂》《商颂》，《商颂》经考定实是《宋颂》。至于搜集的歌谣，大概是在二南、《国风》和《小雅》里。

　　赋、比、兴的意义，说法最多。大约这三个名字原都含有政治和教化的意味。赋本是唱诗给人听，但在《大序》里，也许是"直铺陈今之政教善恶"的意思。比、兴都是《大序》所谓"主文而谲谏"；不直陈而用譬喻叫"主文"，委婉讽刺叫"谲谏"。说的人无罪，听的人却可警戒自己。《诗经》里许多譬喻就在比兴的看法下，断章断句的硬派作政教的意义了。比、兴都是政教的譬喻，但在诗篇发端的叫做兴。《毛传》只在有兴的地方标出，不标赋、比；想来赋义是易见的，比、兴虽都是曲折成义，但兴在发端，往往关系全诗，比较更重要些，所以便特别标出了。《毛传》标出的兴诗，共一百十六篇，《国风》中最多，《小雅》第二，按现在说，这两部分搜集的歌谣多，所以譬喻的句子也便多了。

三 《礼》

许多人家的中堂里，供奉着"天地君亲师"的大牌位。天地代表生命的本源。亲是祖先的意思，祖先是家族的本源。君师是政教的本源。人情不能忘本，所以供奉着这些。荀子只称这些为礼的三本；大概是到了后世才宗教化了的。荀子是儒家大师。儒家所称道的礼，包括政治制度、宗教仪式、社会风俗习惯等等，却都加以合理的说明。从那"三本说"，可以知道儒家有拿礼来包罗万象的野心，他们认礼为治乱的根本；这种思想可以叫作礼治主义。

怎样叫作礼治呢？儒家说初有人的时候，各人有各人的欲望，各人都要满足自己的欲望；没有界限，没有分际，大家就争起来了。你争我争，社会就乱起来了。那时的君师们看了这种情形，就渐渐给定出礼来，让大家按着贵贱的等级，长幼的次序，各人得着自己该得的一份儿吃的、喝的、穿的、住的，各人也做着自己该做的一份儿工作。各等人有各等人的界限和分际；若是只顾自己，不管别人，任性儿贪多务得，偷懒图快活，这种人就得受严厉的制裁，有时候保不住性命。这种礼，教人节制，教人和平，建立起社会的秩序，可以说是政治制度。

天生万物，是个很古的信仰。这个天是个能视能听的上帝，管生杀，管赏罚。在地上的代表，便是天子。天子祭天，和子孙祭祖先一样。地生万物是个事实。人都靠着地里长的活着，地里长得不够了，便闹饥荒；地的力量自然也引起了信仰。天子诸侯祭社稷，祭山川，都是这个来由。最普遍的还是祖先的信仰。直到我们的时代，这个信仰还是很有力的。按儒家说，这些信仰都是"报本返始"的意思。报本返始是庆幸生命的延续，追念本源，感恩怀德，勉力去报答的意思。但是这里面怕不单是怀德，还有畏威的成分。感谢和恐惧产生了种种祭典。儒家却只从感恩一面加以说明，看作礼的一部分。但这种礼教人恭敬，恭敬便是畏威的遗迹了。儒家的丧礼，最主要的如三年之丧，也建立在感恩的意味上；却因恩谊的亲疏，又定出等等差别来。这种礼，大部分可以说是宗教仪式。

居丧一面是宗教仪式，一面是普通人事。普通人事包括一切日常生活而言，日常生活都需要秩序和规矩。居丧以外，如婚姻、宴会等大事，也各有一套程序，不能随便马虎过去；

这样是表示郑重，也便是表示敬意和诚心。至于对人，事君，事父母，待兄弟、姊妹，待子女，以及夫妇、朋友之间，也都自有一番道理。按着尊卑的分际，各守各的道理，君仁臣忠，父慈子孝，兄友弟恭，夫妇朋友互相敬爱，才算能做人；人人能做人，天下便治了。就是一个人饮食言动，也都该有个规矩，别叫旁人难过，更别侵犯着旁人，反正诸事都记得着自己的份儿。这些个规矩也是礼的一部分；有些固然含着宗教意味，但大部分可以说是风俗习惯。这些风俗习惯有一些也可以说是生活的艺术。

王道不外乎人情，礼是王道的一部分，按儒家说是通乎人情的。既通乎人情，自然该诚而不伪了。但儒家所称道的礼，并不全是实际施行的。有许多只是他们的理想，这种就不一定能通乎人情了。就按那些实际施行的说，每一个制度、仪式或规矩，固然都有它的需要和意义。但是社会情形变了，人的生活跟着变；人的喜、怒、爱、恶，虽然还是喜、怒、爱、恶，可是对象变了。那些礼的惰性却很大，并不跟着变。这就留下了许许多多遗形物，没有了需要，没有了意义；不近人情的伪礼，只会束缚人。《老子》里攻击礼，说"有了礼，忠信就差了"；后世有些人攻击礼，说"礼不是为我们定的"；近来大家攻击礼教，说"礼教是吃人的"。这都是指着那些个伪礼说的。

从来礼乐并称，但乐实在是礼的一部分；乐附属于礼，用来补助仪文的不足。乐包括歌和舞，是"人情之所必不免"的。不但是"人情之所必不免"，而且乐声的绵延和融合也象征着天地万物的"流而不息，合同而化"。这便是乐本。乐教人平心静气，互相和爱；教人联合起来，成为一整个儿。人人能够平心静气，互相和爱，自然没有贪欲、捣乱、欺诈等事，天下就治了。乐有改善人心、移风易俗的功用，所以与政治是相通的。按儒家说，礼、乐、刑、政，到头来只是一个道理；这四件都顺理成章了，便是王道。这四件是互为因果的。礼坏乐崩，政治一定不成；所以审乐可以知政。"治世之音安以乐，其政和；乱世之音怨以怒，其政乖；亡国之音哀以思，其民困。"吴公子季札到鲁国观乐，乐工奏哪一国的乐，他就知道是哪一国的；他是从乐歌里所表现的政治气象而知道的。歌词就是诗；诗与礼乐也是分不开的。孔子教学生要"兴于诗，立于礼，成于乐"；那时要养成一个人才，必须学习这些。这些诗、礼、乐，在那时代都是贵族社会所专有，与平民是无干的。到了战国，新声兴起，古乐衰废，听者只求悦耳，就无所谓这一套乐意。汉以来胡乐大行，那就更说不到了。

　　古代似乎没有关于乐的经典；只有《礼记》里的《乐记》，是抄录儒家的《公孙尼子》等书而成，原本已经是战国时代的东西了。关于礼，汉代学者所传习的有三种经和无数的"记"。那三种经是《礼仪》《礼古经》《周礼》。《礼古

经》已亡佚，《仪礼》和《周礼》相传都是周公作的。但据
近来的研究，这两部书实在是战国时代的产物。《仪礼》大
约是当时实施的礼制，但多半只是士的礼。那些礼是很繁琐
的，踵事增华的多，表示诚意的少，已经不全是通乎人情的
了。《仪礼》可以说是宗教仪式和风俗习惯的混合物；《周
礼》却是一套理想的政治制度。那些制度的背景可以看出是
战国时代；但组成了整齐的系统，便是著书人的理想了。

　　"记"是儒家杂述礼制、礼制变迁的历史，或礼论之作；
所述的礼制有实施的，也有理想的。又叫作《礼记》；这《礼
记》是一个广泛的名称。这些"记"里包含着《礼古经》的
一部分。汉代所见的"记"很多，但流传到现在的只有三十八
篇《大戴记》和四十九篇《小戴记》。后世所称《礼记》，多
半专指《小戴记》。大戴是戴德；小戴是戴圣，戴德的侄儿。
相传他们是这两部书的编辑人。但二戴都是西汉的《仪》
《礼》专家。汉代有"五经"博士；凡是一家一派的经学影响
大的，都可以立博士。大戴仪礼学后来立了博士，小戴本人就
是博士。汉代经师的家法最严，一家的学说里绝不能掺杂别
家。但现存的两部"记"里都各掺杂着非二戴的学说。所以有
人说这两部书是别人假托二戴的名字纂辑的；至少是二戴原书
多半亡佚，由别人拉杂凑成的，——可是成书也还在汉
代。——这两部书里，《小戴记》容易些，后世诵习的人比较
多些；所以差不多专占了《礼记》的名字。

《史记》《汉书》

　　说起中国的史书，《史记》《汉书》，真是无人不知，无人不晓。这有两个原因：一则，这两部书是最早的有系统的历史。再早虽然还有《尚书》《鲁春秋》《国语》《春秋左氏传》《战国策》等，但《尚书》《国语》《战国策》，都是记言的史，不是记事的史。《春秋》和《左传》是记事的史了，可是《春秋》太简短，《左氏传》虽够铺排的，而跟着《春秋》编年的系统，所记的事还不免散碎。《史记》创了"纪传体"，叙事自黄帝以来到著者当世，就是汉武帝的时候，首尾三千多年。《汉书》采用了《史记》的体制，却以汉事为断，从高祖到王莽，只二百三十年。后来的史书全用《汉书》的体制，断代成书；二十四史里，《史记》《汉书》以外的二十二史都如此。这称为"正史"。《史记》《汉书》，可以说都是"正史"的源头。二则，这两部书都成了文学的古典。两书有许多相同处，虽然也有许多相异处。大概东汉、魏、晋到唐，喜欢《汉书》的多；唐以后喜欢《史记》的多，而明、清两代犹然。这是两书文体各有所胜的缘故。但历来班、马并称，《史》《汉》连举，它们叙事写人的技术，毕竟是大同的。

《史记》，汉司马迁著。司马迁，字子长，左冯翊夏阳（今陕西韩城）人，景帝中元五年——西元前一四五年——生，卒年不详。他是太史令司马谈的儿子。小时候在本乡只帮人家耕耕田、放放牛玩儿。司马谈作了太史令，才将他带到京师（今西安）读书。他十岁的时候，便认识"古文"的书了。二十岁以后，到处游历，真是足迹遍天下。他东边到过现在的河北、山东及江、浙沿海，南边到过湖南、江西、云南、贵州，西边到过陕、甘、西康等处，北边到过长城等处；当时的"大汉帝国"，除了朝鲜、河西（今宁夏一带）、岭南几个新开郡外，他都走到了。他的出游，相传是父亲命他搜求史料去的，但也有些处是因公去的。他搜得了多少写的史料，没有明文，不能知道。可是他却看到了好些古代的遗迹，听到了好些古代的轶闻；这些都是活史料，他用来印证并补充他所读的书。他作《史记》，叙述和描写往往特别亲切有味，便是为此。他的游历不但增扩了他的见闻，也增扩了他的胸襟；他能够综括三千多年的事，写成一部大书，而行文又极其抑扬变化之致，可见他的胸襟是如何的阔大。

他二十几岁的时候，应试得高第，作了郎中。武帝元封年（西元前一一〇），大行封禅典礼，步骑十八万，旌旗千余里。司马谈是史官，本该从行；但是病得很重，留在洛阳不能去。司马迁却跟去了。回来见父亲，父亲已经快死了，拉着他的手呜咽道："我们先人从虞、夏以来，世代作史官；周末弃职他去，从此我家便衰微了。我虽然恢复了世传的职务，可是不成；你看这回封禅大典，我竟不能从行，真是命该如此！再说孔子因为眼见王道缺，礼乐衰，才整理文献，论《诗》《书》，作《春秋》，他的功绩是不朽的。孔子到现在又四百多年了，各国只管争战，史籍都散失了，这得搜求整理；汉朝一统天下，明主、贤君、忠臣、死义之士，也得记载表彰。我作了太史令，却没能尽职，无所论著，真是惶恐万分。你若能继承先业，再作太史令，成就我的未竟之志，扬名于后世，那就是大孝了。你想着我的话罢。"司马迁听了父亲这番遗命，低头流泪答道："儿子虽然不肖，定当将你老人家所搜集的材料，小心整理起来，不敢有所遗失。"司马谈便在这年死了；司马迁这年三十六岁。父亲的遗命指示了他一条伟大的路。

父亲死的第三年，司马迁果然做了太史令。他有机会看到许多史籍和别的藏书，便开始作整理的工夫。那时史料都集中在太史令手里，特别是汉代各地方行政报告，他那里都有。他一面整理史料，一面却忙着改历的工作；直到太初元年（西元前一〇四），太初历完成，才动手著他的书。天汉二年（西元前九九），李陵奉了贰师将军李广利的命，领了五千兵，出塞打匈奴。匈奴八万人围着他们；他们杀伤了匈奴一万多，可是自己的人也死了一大半。箭完了，又没有吃的，耗了八天，等贰师将军派救兵。救兵竟没有影子。匈奴却派人来招降。李陵想着回去也没有脸，就降了。武帝听了这个消息，又急又气。朝廷里纷纷说李陵的坏话。武帝问司马迁，李陵到底是个怎样的人。李陵也作过郎中，和司马迁同过事，司马迁是知道他的。

他说李陵这个人秉性忠义，常想牺牲自己，报效国家。这回以少敌众，兵尽路穷，但还杀伤那么些人，功劳其实也不算小。他绝不是怕死的，他的降大概是假意的，也许在等机会给汉朝出力呢。武帝听了他的话，想着贰师将军是自己派的元帅，司马迁却将功劳归在投降的李陵身上，真是大不敬；便教将他抓起来，下在狱里。第二年，武帝杀了李陵全家，处司马迁宫刑。宫刑是个大辱，污及先人，见笑亲友。他灰心失望已极，只能发愤努力，在狱中专心致志写他的书，希图留个后世名。过了两年，武帝改元太始，大赦天下。他出了狱，不久却又做了宦者做的官——中令书，重被宠信。但他还继续写他的书。直到征和二年（西元前九一），全书才得完成，共一百三十篇，五十二万六千五百字。他死后，这部书部分的流传；到宣帝时，他的外孙杨恽才将全书献上朝廷去，并传写公行于世。汉人称为《太史公书》《太史公》《太史公记》《太史记》。魏、晋间才简称为《史记》，《史记》便成了定名。这部书流传时颇有缺佚，经后人补续窜改了不少；只有元帝、成帝间褚少孙补的有主名，其余都不容易考了。

司马迁是窃比孔子的。孔子是在周末官守散失时代第一个保存文献的人；司马迁是秦灭以后第一个保存文献的人。他们保存的方法不同，但是用心一样。《史记·自序》里记着司马迁和上大夫壶遂讨论作史的一番话。司马迁引述他的父亲称扬孔子整理"六经"的丰功伟业，而特别着重《春秋》的著作。他们父子都是相信孔子作《春秋》的。他又引董仲舒所述孔子的话："我有种种觉民救世的理想，凭空发议论，恐怕人不理会；不如借历史上现成的事实来表现，可以深切著明些。"这便是孔子作《春秋》的趣旨；他是要明王道，辨人事，分明是非、善恶、贤不肖，存亡继绝，补敝起废，作后世君臣龟鉴。《春秋》实在是礼义的大宗，司马迁相信礼治是胜于法治的。他相信《春秋》包罗万象，采善贬恶，并非以刺讥为主。像他父亲遗命所说的，汉兴以来，人主明圣盛德，和功臣、世家、贤大夫之业，是他父子职守所在，正该记载表彰。他的书记汉事较详，固然是史料多，也是他意主尊汉的缘故。他排斥暴秦，要将汉远承三代。这正和今文家说的《春秋》尊鲁一样，他的书实在是窃比《春秋》的。他虽自称只是"厥协六经异传，整齐百家杂语"，述而不作，不敢与《春秋》比，那不过是谦词罢了。

他在《报任安书》里说他的书"欲以究天人之际，通古今之变，成一家之言"。《史记·自序》里说："罔（网）罗天下放佚旧闻，王迹所兴，原始察终，见盛观衰，论考之行事。""王迹所兴"，始终盛衰，便是"古今之变"，也便是"天人之际"。"天人之际"只是天道对于人事的影响；这和所谓"始终盛衰"都是阴阳家言。阴阳家倡"五德终始说"，以为金、木、水、火、土五行之德，互相克胜，终始运行，循环不息。当运者盛，王迹所兴；运去则衰。西汉此说大行，与"今文经学"合而为一。司马迁是请教过董仲舒的，董就是今文派的大师；他也许受了董的影响。"五德终始说"原是一种历史哲学；实际的教训只是让人君顺时修德。

《史记》虽然窃比《春秋》，却并不用那咬文嚼字的书法，只据事实录，使善恶自见。书里也有议论，那不过是著者牢骚之辞，与大体是无关的。原来司马迁自遭李陵之祸，更加努力著书。他觉得自己已经身废名裂，要发抒意中的郁结，只有这一条通路。他在《报任安书》和《史记·自序》里引文王以下到韩非诸贤圣，都是发愤才著书的。他自己也是个发愤著书的人。天道的无常，世变的无常，引起了他的慨叹；他悲天悯人，发为牢骚抑扬之辞。这增加了他的书的情韵。后世论文的人推尊《史记》，一个原因便在这里。

班彪论前史得失，却说他"论议浅而不笃，其论术学，则崇黄老而薄'五经'，序货殖，则轻仁义而羞贫穷，论游侠，则贱守节而贵俗功"，以为"大敝伤道"；班固也说他"是非颇谬于圣人"。其实推崇道家的是司马谈；司马迁时，儒学已成独尊之势，他也成了一个推崇的人了。至于《游侠》《货殖》两传，确有他的身世之感。那时候有钱可以赎罪，他遭了李陵之祸，刑重家贫，不能自赎，所以才有"羞贫穷"的话；他在穷窘之中，交游竟没有一个抱不平来救他的，所以才有称扬游侠的话。这和《伯夷传》里天道无常的疑问，都只是偶一借题发挥，无关全书大旨。东汉王允看"发愤"著书一语，加上咬文嚼字的成见，便说《史记》是"佞臣"的"谤书"，那不但误解了《史记》，也太小看了司马迁。

《史记》体例有五：十二本纪，记帝王政迹，是编年的。十表，以分年略记世代为主。八书，记典章制度的沿革。三十世家，记侯国世代存亡。七十列传，类记各方面人物。史家称为"纪传体"，因为"纪传"是最重要的部分。古史不是断片的杂记，便是顺案年月的纂录；自出机杼，创立规模，以驾驭去取各种史料的，从《史记》起始。司马迁的确能够贯穿经传，整齐百家杂语，成一家言。他明白"整齐"的必要，并知道怎样去"整齐"：这实在是创作，是以述为作。

他这样将自有文化以来三千年间君臣士庶的行事，"合一炉而冶之"，却反映着秦汉大一统的局势。《春秋左氏传》虽也可算通史，但是规模完具的通史，还得推《史记》为第一部书。班固根据他父亲班彪的意见，说司马迁"善叙事理，辩而不华，质而不俚；其文直，其事核，不虚美，不隐恶，故谓之实录"。"直"是"简省"的意思；简省而能明确，便见本领。《史记》共一百三十篇，列传占了全书的过半数；司马迁的史观是以人物为中心的。他最长于描写；靠了他的笔，古代许多重要人物的面形，至今还活现在纸上。

《汉书》，汉班固著。班固，字孟坚，扶风安陵（今陕西咸阳）人，光武帝建武八年——西元三二——生，和帝永元四年——西元九二——卒。他家和司马氏一样，也是个世家；《汉书》是子继父业，也和司马迁差不多。但班固的凭借，比司马迁好多了。他曾祖班游，博学有才气，成帝时，和刘向同校皇家藏书。成帝赐了他全套藏书的副本，《史记》也在其中。当时书籍流传很少，得来不易；班家得了这批赐书，真像大图书馆似的。他家又有钱，能够招待客人。后来有好些学者，老远的跑到他家来看书；扬雄便是一个。班游的次孙班彪，既有书看，又得接触许多学者；于是尽心儒术，成了一个史学家。《史记》以后，续作很多，但不是偏私，就是鄙俗；班彪加以整理补充，著了六十五篇《后传》。他详论《史记》的得失，大体确当不移。他的书似乎只有本纪和列传；世家是并在列传里。这部书没有流传下来，但他的儿子班固的《汉书》是用它作底本的。

班固生在河西，那时班彪避乱在那里。班固有弟班超，妹班昭，后来都有功于《汉书》。他五岁时随父亲到那时的京师洛阳。九岁时能做文章，读诗赋。大概是十六岁罢，他入了洛阳的大学，博览群书。他治学不专守一家；只重大义，不沾沾在章句上。又善作辞赋。为人宽和容众，不以才能骄人。在大学里读了七年书，二十三岁上，父亲死了，他回到安陵去。明帝永平元年（西元五八），他二十八岁，开始改撰父亲的书。他觉得《后传》不够详明，自己专心精究，想完成一部大书。过了三年，有人上书给明帝，告他私自改作旧史。当时天下新定，常有人假造预言，摇惑民心；私改旧史，更有机会造谣，罪名可以很大。

明帝当即诏令扶风郡逮捕班固，解到洛阳狱中，并调看他的稿子。他兄弟班超怕闹出大乱子，永平五年（西元六二），带了全家赶到洛阳：他上书给明帝，陈明原委，请求召见。明帝果然召见，他陈明班固不敢私改旧史，只是续父所作。那时扶风郡也已将班固稿子送呈。明帝却很赏识那稿子，便命班固作校书郎，兰台令史，跟别的几个人同修世祖（光武帝）本纪。班家这时候很穷。班超也作了一名书记，帮助哥哥养家。后来班固等又述诸功臣的事迹，作列传载记二十八篇奏上。这些后来都成了刘珍等所撰的《东观汉记》

的一部分，与《汉书》是无关的。

明帝这时候才命班固续完前稿。永平七年（西元六四），班固三十三岁，在兰台重行写他的大著。兰台是皇家藏书之处，他取精用弘，比家中自然更好。次年，班超也作了兰台令史。虽然在官不久，就从军去了，但一定给班固帮助很多。章帝即位，好辞赋，更赏识班固了。他因此得常到宫中读书，往往连日带夜的读下去。大概在建初七年（西元八二），他的书才大致完成。那年他是五十一岁了。和帝永元元年（西元八九），车骑将军窦宪出征匈奴，用他作中护军，参议军机大事。这一回匈奴大败，逃得不知去向。窦宪在出塞三千多里外的燕然山上刻石纪功，教班固作铭。这是著名的大手笔。

次年他回到京师，就做了窦宪的秘书。当时窦宪威势极盛；班固倒没有仗窦家的势欺压人，但他的儿子和奴仆却都无法无天的。这就得罪了许多地面上的官儿；他们都敢怒而不敢言。有一回他的奴子喝醉了，在街上骂了洛阳令种兢，种兢气恨极了，但也只能记在心里。永元四年（西元九二），窦宪阴谋弑和帝，事败，自杀。他的党羽，或诛死，或免官。班固先只免了官，种兢却饶不过他，逮捕了他，下在狱里。他已经六十一岁了，受不得那种苦，便在狱里死了。和帝得知，很觉可惜，特地下诏申斥种兢，命他将主办的官员抵罪。班固死后，《汉书》的稿子很散乱。他的妹子班昭也是高才博学，嫁给曹世叔，世叔早死，她的节行并为人所重。当时称为曹大家。这时候她奉诏整理哥哥的书；并有高才郎官十人，从她研究这部书——经学大师扶风马融，就在这十人里。书中的八表和天文志那时还未完成，她和马融的哥哥马续参考皇家藏书，将这些篇写定，这也是奉诏办的。

《汉书》的名称从《尚书》来，是班固定的。他说唐、虞、三代当时都有记载，颂述功德；汉朝却到了第六代才有司马迁的《史记》。而《史记》是通史，将汉朝皇帝的本纪放在尽后头，并且将尧的后裔的汉和秦、项放在相等的地位，这实在不足以推尊本朝。况《史记》只到武帝而止，也没有成段落似的。他所以断代述史，起于高祖，终于平帝时王莽之诛，共十二世，二百三十年，作纪、表、志、传凡百篇，称为《汉书》。班固著《汉书》，虽然根据父亲的评论，修正了《史记》的缺失，但断代的主张，却是他的创见。他这样一面保存了文献，一面贯彻了发扬本朝的功德的趣旨。所以后来的正史都以他的书为范本，名称也多叫作"书"。他这个创见，影响是极大的。他的书所包举的，比《史记》更为广大；天地、鬼神、人事、政治、道德、艺术、文章，尽在其中。

书里没有"世家"一体，本于班彪《后传》。汉代封建制度，实际上已不存在；无所谓侯国，也就无所谓世家。这一体的并入列传，也是自然之势。至于改"书"为"志"，只是避免与《汉书》的"书"字相重，无关得失。但增加了《艺文志》，叙述古代学术源流，记载皇家藏书目录，所关却就大了。《艺文志》的底本是刘歆的《七略》。刘向、刘歆父子都曾奉诏校读皇家藏书；他们开始分别源流，编订目录，使那些"中秘书"渐得流传于世，功劳是很大的。他们的原著都已不存，但《艺文志》还保留着刘歆《七略》的大部分。这是后来目录学家的宝典。原来秦火之后，直到成帝时，书籍才渐渐出现；成帝诏求遗书于天下，这些书便多聚在皇家。刘氏父子所以能有那样大的贡献，班固所以想到《汉书》里增立《艺文志》，都是时代使然。司马迁便没有这样好运气。

《史记》成于一人之手，《汉书》成于四人之手。表、志由曹大家和马续补成；纪、传从昭帝至平帝有班彪的《后传》作底本。而从高祖至武帝，更多用《史记》的文字。这样一看，班固自己作的似乎太少。因此有人说他的书是"剽窃"而成，算不得著作。但那时的著作权的观念还不甚分明，不以抄袭为嫌；而史书也不能凭虚别构。班固删润旧文，正是所谓"述而不作"。他删润的地方，却颇有别裁，决非率尔下笔。史书叙汉事，有阙略的，有隐晦的，经他润色，便变得详明；这是他的独到处。汉代"明主、贤君、忠臣、死义之士"，他实在表彰得更为到家。书中收载别人整篇的文章甚多，有人因此说他是"浮华"之士。这些文章大抵关系政治学术，多是经世有用之作。那时还没有文集，史书加以搜罗，不失保存文献之旨。至于收录辞赋，却是当时的风气和他个人的嗜好；不过从现在看来，这些也正是文学史料，不能抹杀的。

班、马优劣论起于王充《论衡》。他说班氏父子"文义浃备，纪事详赡"，观者以为胜于《史记》。王充论文，是主张华实俱成的。汉代是个辞赋的时代，所谓"华"，便是辞赋化。《史记》当时还用散行文字；到了《汉书》，便宏丽精整，多用排偶，句子也长了。这正是辞赋的影响。自此以后，直到唐代，一般文士，大多偏爱《汉书》，专门传习，《史记》的传习者却甚少。这反映着那时期崇尚骈文的风气。唐以后，散文渐成正统，大家才提倡起《史记》来；明归有光及清桐城派更力加推尊，《史记》差不多要驾乎《汉书》之上了。这种优劣论起于二书散整不同，质文各异；其实是跟着时代的好尚而转变的。

晋代张辅，独不好《汉书》。他说："世人论司马迁班固才的优劣，多以固为胜，但是司马迁叙三千年事，只五十万言，班固叙二百年事，却有八十万言。烦省相差如此之远，班固那里赶得上司马迁呢！"刘知几《史通》却以为"《史记》虽叙三千年事，详备的也只汉兴七十多年，前省后烦，未能折中；若教他作《汉书》，恐怕比班固还要烦些"。刘知几左袒班固，不无过甚其辞。平心而论，《汉书》确比《史记》繁些。《史记》是通史，虽然意在尊汉，不妨详近略远，但叙汉事到底不能太详：司马迁是知道"折中"的。《汉书》断代为书，尽可充分利用史料，尽其颂述功德的职分；载事既多，文字自然繁了，这是一。《汉书》载别人的文字也比《史记》多，这是二。《汉书》文字趋向骈体，句子比散体长，这是三。这都是"事有必至，理有固然"，不足为《汉书》病。范晔《后汉书·班固传赞》说班固叙事"不激诡，不抑抗，赡而不秽，详而有体，使读之者亹亹而不厌"，这是不错的。

宋代郑樵在《通志·总序》里抨击班固，几乎说得他不值一钱。刘知几论通史不如断代，以为通史年月悠长，史料亡佚太多，所可采录的大都陈陈相因，难得新异。《史记》已不免此失；后世仿作，贪多务得，又加繁杂的毛病，简直教人懒得去看。按他的说法，像《鲁春秋》等，怕也只能算是截取一个时代的一段儿，相当于《史记》的叙述汉事；不是无首无尾，就是有首无尾。这都不如断代史的首尾一贯好。像《汉书》那样，所记的只是班固的近代，史料丰富，搜求不难。只需破费工夫，总可一新耳目，"使读之者亹亹而不厌"的。郑樵的意见恰相反，他注重会通，以为历史是连贯的，要明白因革损益的轨迹，非会通不可。通史好在能见其全，能见其大。他称赞《史记》，说是"六经之后，惟有此作"。他说班固断汉为书，古今间隔，因革不明，失了会通之道，真只算是片段罢了。其实通古和断代，各有短长，刘、郑都不免一偏之见。

《史》《汉》可以说是自各成家。《史记》"文直而事核"，《汉书》"文赡而事详"。司马迁感慨多，微情妙旨，时在文字蹊径之外；《汉书》却一览之余，情词俱尽。但是就史论史，班固也许比较客观些，比较合体些。明茅坤说："《汉书》以矩镬胜"，清章学诚说"班氏守绳墨"，"班氏体方用智"，都是这个意思。晋傅玄评班固，"论国体则饰主阙而折忠臣，叙世教则贵取容而贱直节"。这些只关识见高低，不见性情偏正，和司马迁《游侠》《货殖》两传蕴含着无穷的身世之痛得不能相比，所以还无碍其为客观的。总之《史》《汉》二书，文质和繁省虽然各不相同，而所采者博，所择者精，却是一样，组织的宏大，描写的曲达，也同工异曲。二书并称良史，绝不是偶然的。

诸　子

　　春秋末年，封建制度开始崩坏，贵族的统治权，渐渐维持不住。社会上的阶级，有了紊乱的现象。到了战国，更看见农奴解放，商人抬头。这时候一切政治的、社会的、经济的制度，都起了根本的变化。大家平等自由，形成了一个大解放的时代。在这个大变动当中，一些才智之士对于当前的形势，有种种的看法，有种种的主张；他们都想收拾那动乱的局面，让它稳定下来。有些倾向于守旧的，便起来拥护旧文化、旧制度；向当世的君主和一般人申述他们拥护的理由，给旧文化、旧制度找出理论上的根据。也有些人起来批评或反对旧文化、旧制度，又有些人要修正那些。还有人要建立新文化、新制度来代替旧的；还有人压根儿反对一切文化和制度。这些人也都根据他们自己的见解各说各的，都"持之有故，言之成理"。这便是诸子之学，大部分可以称为哲学。这是一个思想解放的时代，也是一个思想发达的时代，在中国学术史里是稀有的。

诸子都出于职业的"士"。"士"本是封建制度里贵族的末一级；但到了春秋、战国之际，"士"成了有才能的人的通称。在贵族政治未崩坏的时候，所有的知识、礼、乐等等，都在贵族手里，平民是没份的。那时有知识技能的专家，都由贵族专养专用，都是在官的。到了贵族政治崩坏以后，贵族有的失了势，穷了，养不起自用的专家。这些专家失了业，流落到民间，便卖他们的知识技能为生。凡有权有钱的都可以临时雇用他们；他们起初还是伺候贵族的时候多，不过不限于一家贵族罢了。这样发展了一些自由职业；靠这些自由职业为生的，渐渐形成了一个特殊阶级，便是"士农工商"的"士"。这些"士"，这些专家，后来居然开门授徒起来。徒弟多了，声势就大了，地位也高了。他们除掉执行自己的职业之外，不免根据他们专门的知识技能，研究起当时的文化和制度来了。这就有了种种看法和主张。各"思以其道易天下"。诸子百家便是这样兴起的。

第一个开门授徒发扬光大那非农非工非商非官的"士"的阶级的，是孔子。孔子名丘，他家原是宋国的贵族，贫寒失势，才流落到鲁国去。他自己作了一个儒士；儒士是以教书和相礼为职业的，他却只是一个"老教书匠"。他的教书有一个特别的地方，就是"有教无类"。他大招学生，不问身家，只要缴相当的学费就收；收来的学生，一律教他们读《诗》《书》等名贵的古籍，并教他们礼、乐等功课。这些从前是只有贵族才有能够享受的，孔子是第一个将学术民众化的人。他又带着学生，周游列国，说当世的君主；这也是从前没有的。他一个人开了讲学和游说的风气，是"士"阶级的老祖宗。他是旧文化、旧制度的辩护人，以这种姿态创始了所谓儒家。所谓旧文化、旧制度，主要的是西周的文化和制度，孔子相信是文王、周公创造的。继续文王、周公的事业，便是他给他自己的使命。他自己说，"述而不作，信而好古"；所述的，所信所好的，都是周代的文化和制度。《诗》《书》《礼》《乐》等是周文化的代表，所以他拿来作学生的必修科目。这些原是共同的遗产，但后来各家都讲自己的新学说，不讲这些；讲这些的始终只有述而不作的儒家。因此《诗》《书》《礼》《乐》等便成为儒家的专有品了。

孔子是个博学多能的人，他的讲学是多方面的。他讲学的目的在于养成"人"，养成为国家服务的人，并不在于养成某一家的学者。他教学生读各种书，学各种功课之外，更注重人格的修养。他说为人要有真性情，要有同情心，能够推己及人，这所谓"直""仁""忠""恕"；一面还得合乎礼，就是遵守社会的规范。凡事只问该做不该做，不必问有用无用；只重义，不计利。这样人才配去干政治，为国家服务。孔子的政治学说，是"正名主义"。他想着当时制度的崩坏，阶级的紊乱，都是名不正的缘故。君没有君道，臣没有臣道，父没有父道，子没有子道，实和名不能符合起来，天下自然乱了。救时之道，便是"君君，臣臣，父父，子子"；正名定分，社会的秩序，封建的阶级便会恢复的。他是给封建制度找了一个理论的根据。这个正名主义，又是从《春秋》和古史官的种种书法归纳得来的。他所谓"述而不作"，其实是以述为作，就是理论化旧文化、旧制度，要将那些维持下去。他对于中国文化的贡献，便在这里。

孔子以后，儒家还出了两位大师，孟子和荀子。孟子名轲，邹人；荀子名况，赵人。这两位大师代表儒家的两派。他们也都拥护周代的文化和制度，但是更进一步的加以理论化和理想化。孟子说人性是善的。人都有恻隐心、羞恶心、辞让心、是非心；这便是仁、义、礼、智等善端，只要能够加以扩充，便成善人。这些善端，又总称为"不忍人之心"。圣王本于"不忍人之心"，发为"不忍人之政"，便是"仁政"，"王政"。一切政治的、经济的制度都是为民设的，君也是为民设的——这却已经不是封建制度的精神了。和王政相对的是霸政。霸主的种种制作设施，有时也似乎为民，其实不过是达到好名、好利、好尊荣的手段罢了。荀子说人性是恶的。性是生之本然，里面不但没有善端，还有争夺放纵等恶端。但是人有相当聪明才力，可以渐渐改善学好；积久了，习惯自然，再加上专一的功夫，可以到圣人的地步。所以善是人为的。孟子反对功利，他却注重它。他论王霸的分别，也从功利着眼。孟子注重圣王的道德，他却注重圣王的威权。他说生民之初，纵欲相争，乱得一团糟；圣王建立社会国家，是为明分、息争的。礼是社会的秩序和规范，作用便在明分：乐是调和情感的，作用便在息争。他这样从功利主义出发，给一切文化和制度找到了理论的根据。

儒士多半是上层社会的失业流民；儒家所拥护的制度，所讲、所行的道德，也是上层社会所讲、所行的。还有原业农工的下层失业流民，却多半成为武士。武士是以帮人打仗为职业的专家。墨翟便出于武士。墨家的创始者墨翟，鲁国人，后来做到宋国的大夫，但出身大概是很微贱的。"墨"原是做苦工的犯人的意思，大概是个诨名；"翟"是名字。墨家本是贱者，也就不辞用那个诨名自称他们的学派。墨家是有团体组织的，他们的首领叫作"巨子"；墨子大约就是第一任"巨子"。他们不但是打仗的专家，并且是制造战争器械的专家。

但墨家和别的武士不同，他们是有主义的。他们虽以帮人打仗为生，却反对侵略的打仗；他们只帮被侵略的弱小国家做防卫的工作。《墨子》里只讲守的器械和方法，攻的方面，特意不讲。这是他们的"非攻"主义。他们说天下大害，在于人的互争；天下人都该视人如己，互相帮助，不但利他，而且利己。这是"兼爱"主义。墨家更注重功利，凡与国家人民有利的事情，才认为有价值。国家人民，利在富庶；凡能使人民富庶的事物是有用的，别的都是无益或有害。他们是平民的代言人，所以反对贵族的周代的文化和制度。他们主张"节葬""短丧""节用""非乐"，都和儒家相反。他们说他们是以节俭勤苦的夏禹为法的。他们又相信有上帝和鬼神，能够赏善罚恶；这也是下层社会的旧信仰。儒家和墨家其实都是守旧的，不过，一个守原来上层社会的旧，一个守原来下层社会的旧罢了。

压根儿反对一切文化和制度的是道家。道家出于隐士。孔子一生曾遇到好些"避世"之士；他们着实讥评孔子。这些人都是有知识学问的。他们看见时世太乱，难以挽救，便消极起来，对于世事，取一种不闻不问的态度。他们讥评孔子"知其不可而为之"，费力不讨好；他们自己便是知其不可而不为的、独善其身的聪明人。后来有个杨朱，也是这一流人，他却将这种态度理论化了，建立"为我"的学说。他主张"全生保真，不以物累形"；将天下给他，换他小腿上一根汗毛，他是不干的。天下虽大，是外物；一根毛虽小，却是自己的一部分。所谓"真"，便是自然。杨朱所说的只是教人因生命的自然，不加伤害；"避世"便是"全生保真"的路。不过世事变化无穷，避世未必就能避害，杨朱的教义到这里却穷了。老子、庄子的学说似乎便是从这里出发，加以扩充的。杨朱实在是道家的先锋。

老子相传姓李名耳，楚国隐士。楚人是南方新兴的民族，受周文化的影响很少；他们往往有极新的思想。孔子遇到那些隐士，也都在楚国，这似乎不是偶然的。庄子名周，宋国人，他的思想却接近楚人。老学以为宇宙间事物的变化，都遵循一定的公律，在天然界如此，在人事界也如此。这叫作"常"。顺应这些公律，便不须避害，自然能避害。所以说，"知常曰明"。事物变化的最大公律是物极则反。处世接物，最好先从反面下手。"将欲翕之，必固张之；将欲弱之，必固强之；将欲废之，必固兴之；将欲夺之，必固与之。""大直若屈，大巧若拙，大辩若讷。"这样以退为进，便不至于有什么冲突了。因为物极则反，所以社会上政治上种种制度，推行起来，结果往往和原来目的相反。"法令滋彰，盗贼多有。"治天下本求有所作为，但这是费力不讨好的，不如排除一切制度，顺应自然，无为而为，不治而治。那就无不为，无不治了。自然就是"道"，就是天地万物所以生的总原理。物得道而生，是道的具体表现。一物所以生的原理叫作"德"，"德"是"得"的意思。所以宇宙万物都是自然的。这是老学的根本思想，也是庄学的根本思想。但庄学比老学更进一步。他们主张绝对的自由，绝对的平等。天地万物，无时不在变化之中，不齐是自然的。一切但须顺其自然，所有的分别，所有的标准，都是不必要的。社会上、政治上的制度，硬教不齐的齐起来，只徒然伤害人性罢了。所以圣人是要不得的；儒、墨是"不知耻"的。按庄学说，凡天下之物都无不好，凡天下的意见，都无不对；无所谓物我，无所谓是非。甚至死和生也都是自然的变化，都是可喜的。明白这些个，便能与自然打成一片，成为"无人而不自得"的圣人了。老、庄两派，汉代总称为道家。

庄学排除是非，是当时"辩者"的影响。"辩者"汉代称为名家，出于讼师。辩者的一个首领郑国邓析，便是春秋末年著名的讼师。另一个首领梁相惠施，也是法律行家。邓析的本事在对于法令能够咬文嚼字的取巧，"以是为非，以非为是"。语言文字往往是多义的；他能够分析语言文字的意义，利用来做种种不同甚至相反的解释。这样发展了辩者的学说。当时的辩者有惠施和公孙龙两派。惠施派说，世间各个体的物，各有许多性质；但这些性质，都因比较而显，所以不是绝对的。各物都有相同之处，也都有相异之处。从同的一方面看，可以说万物无不相同；从异的一方面看，可以说万物无不相异。同异都是相对的：这叫作"合同异"。

公孙龙，赵人。他这一派不重个体而重根本，他说概念有独立分离的存在。譬如一块坚而白的石头，看的时候只见白，没有坚；摸的时候只觉坚，不见白。所以白性与坚性两者是分离的。况且天下白的东西很多，坚的东西也很多，有白而不坚的，也有坚而不白的。也可见白性与坚性是分离的。

白性使物白，坚性使物坚；这些虽然必须因具体的物而见，但实在有着独立的存在，不过是潜存罢了。这叫作"离坚白"。这种讨论与一般人感觉和常识相反，所以当时以为"怪说""琦辞"，"辩而无用"。但这种纯理论的兴趣，在哲学上是有它的价值的。至于辩者对于社会政治的主张，却近于墨家。

儒、墨、道各家有一个共通的态度，就是托古立言；他们都假托古圣贤之言以自重。孔子托文王、周公，墨子托于禹，孟子托于尧、舜，老、庄托于传说中尧、舜以前的人物；一个比一个古，一个压一个。不托古而变古的只有法家。法家出于"法术之士"，法术之士是以政治为职业的专家。贵族政治崩坏的结果，一方面是平民的解放，一方面是君主的集权。这时候国家的范围，一天一天扩大，社会的组织也一天一天复杂。人治、礼治，都不适用了。法术之士便创一种新的政治方法帮助当时的君主整理国政，作他们的参谋。这就是法治。当时现实政治和各方面的趋势是变古——尊君权、禁私学、重富豪。法术之士便拥护这种趋势，加以理论化。

他们中间有重势、重术、重法三派，而韩非子集其大成。他本是韩国的贵族，学于荀子。他采取荀学、老学和辩者的理论，创立他的一家言；他说势、术、法三者都是"帝王之具"，缺一不可。势的表现是赏罚，赏罚严，才可以推行法和术。因为人性究竟是恶的。术是君主驾驭臣下的技巧。综核名实是一个例。譬如教人做某官，按那官的名位，该能作出某些成绩来；君主就可以照着去考核，看他名实能相副否。又如臣下有所建议，君主便叫他去做，看他能照所说的做到否。名实相副的赏；否则罚。法是规矩准绳，明主制下了法，庸主只要守着，也就可以治了。君主能够兼用法、术、势，就可以一驭万，以静制动，无为而治。诸子都讲政治，但都是非职业的，多偏于理想。只有法家的学说，从实际政治出来，切于实用。中国后来的政治，大部分是受法家的学说支配的。

古代贵族养着礼、乐专家，也养着巫祝、术数专家。礼、乐原来的最大的用处在丧、祭。丧、祭用礼、乐专家，也用巫祝；这两种人是常在一处的同事。巫祝固然是迷信的；礼、乐里原先也是有迷信成分的。礼、乐专家后来沦为儒；巫祝术数专家便沦为方士。他们关系极密切，所注意的事有些是相同的。汉代所称的阴阳家便出于方士。古代术数注意于所谓"天人之际"，以为天道人事互相影响。战国末年有些人更将这种思想推行起来，并加以理论化，使它成为一贯的学说。这就是阴阳家。

当时阴阳家的首领是齐人驺衍。他研究"阴阳消息"，创为"五德终始"说。"五德"就是五行之德。五行是古代信仰。驺衍以为五行是五种天然势力，所谓"德"。每一德，各有盛衰的循环。在它当运的时候，天道人事，都受它支配。

等到它运尽而衰，为别一德所胜所克，别一德就继起当运。木胜土，金胜木，火胜金，水胜火，土胜水，这样"终始"不息。历史上的事变都是这些天然势力的表现。每一朝代，代表一德；朝代是常变的，不是一家一姓可以永保。阴阳家也讲仁义名分，却是受儒家的影响。那时候儒家也在开始受他们的影响，讲《周易》，作《易传》。到了秦、汉间，儒家更几乎与他们混合为一；西汉今文家的经学大部便建立在阴阳家的基础上。后来"古文经学"虽然扫除了一些"非常""可怪"之论，但阴阳家的思想已深入人心，牢不可拔了。

战国末期，一般人渐渐感觉统一思想的需要，秦相吕不韦便是作这种尝试的第一个人。他教许多门客合撰了一部《吕氏春秋》。现在所传的诸子书，大概都是汉人整理编定的；他们大概是将同一学派的各篇编辑起来，题为某子。所以都不是有系统的著作。《吕氏春秋》却不然；它是第一部完整的书。吕不韦所以编这部书，就是想化零为整，集合众长，统一思想。他的基调却是道家。秦始皇统一天下，李斯为相，实行统一思想。他烧书，禁天下藏"《诗》《书》百家语"。但时机到底还未成熟，而秦不久也就亡了，李斯是失败了。所以汉初诸子学依然很盛。

到了汉武帝的时候，淮南王刘安仿效吕不韦的故智，教门客编了一部《淮南子》，也以道家为基调，也想来统一思想，但成功的不是他，是董仲舒。董仲舒向武帝建议："《六经》和孔子的学说以外，各家一概禁止。邪说息了，秩序才可统一，标准才可分明，人民才知道他们应走的路。"武帝采纳了他的话。从此，帝王用功名、利禄提倡他们所定的儒学，儒学统于一尊；春秋战国时代言论思想极端自由的空气便消灭了。这时候政治上既开了从来未有的大局面，社会和经济各方面的变动也渐渐凝成了新秩序，思想渐归于统一，也是自然的趋势。在这新秩序里，农民还占着大多数，宗法社会还保留着，旧时的礼教与制度一部分还可适用，不过民众化了罢了。另一方面，要创立政治上、社会上各种新制度，也得参考旧的。这里便非用儒者不可了。儒者通晓以前的典籍，熟悉以前的制度，而又能够加以理想化、理论化，使那些东西秩然有序，粲然可观。别家虽也有政治社会学说，却无具体的办法，就是有，也不完备，赶不上儒家；在这建设时代，自然不能和儒学争胜。儒学的独尊，也是当然的。

辞　赋

　　屈原是我国历史里永被纪念着的一个人。旧历五月五日端午节，相传便是他的忌日；他是投水死的，竞渡据说原来是表示救他的，粽子原来是祭他的。现在定五月五日为诗人节，也是为了纪念的缘故。他是个忠臣，而且是个缠绵悱恻的忠臣；他是个节士，而且是个浮游尘外、清白不污的节士。"举世皆浊而我独清，众人皆醉而我独醒"，他的身世是一出悲剧。可是他永生在我们的敬意尤其是我们的同情里。"原"是他的号，"平"是他的名字。他是楚国的贵族，怀王时候，作"左徒"的官。左徒好像现在的秘书。他很有学问，熟悉历史和政治，口才又好。一方面参赞国事，一方面给怀王见客，办外交，头头是道，怀王很信任他。

　　当时楚国有亲秦、亲齐两派；屈原是亲齐派。秦国看见屈原得势，便派张仪买通了楚国的贵臣上官大夫，靳尚等，在怀王面前说他的坏话。怀王果然被他们所惑，将屈原放逐到汉北去。张仪便劝怀王和齐国绝交，说秦国答应割地六百里。楚和齐绝了交，张仪却说答应的是六里。怀王大怒，便举兵伐秦，不料大败而归。这时候想起屈原来了，将他召回，教他出使齐国。亲齐派暂时抬头。但是亲秦派不久又得势。怀王终于让秦国骗了去，拘留着，就死在那里。这件事是楚人最痛心的，屈原更不用说了。可是怀王的儿子顷襄王，却还是听亲秦派的话，将他二次放逐到江南去。他流浪了九年，秦国的侵略一天紧似一天；他不忍亲见亡国的惨相，又想以一死来感悟顷襄王，便自沉在汨罗江里。

《楚辞》中《离骚》和《九章》的各篇，都是他放逐时候所作。《离骚》尤其是千古流传的杰作。这一篇大概是二次被放时作的。他感念怀王的信任，却恨他糊涂，让一群小人蒙蔽着，播弄着。而顷襄王又不能觉悟；以致国土日削，国势日危。他自己呢，"信而见疑，忠而被谤"，简直走投无路；满腔委屈，千端万绪的，没人可以诉说。终于只能告诉自己的一支笔，《离骚》便是这样写成的。"离骚"是"别愁"或"遭忧"的意思。他是个富于感情的人，那·腔遏抑不住的悲愤，随着他的笔奔迸出来，"东一句，西一句，天上一句，地下一句"，只是一片一段的，没有篇章可言。这和人在疲倦或苦痛的时候，叫"妈呀！""天哪！"一样；心里乱极，闷极了，叫叫透一口气，自然是顾不到什么组织的。

篇中陈说唐、虞、三代的治，桀、纣、羿、浇的乱，善恶因果，历历分明；用来讽刺当世，感悟君王。他又用了许多神话里的譬喻和动植物的譬喻，委屈地表达出他对于怀王的忠爱，对于贤人君子的向往，对于群小的深恶痛疾。他将怀王比作美人，他是"求之不得"，"辗转反侧"；情辞凄切，缠绵不已。他又将贤臣比作香草。"美人香草"从此便成为政治的譬喻，影响后来解诗、作诗的人很大。汉淮南王刘安作《离骚传》说："《国风》好色而不淫，《小雅》怨诽而不乱，若《离骚》者可谓兼之矣。""好色而不淫"似乎就指美人香草用作政治的譬喻而言；"怨诽而不乱"是怨而不怒的意思。虽然我们相信《国风》的男女之辞并非政治的譬喻，但断章取义，淮南王的话却是《离骚》的确切评语。

《九章》的各篇原是分立的，大约汉人才合在一起，给了"九章"的名字。这里面有些是屈原初次被放时作的，有些是二次被放时作的。差不多都是"上以讽谏，下以自慰"；引史事，用譬喻，也和《离骚》一样。《离骚》里记着屈原的世系和生辰，这几篇里也记着他放逐的时期和地域；这些都可以算是他的自叙传。他还作了《九歌》《天问》《远游》《招魂》等，却不能算自叙传，也"不皆是怨君"；后世都说成怨君，便埋没了他的别一面的出世观了。他其实也是一"子"，也是一家之学。这可以说是神仙家，出于巫。《离骚》

里说到周游上下四方，驾车的动物，驱使的役夫，都是神话里的。《远游》更全是说的周游上下四方的乐处。这种游仙的境界，便是神仙家的理想。

《远游》开篇说："悲时俗之迫厄兮，愿轻举而远游"，篇中又说："临不死之旧乡"。人间世太狭窄了，也太短促了，人是太不自由自在了。神仙家要无穷大的空间，所以要周行无碍；要无穷久的时间，所以要长生不老。他们要打破现实的有限的世界，用幻想创出一个无限的世界来。在这无限的世界里，所有的都是神话里的人物；有些是美丽的，也有些是丑怪的。《九歌》里的神大都可爱；《招魂》里一半是上下四方的怪物，说得顶怕人的，可是一方面也奇诡可喜。因为注意空间的扩大，所以对于天地、山川、日月、星辰都有兴味。《天问》里许多关于天文地理的疑问，便是这样来的。一面惊奇天地之广大，一面也惊奇人事之诡异——善恶因果，往往有不相应的；《天问》里许多关于历史的疑问，便从这里着眼。这却又是他的人世观了。

要达到游仙的境界，须要"虚静以恬愉"，"无为而自得"，还须导引养生的修炼工夫，这在《远游》里都说了。屈原受庄学的影响极大。这些都是庄学；周行无碍，长生不老，以及神话里的人物，也都是庄学。但庄学只到"我"与自然打成一片而止，并不想创造一个无限的世界；神仙家似乎比庄学更进了一步。神仙家也受阴阳家的影响；阴阳家原也讲天地广大，讲禽兽异物的。阴阳家是齐学。齐国滨海，多有怪诞的思想。屈原常常出使到那里，所以也沾了齐气。还有齐人好"隐"。"隐"是"遁词以隐意，谲譬以指事"，是用一种滑稽的态度来讽谏。淳于髡可为代表。楚人也好"隐"。屈原是楚人，而他的思想又受齐国的影响，他爱用种种政治的譬喻，大约也不免沾点齐气。但是他不取滑稽的态度，他是用一副悲剧面孔说话的。《诗大序》所谓"谲谏"，所谓"言之者无罪，闻之者足以戒"，倒是合式的说明。至于像《招魂》里的铺张排比，也许是纵横家的风气。

《离骚》各篇多用"兮"字足句，句逗以参差不齐为主。"兮"字足句，三百篇中已经不少；句逗参差，也许是"南音"的发展。南本是南乐的名称；三百篇中的二南，本该与风、雅、颂分立为四。二南是楚诗，乐调虽已不能知道，但和风、雅、颂必有异处。从二南到《离骚》，现在只能看出句逗由短而长、由齐而畸的一个趋势；这中间变迁的轨迹，我们还能找到一些，总之，绝不是突如其来的。这句逗的发展，大概多少有音乐的影响。从《汉书·王褒传》，可以知道楚辞的诵读是有特别的调子的，这正是音乐的影响。屈原诸作奠定了这种体制，模拟的日渐其多。就中最出色的是宋玉，他作了《九辩》。宋玉传说是屈原的弟子；《九辩》的题材和体制都模拟《离骚》和《九章》，算是代屈原说话，不过没有屈原那样激切罢了。宋玉自己可也加上一些新思想；

他是第一个描写"悲秋"的人。还有个景差，据说是《大招》的作者；《大招》是模拟《招魂》的。

到了汉代，模拟《离骚》的更多，东方朔、王褒、刘向、王逸都走着宋玉的路。大概武帝时候最盛，以后就渐渐的差了。汉人称这种体制为"辞"，又称为"楚辞"。刘向将这些东西编辑起来，成为《楚辞》一书。东汉王逸给作注，并加进自己的拟作，叫作《楚辞章句》。北宋洪兴祖又作《楚辞补注》；《章句》和《补注》合为《楚辞》标准的注本。但汉人又称《离骚》等为"赋"。《史记·屈原传》说他"作《怀沙》之赋"；《怀沙》是《九章》之一，本无"赋"名。《传》尾又说："宋玉、唐勒、景差之徒，皆好辞而以赋见称。"《汉书·艺文志·诗赋略》列"屈原赋二十五篇"，就是《离骚》等。大概"辞"是后来的名字，专指屈、宋一类作品；赋虽从辞出，却是先起的名字，在未采用"辞"的名字以前，本包括辞而言。所以浑言称"赋"，称"辞赋"，分言称"辞"和"赋"。后世引述屈、宋诸家，只通称"楚辞"，没有单称"辞"的。但却有称"骚""骚体""骚赋"的，这自然是《离骚》的影响。

荀子的《赋篇》最早称"赋"。篇中分咏"礼""知""云""蚕""箴"（针）五件事物，像是谜语；其中颇有讽世的话，可以说是"隐"的支流余裔。荀子久居齐国的稷下，又在楚国作过县令，死在那里。他的好"隐"，也是自然的。《赋篇》总题分咏，自然和后来的赋不同，但是安排客主，问答成篇，却开了后来赋家的风气。荀赋和屈辞原来似乎各是各的；这两体的合一，也许是在贾谊手里。贾谊是荀卿的再传弟子，他的境遇却近于屈原，又久居屈原的故乡；很可能的，他模拟屈原的体制，却袭用了荀卿的"赋"的名字。这种赋日渐发展，屈原诸作也便被称为"赋"；"辞"的名字许是后来因为拟作多了，才分化出来，作为此体的专称的。辞本是"辩解的言语"的意思，用来称屈、宋诸家所作，倒也并无不合之处。

《汉书·艺文志，诗赋略》分赋为四类。"杂赋"十二家是总集，可以不论。屈原以下二十家，是言情之作。陆贾以下二十一家，已佚，大概近于纵横家言。就中"陆贾赋三篇"，在贾谊之先；但作品既不可见，是他自题为赋，还是后人追题，不能知道，只好存疑了。荀卿以下二十五家，大概是叙物明理之作。这三类里，贾谊以后各家，多少免不了屈原的影响，但已渐有散文化的趋势；第一类中的司马相如便是创始的人。——托为屈原作的《卜居》《渔父》，通篇散文化，只有几处用韵，似乎是《庄子》和荀赋的混合体制，又当别论。——散文化更容易铺张些。"赋"本是"铺"的意思，铺张倒是本来面目。可是铺张的作用原在讽谏；这时候却为铺张而铺张，所谓"劝百而讽一"。当时汉武帝好辞赋，作者极众，争相竞胜，所以致此。扬雄说，"诗人之赋丽以则，辞人之赋丽以淫"；"诗人之赋"便是前者，"辞人之赋"便是后者。甚至有诙谐嫚戏，毫无主旨的。难怪辞赋家会被人鄙视为倡优了。

东汉以来，班固作《两都赋》，"极众人之所眩曜，折以今之法度"；张衡仿他作《二京赋》。晋左思又仿作《三都赋》。这种赋铺叙历史地理，近于后世的类书；是陆贾、荀卿两派的混合，是散文的更进一步。这和屈、贾言情之作，却迥不相同了。此后赋体渐渐缩短，字句却整炼起来。那时期一般诗文都趋向排偶化，赋先是领着走，后来是跟着走；作赋专重写景述情，务求精巧，不再用来讽谏。这种赋发展到齐、梁、唐初为极盛，称为"俳体"的赋。"俳"是游戏的意思，对讽谏而言；其实这种作品倒也并非滑稽嫚戏之作。唐代古文运动起来，宋代加以发挥光大，诗文不再重排偶尔趋向散文化，赋体也变了。像欧阳修的《秋声赋》，苏轼的《前后赤壁赋》，虽然有韵而全篇散行，排偶极少，比《卜居》《渔父》更其散文的。这称为"文体"的赋。唐宋两代，以诗赋取士，规定程式。那种赋定为八韵，调平仄，讲对仗；制题新巧，限韵险难。这只是一种技艺罢了。这称为"律赋"。对"律赋"而言，"排体"和"文体"的赋都是"古赋"；这"古赋"的名字和"古文"的名字差不多，真正的"古"如屈、宋的辞，汉人的赋，倒是不包括在内的。赋似乎是我国特有的体制；虽然有韵，而就它全部的发展看，却与文近些，不算是诗。

诗

汉武帝立乐府，采集代、赵、秦、楚的歌谣和乐谱；教李延年作协律都尉，负责整理那些歌辞和谱子，以备传习唱奏。当时乐府里养着各地的乐工好几百人，大约便是演奏这些乐歌的。歌谣采来以后，他们先审查一下。没有谱子的，便给制谱；有谱子的，也得看看合式不合式，不合式的地方，便给改动一些。这就是"协律"的工作。歌谣的"本辞"合乐时，有的保存原来的样子，有的删节，有的加进些复沓的甚至不相干的章句。"协律"以乐为主，只要合调，歌辞通不通，他们是不大在乎的。他们有时还在歌辞时夹进些泛声；"辞"写大字，"声"写小字。但流传久了，声辞混杂起来，后世便不容易看懂了。这种种乐歌，后来称为"乐府诗"，简称就叫"乐府"。北宋太原郭茂倩收集汉乐府以下历代合乐的和不合乐的歌谣，以及模拟之作，成为一书，题作《乐府诗集》；他所谓"乐府诗"，范围是很广的。就中汉乐府，沈约《宋书·乐志》特称为"古辞"。

汉乐府的声调和当时称为"雅乐"的三百篇不同，所采取的是新调子。这种新调子有两种："楚声"和"新声"。屈原的辞可为楚声的代表。汉高祖是楚人，喜欢楚声；楚声比雅乐好听。一般人不用说也是喜欢楚声。楚声便成了风气。武帝时乐府所采的歌谣，楚以外虽然还有代、赵、秦各地的，但声调也许差不很多。那时却又输入了新声；新声出于西域和北狄的军歌。李延年多采取这种调子唱奏歌谣，从此大行，楚声便让压下去了。楚声句调比较雅乐参差得多，新声的更比楚声参差得多。可是楚声里也有整齐的五言，楚调曲里各篇更全然如此，像著名的《白头吟》《梁甫吟》《怨歌行》都是的。这就是五言诗的源头。

汉乐府以叙事为主。所叙的社会故事和风俗最多，历史及游仙的故事也占一部分。此外便是男女相思和离别之作，格言式的教训，人生的慨叹等等。这些都是一般人所喜欢的题材。用一般人所喜欢的调子，歌咏一般人所喜欢的题材，自然可以风靡一世。哀帝即位，却以为这些都是不正经的乐歌；他废了乐府，裁了多一半乐工——共四百四十一人，——大概都是唱奏各地乐歌的。当时颇想恢复雅乐，但没人懂得，只好罢了。不过一般人还是爱好那些乐歌。这风气直到汉末不变。东汉时候，这些乐歌已经普遍化，文人仿作的渐多；就中也有仿作整齐的五言的，像班固《咏史》。但这种五言的拟作极少；而班固那一首也未成熟，钟嵘在《诗品序》里评为"质木无文"，是不错的。直到汉末，一般文体都走向整炼一路，试验这五言体的便多起来；而最高的成就是《文选》所录的《古诗十九首》。

旧传最早的五言诗，是《古诗十九首》和苏武、李陵诗；说"十九首"里有七首是枚乘作的，和苏、李诗都出现于汉武帝时代。但据近来的研究，这十九首古诗实在都是汉末的作品；苏、李诗虽题了苏、李的名字，却不合于他们的事迹，从风格上看，大约也和"十九首"出现在差不多的时候。这十九首古诗并非一人之作，也非一时之作，但都模拟言情的乐府。歌咏的多是相思离别，以及人生无常当及时行乐的意思；也有对于邪臣当道、贤人放逐、朋友富贵相忘、知音难得等事的慨叹。这些都算是普遍的题材；但后一类是所谓"失志"之作，自然兼受了《楚辞》的影响。钟嵘评古诗，"可谓几乎一字千金"。因为所咏的几乎是人人心中所要说的，却不是人人口中、笔下所能说的，而又能够那样平平说出，曲曲说出，所以是好。"十九首"只像对朋友说家常话，并不在字面上用功夫，而自然达意，委婉尽情，合于所谓"温柔敦厚"的诗教。到唐为止，这是五言诗的标准。

汉献帝建安年间（西元一九六——二一九），文学极盛，曹操和他的儿子曹丕、曹植兄弟是文坛的主持人；而曹植更是个大诗家。这时乐府声调已多失传，他们却用乐府旧题，改作新词；曹丕、曹植兄弟尤其努力在五言体上。他们一班人也作独立的五言诗，叙游宴，述恩荣，开后来应酬一派。但只求明白诚恳，还是歌谣本色。就中曹植在曹丕作了皇帝之后，颇受猜忌，忧患的情感，时时流露在他的作品里。诗中有了"我"，所以独成大家。这时候五言作者既多，开始有了工拙的评论，曹丕说刘桢"五言诗之善者，妙绝时人"，便是例子。但真正奠定了五言诗的基础是魏代的阮籍，他是第一个用全力作五言诗的人。

阮籍是老、庄和屈原的信徒。他生在魏晋交替的时代，眼见司马氏三代专权，欺负曹家，压迫名士，一肚皮牢骚只得发泄在酒和诗里。他作了《咏怀诗》八十多首，述神话，引史事，叙艳情，托于鸟兽草木之名，主旨不外说富贵不能常保，祸患随时可至，年岁有限，一般人钻在利禄的圈子里，不知放怀远大，真是可怜之极。他的诗充满了这种悲悯的情感，"忧思独伤心"一句可以表现。这里《楚辞》的影响很大；钟嵘说他"源出于《小雅》"，似乎是皮相之谈。本来五言诗自始就脱不了《楚辞》的影响，不过他尤其如此。他还没有用心琢句；但语既浑括，譬喻又多，旨趣更往往难详。这许是当时的不得已，却因此增加了五言诗文人化的程度。他是这样扩大了诗的范围，正式成立了抒情的五言诗。

晋代诗渐渐排偶化、典故化。就中左思的《咏史诗》，郭璞的《游仙诗》，也取法《楚辞》，借古人及神仙抒写自己的怀抱，为后世所宗。郭璞是东晋初的人。跟着就流行了一派玄言诗。孙绰、许询是领袖。他们作诗，只是融化老、庄的文句，抽象说理，所以钟嵘说像"道德论"。这种诗千篇一律，没有"我"；《兰亭集诗》各人所作四言、五言各一首，都是一个味儿，正是好例。但在这种影响下，却孕育了陶渊明和谢灵运两个大诗人。陶渊明，浔阳柴桑人，作了几回小官，觉得做官不自由，终于回到田园，躬耕自活。他也是老、庄的信徒，从躬耕里领略到自然的恬美和人生的道理。他是第一个将田园生活描写在诗里的人。他的躬耕免祸的哲学也许不是新的，可都是他从真实生活里体验得来的，与口头的玄理不同，所以亲切有味。诗也不妨说理，但须有理趣，他的诗能够做到这一步。他做诗也只求明白诚恳，不排不典；他的诗是散文化的。这违反了当时的趋势，所以《诗品》只将他放在中品里。但他后来确成了千古"隐逸诗人之宗"。

谢灵运，宋时做到临川太守。他是有政治野心的，可是不得志。他不但是老、庄的信徒，也是佛的信徒。他最爱游山玩水，常常领了一群人到处探奇访胜；他的自然的哲学和出世的哲学教他沉溺在山水的清幽里。他是第一个在诗里用全力刻画山水的人；他也可以说是第一个用全力雕琢字句的人。他用排偶，用典故，却能创造新鲜的句子；不过描写有时不免太繁重罢了。他在赏玩山水的时候，也常悟到一些隐遁的、超旷的人生哲理；但写到诗里，不能和那精巧的描写打成一片，像硬装进去似的。这便不如陶渊明的理趣足，但比那些"道德论"自然高妙得多。陶诗教给人怎样赏味田园，谢诗教给人怎样赏味山水；他们都是发现自然的诗人。陶是写意，谢是工笔。谢诗从制题到造句，无一不是工笔。他开了后世诗人着意描写的路子；他所以成为大家，一半也在这里。

　　齐武帝永明年间（西元四八三—四九三），"声律说"大盛。四声的分别，平仄的性质，双声叠韵的作用，都有人指出，让诗文作家注意。从前只着重句末的韵，这时更着重句中的"和"；"和"就是念起来顺口，听起来顺耳。从此诗文都力求谐调，远于语言的自然。这时的诗，一面讲究用典，一面讲究声律，不免有侧重技巧的毛病。到了梁简文帝，又加新变，专咏艳情，称为"宫体"，诗的境界更狭窄了。这种形式与题材的新变，一直影响到唐初的诗。这时候七言的乐歌渐渐发展。汉、魏文士仿作乐府，已经有七言的，但只零星偶见，后来舞曲里常有七言之作。到了宋代，鲍照有《行路难》十八首，人生的感慨颇多，和舞曲描写声容的不一样，影响唐代的李白、杜甫很大。但是梁以来七言的发展，却还跟着舞曲的路子，不跟着鲍照的路子。这些都是宫体的谐调。

　　唐代谐调发展，成立了律诗绝句，称为近体；不是谐调的诗，称为古体；又成立了古、近体的七言诗。古体的五言诗也变了格调，这些都是划时代的。初唐时候，大体上还继续着南朝的风气，辗转在艳情的圈子里。但是就在这时候，沈佺期、宋之间奠定了律诗的体制。南朝论声律，只就一联两句说：沈、宋却能看出谐调有四种句式。两联四句才是谐调的单位，可以称为周期。这单位后来写成"仄仄平平　仄平平仄仄平　平平平仄仄　仄仄仄平平"的谱。沈、宋在一首诗里用两个周期，就是重叠一次；这样，声调便谐和富厚，又不致单调。这就是八句的律诗。律有"声律""法律"两义。律诗体制短小，组织必须经济，才能发挥它的效力；"法律"便是这个意思。但沈、宋的成就只在声律上，"法律"上的进展，还等待后来的作家。

　　宫体诗渐渐有人觉得腻味了；陈子昂、李白等说这种诗颓靡浅薄，没有价值。他们不但否定了当时古体诗的题材，也否定了那些诗的形式。他们的五言古体，模拟阮籍的《咏怀》，但是失败了。一般作家却只大量的仿作七言的乐府歌行，带着多少的排偶与谐调。——当时往往就这种歌行里截取谐调的四句入乐奏唱。——可是李白更撇开了排偶和谐调，作他的七言乐府。李白，蜀人，明皇时作供奉翰林；触犯了杨贵妃，不能得志。他是个放流不羁的人，便辞了职，游山水，喝酒，作诗。他的乐府很多，取材很广；他是借着乐府旧题来抒写自己生活的。他的生活态度是出世的；他作诗也全任自然。人家称他为"天上谪仙人"；这说明了他的人和他的诗。他的歌行增进了七言诗的价值；但他的绝句更代表着新制。绝句是五言或七言的四句，大多数是谐调。南北朝民歌中，五言四句的谐调最多，影响了唐人；南朝乐府里也有七言四句的，但不太多。李白和别的诗家纷纷制作，大约因为当时输入的西域乐调宜于这体制，作来可供宫廷及贵人家奏唱。绝句最短小，贵储蓄，忌说尽。李白所作，自然而不觉费力，并且暗示着超远的境界；他给这新体诗立下了一个标准。

但是真正继往开来的诗人是杜甫。他是河南巩县人。安禄山陷长安，肃宗在灵武即位，他从长安逃到灵武，作了"左拾遗"的官，因为谏救房琯，被放了出去。那时很乱，又是荒年，他辗转流落到成都，依靠故人严武，做到"检校工部员外郎"，所以后来称为杜工部。他在蜀中住了很久。严武死后，他避难到湖南，就死在那里。他是儒家的信徒："致君尧舜上，再使风俗淳"是他的素志。又身经乱离，亲见了民间疾苦。他的诗努力描写当时的情形，发抒自己的感想。唐代以诗取士，诗原是应试的玩意儿；诗又是供给乐工歌伎唱了去伺候宫廷及贵人的玩意儿。李白用来抒写自己的生活，杜甫用来抒写那个大时代，诗的领域扩大了，价值也增高了。而杜甫写"民间的实在痛苦，社会的实在问题，国

家的实在状况，人生的实在希望与恐惧"，更给诗开辟了新
世界。

他不大仿作乐府，可是他描写社会生活正是乐府的精神；
他的写实的态度也是从乐府来的。他常在诗里发议论，并且
引证经史百家；但这些议论和典故都是通过了他的满腔热情
奔迸出来的，所以还是诗。他这样将诗历史化和散文化；他
这样给诗创造了新语言。古体的七言诗到他手里正式成立；
古体的五言诗到他手里变了格调。从此"温柔敦厚"之外，
又开了"沉着痛快"一派。五言律诗，王维、孟浩然已经不
用来写艳情而来写山水；杜甫却更用来表现广大的实在的人
生。他的七言律诗，也是如此。他作律诗很用心在组织上。
他的五言律诗最多，差不多穷尽了这体制的变化。他的绝句
直述胸怀，嫌没有余味；但那些描写片段的生活印象的，却
也不缺少暗示的力量。他也能欣赏自然，晚年所作，颇有清
新的刻画的句子。他又是个有谐趣的人，他的诗往往透着滑
稽的风味。但这种滑稽的风味和他的严肃的态度调和得那样
恰到好处，一点也不至于减损他和他的诗的身份。

杜甫的影响直贯到两宋时代；没有一个诗人不直接、间
接学他的，没有一个诗人不发扬光大他的。古文家韩愈，跟
着他将诗进一步散文化；而又造奇喻，押险韵，铺张描写，
像汉赋似的。他的诗逞才使气，不怕说尽，是"沉着痛快"
的诗。后来有元稹、白居易二人在政治上都升沉了一番；他

们却继承杜甫写实的表现人生的态度。他们开始将这种态度理论化；主张诗要"上以补察时政，下以泄导人情"，"嘲风雪，弄花草"是没有意义的。他们反对雕琢字句，主张诚实自然。他们将自己的诗分为"讽喻"的和"非讽喻"的两类。他们的诗却容易懂，又能道出人人心中的话，所以雅俗共赏，一时风行。当时最流传的是他们新创的谐调的七言叙事诗，所谓"长庆体"的，还有社会问题诗。

晚唐诗向来推李商隐、杜牧为大家。李一生辗转在党争的影响中。他和温庭筠并称；他们的诗又走回艳情一路。他们集中力量在律诗上，用典精巧，对偶整切。但李学杜、韩，器局较大；他的艳情诗有些实是政治的譬喻，实在是感时伤事之作。所以地位在温之上。杜牧作了些小官儿，放荡不羁，而很负盛名，人家称为小杜——老杜是杜甫。他的诗词采华艳，却富有纵横气，又和温、李不同。然而都可以归为绮丽一派。这时候别的诗家也集中力量在律诗上。一些人专学张籍、贾岛的五言律，这两家都重苦吟，总捉摸着将平常的题材写得出奇，所以思深语精，别出蹊径。但是这种诗写景有时不免琐屑，写情有时不免偏僻，便觉不大方。这是僻涩一派。另一派出于元、白，作诗如说话，嬉笑怒骂，兼而有之，又时时杂用俗语。这是粗豪一派。这些其实都是杜甫的鳞爪，也都是宋诗的先驱；绮丽一派只影响宋初的诗，僻涩、粗豪两派却影响了宋一代的诗。

　　宋初的诗专学李商隐；末流只知道典故对偶，真成了诗玩意儿。王禹偁独学杜甫，开了新风气。欧阳修、梅尧臣接着发现了韩愈，起始了宋诗的散文化。欧阳修曾遭贬谪；他是古文家。梅尧臣一生不得志。欧诗虽学韩，却平易舒畅，没有奇险的地方。梅诗幽深淡远，欧评他"譬如妖韶女，老自有余态"，"初如食橄榄，真味久愈在"。宋诗散文化，到苏轼而极。他是眉州眉山（今四川眉山）人。因为攻击王安石新法，一辈子升沉在党争中。他将禅理大量的放进诗里，开了一个新境界。他的诗气象宏阔，铺叙宛转，又长于譬喻，真到用笔如舌的地步；但不免"掉书袋"的毛病。他门下出了一个黄庭坚，是第一个有意讲究诗的技巧的人。他是洪州分宁（今江西修水）人，也因党争的影响，屡遭贬谪，终于死在贬所。他作诗着重锻炼，着重句律；句律就是篇章字句的组织与变化。他开了江西诗派。

　　刘克庄《江西诗派小序》说他"荟萃百家句律之长，究极历代体制之变，搜猎奇书，穿穴异闻，作为古律，自成一家；虽只字半句不轻出"。他不但讲究句律，并且讲究运用经史以至奇书异闻，来增富他的诗。这些都是杜甫传统的发扬光大。王安石已经提倡杜诗，但到黄庭坚，这风气才昌盛。黄还是继续将诗散文化，但组织得更是经济些；他还是在创造那阔大的气象，但要使它更富厚些。他所求的是新变。他研究历代诗的利病，将作诗的规矩得失，指示给后学，教他们知道路子，自己去创造，发展到变化不测的地步。所以能够独开一派。他不但创新，还主张点化经陈腐以为新；创新需要大才，点化陈腐，中才都可勉力作去。他不但能够"以故为新"，并且能够"以俗为雅"。其实宋诗都可以说是如此，不过他开始有意的运用这两个原则罢了。他的成就尤其在七言律上；组织固然更精密，音调也谐中有拗，使每个字都斩绝的站在纸面上，不至于随口滑过去。

南宋的三大诗家都是从江西派变化出来的。杨万里为人有气节；他的诗常常变格调。写景最工；新鲜活泼的譬喻，层见叠出，而且不碎不僻，能从大处下手。写人的情意，也能铺叙纤悉，曲尽其妙；所谓"笔端有口，句中有眼"。他作诗只是自然流出，可是一句一转，一转一意；所以只觉得熟，不觉得滑。不过就全诗而论，范围究竟狭窄些。范成大是个达官。他是个自然诗人，清新中兼有拗峭。陆游是个爱君爱国的诗人。吴之振《宋诗钞》说他学杜而能得杜的心。他的诗有两种：一种是感激豪宕、沉郁深婉之作，一种是流连光景、清新刻露之作。他作诗也重真率，轻"藻绘"，所谓"文章本天成，妙手偶得之"。他活到八十五岁，诗有万首；最熟于诗律，七言律尤为擅长。——宋人的七言律实在比唐人进步。

向来论诗的对于唐以前的五言古诗，大概推尊，以为是诗的正宗；唐以后的五言古诗，却说是变格，价值差些，可还是诗。诗以"吟咏情性"，该是"温柔敦厚"的。按这个界说，齐、梁、陈、隋的五言古诗其实也不够格，因为题材太小，声调太软，算不得"敦厚"。七言歌行及近体成立于唐代，却只能以唐代为正宗。宋诗议论多，又一味刻画，多用俗语，拗折声调。他们说这只是押韵的文，不是诗。但是推尊宋诗的却以为天下事物穷则变，变则通，诗也是如此。变是创新，是增扩，也就是进步。若不容许变，那就只有模拟，甚至只有抄袭；那种"优孟衣冠"，甚至土偶木人，又有什么意义可言！即如模拟所谓盛唐诗的，末流往往只剩了空廓的架格和浮滑的声调；要是再不变，诗道岂不真穷了？所以诗的界说应该随时扩展；"吟咏情性""温柔敦厚"诸语，也当因历代的诗辞而调整原语的意义。诗毕竟是诗，无论如何的扩展与调整，总不会与文混合为一的。诗体正变说起于宋代，唐、宋分界说起于明代。其实，历代诗各有胜场，也各有短处，只要知道新、变，便是进步，这些争论是都不成问题的。

文

　　现存的中国最早的文，是商代的卜辞。这只算是些句子，很少有一章一节的。后来《周易》卦爻辞和《鲁春秋》也是如此，不过经卜官和史官按着卦爻与年月的顺序编纂起来，比卜辞显得整齐些罢了。便是这样，王安石还说《鲁春秋》是"断烂朝报"。所谓"断"，正是不成片段、不成章节的意思。卜辞的简略大概是工具的缘故；在脆而狭的甲骨上用刀笔刻字，自然不得不如此。卦爻辞和《鲁春秋》似乎没有能够跳出卜辞的氛围去；虽然写在竹木简上，自由比较多，却依然只跟着卜辞走。《尚书》就不同了。《虞书》《夏书》大概是后人追记，而且大部分是战国末年的追记，可以不论；但那几篇《商书》，即使有些是追记，也总在商、周之间。那不但有章节，并且成了篇，足以代表当时史的发展，就是叙述文的发展。而议论文也在这里面见了源头。卜辞是辞，《尚书》里大部分也是"辞"。这些都是官文书。

记言、记事的辞之外，还有讼辞。打官司的时候，原被告的口供都叫作"辞"；辞原是"讼"的意思，是辩解的言语。这种辞关系两造的利害很大，两造都得用心陈说；审判官也得用心听，他得公平的听两面儿的。这种辞也兼有叙述和议论；两造自己办不了，可以请教讼师。这至少是周代的情形。春秋时候，列国交际频繁，外交的言语关系国体和国家的利害更大，不用说更需慎重了。这也称为"辞"，又称为"命"，又合称为"辞命"或"辞令"。郑子产便是个善于辞命的人。郑是个小国，他办外交，却能教大国折服，便靠他的辞命。他的辞引古为证，宛转而有理；他的态度却坚强不屈。孔子赞美他的辞，更赞美他的"慎辞"。孔子说当时郑国的辞命，子产先教裨谌创意起草，交给世叔审查，再教行人子羽修改，末了儿他再加润色。他的确很慎重的。辞命得"顺"，就是宛转而有理；还得"文"，就是引古为证。

孔子很注意辞命，他觉得这不是件易事，所以自己谦虚的说是办不了。但教学生却有这一科；他称赞宰我、子贡，擅长言语，"言语"就是"辞命"。那时候言文似乎是合一的。辞多指说出的言语，命多指写出的言语；但也可以兼指。各国派使臣，有时只口头指示策略，有时预备下稿子让他带着走。这都是命。使臣受了命，到时候总还得随机应变，自己想说话；因为许多情形是没法预料的。——当时言语，方言之外有"雅言"。"雅言"就是"夏言"，是当时的京话或官话。孔子讲学似乎就用雅言，不用鲁语。卜、《尚书》和辞命，大概都是历代的雅言。讼辞也许不同些。雅言用的既多，所以每字都能写出，而写出的和说出的雅言，大体上是一致的。孔子说"辞"只要"达"就成。辞是辞命，"达"是明白，辞多了像背书，少了说不明白，多少要恰如其分。辞命的重要，代表议论文的发展。

战国时代，游说之风大盛。游士立谈可以取卿相，所以最重说辞。他们的说辞却不像春秋的辞命那样从容宛转了。他们铺张局势，滔滔不绝，真像背书似的；他们的话，像天花乱坠，有时夸饰，有时诡曲，不问是非，只图激动人主的心。那时最重辩。墨子是第一个注意辩论方法的人，他主张"言必有三表"。"三表"是"上本之于古者圣王之事"，"下原察百姓耳目之实"，"废（发）以为刑政，观其中国家百姓人民之利"；便是三个标准。不过他究竟是个注重功利的人，不大喜欢文饰，"恐人怀其文，忘其'用'"，所以楚王说他"言多不辩"。——后来有了专以辩论为事的"辩者"，墨家这才更发展了他们的辩论方法，所谓《墨经》便成于那班墨家的手里。——儒家的孟、荀也重辩。孟子说："予岂好辩哉？予不得已也！"荀子也说："君子必辩。"这些都是游士的影响。但道家的老、庄，法家的韩非，却不重辩。《老子》

里说，"信言不美，美言不信"，"老学"所重的是自然。《庄子》里说"大辩不言"，"庄学"所要的是神秘。韩非也注重功利，主张以法禁辩，说辩"生于上之不明"。后来儒家作《易·文言传》，也道："君子进德修业。忠信，所以进德也；修辞立其诚，所以居业也。"这不但是在暗暗的批评着游士好辩的风气，恐怕还在暗暗地批评着后来称为名家的"辩者"呢。《文言传》旧传是孔子所作，不足信；但这几句话和"辞达"论倒是合拍的。

孔子开了私人讲学的风气，从此也便有了私家的著作。第一种私家著作是《论语》，却不是孔子自作而是他的弟子们记的他的说话。诸子书大概多是弟子们及后学者所记，自作的极少。《论语》以记言为主，所记的多是很简单的。孔子主张"慎言"，痛恨"巧言"和"利口"，他向弟子们说话，大概是很质直的，弟子们体念他的意思，也只简单的记出。到了墨子和孟子，可就铺排得多。《墨子》大约也是弟子们所记。《孟子》据说是孟子晚年和他的弟子公孙丑、万章等编定的，可也是弟子们记言的体制。那时是个好辩的时代。墨子虽不好辩，却也脱不了时代影响。孟子本是个好辩的人。记言体制的恢张，也是自然的趋势。这种记言是直接的对话。由对话而发展为独白，便是"论"。初期的论，言意浑括，《老子》可为代表；后来的《墨经》，《韩非子·储说》的经，《管子》的《经言》，都是这体制。再进一步，便是恢张的论，《庄子·齐物论》等篇以及《荀子》《韩非子》《管子》的一部分，都是的。——群经诸子书里常常夹着一些韵句，大概是为了强调。后世的文也偶尔有这种例子。中国的有韵文和无韵文的界限，是并不怎样严格的。

还有一种"寓言"，借着神话或历史故事来抒论。《庄子》多用神话，《韩非子》多用历史故事，《庄子》有些神仙家言，《韩非子》是继承《庄子》的寓言而加以变化。战国游士的说辞也好用譬喻。譬喻成了风气，这开了后来辞赋的路。论是进步的体制，但还只以篇为单位，"书"的观念还没有。直到《吕氏春秋》，才成了第一部有系统的书。这部书成于吕不韦的门客之手，有十二纪、八览、六论，共有三十多万字。十二代表十二月，八是卦数，六是秦代的圣数；这些数目是本书的间架，是外在的系统，并非逻辑的秩序。汉代刘安主编《淮南子》，才按照逻辑的秩序，结构就严密多了。自从有了私家著作，学术日渐平民化。著作越过越多，流传也越过越广，"雅言"便成了凝定的文体了。后世大体采用，言文渐渐分离。战国末期，"雅言"之外，原还有齐语、楚语两种有势力的方言。但是齐语只在《春秋公羊传》里留下一些，楚语只在屈原"辞"里留下几个助词如"羌""些"等；这些都让"雅言"压倒了。

伴随着议论文的发展，记事文也有了长足的进步。这里《春秋左氏传》是一座里程碑。在前有分国记言的《国语》，

《左传》从它里面取材很多。那是铺排的记言，一面以《尚书》为范本，一面让当时记言体、恢张的趋势推动着，成了这部书。其中自然免不了记事的文字；《左传》便从这里出发，将那恢张的趋势表现在记事文里。那时游士的说辞也有人分国记载，也是铺排的记言，后来成为《战国策》那部书。《左传》是说明《春秋》的，是中国第一部编年史。它最长于战争的记载；它能够将千头万绪的战事叙得层次分明，它的描写更是栩栩如生。它的记言也异曲同工，不过不算独创罢了。它可还算不得一部有自己的系统的书；它的顺序是依着《春秋》的。《春秋》的编年并不是自觉的系统，而且"断如复断"，也不成一部"书"。

汉代司马迁的《史记》才是第一部有自己的系统的史书。他创造了"纪传"的体制。他的书包括十二本纪、十表、八书、三十世家、七十列传，共五十多万字。十二是十二月，是地支，十是天干，八是卦数，三十取《老子》"三十辐共一毂"的意思，表示那些"辅弼股肱之臣"，"忠信行道以奉主上"；七十表示人寿之大齐，因为列传是记载人物的。这也是用数目的哲学作系统，并非逻辑的秩序，和《吕氏春秋》一样。这部书"厥协《六经》异传，整齐百家杂语"，以剪裁与组织见长。但是它的文字最大的贡献，还在描写人物。左氏只是描写事，司马迁进一步描写人；写人更需要精细的观察和选择，比较的更难些。班彪论《史记》

"善叙事理，辩而不华，质而不野，文质相称"，这是说司马迁行文委曲自然。他写入也是如此。他又往往即事寓情，低徊不尽；他的悲愤的襟怀，常流露在字里行间。明代茅坤称他"出《风》入《骚》"，是不错的。

汉武帝时候，盛行辞赋；后世说"楚辞汉赋"，真的，汉代简直可以说是赋的时代。所有的作家几乎都是赋的作家。赋既有这样压倒的势力，一切的文体，自然都受它的影响。赋的特色是铺张、排偶、用典故。西汉记事记言，都还用散行的文字，语意大抵简明；东汉就在散行里夹排偶，汉、魏之际，排偶更甚。西汉的赋，虽用排偶，却还重自然，并不力求工整；东汉到魏，越来越工整，典故也越用越多。西汉普通文字，句子很短，最短有两个字的。东汉的句子，便长起来了，最短的是四个字；魏代更长，往往用上四下六或上六下四的两句以完一意。所谓"骈文"或"骈体"，便这样开始发展。骈体出于辞赋，夹带着不少的抒情的成分；而句读整齐，对偶工丽，可以悦目，声调和谐，又可悦耳，也都助人情韵。因此能够投人所好，成功了不废的体制。

梁昭明太子在《文选》里第一次提出"文"的标准，可以说是骈体发展的指路牌。他不选经、子、史，也不选"辞"。经太尊，不可选；史"褒贬是非，纪别异同"，不算"文"；子"以立意为宗，不以能文为本"；"辞"是子史的支流，也都不算"文"。他所选的只是"事出于沉思，义归乎翰藻"之作。"事"是"事类"，就是典故；"翰藻"兼指典故和譬喻。典故用得好的，譬喻用得好的，他才选在他的书里。这种作品好像各种乐器，"并为人耳之娱"；好像各种绣衣，"俱为悦目之玩"。这是"文"，和经、子、史及"辞"的作用不同，性质自异。后来梁元帝又说："吟咏风谣，流连哀思者谓之文"，"文者，惟须绮縠纷披，宫征靡曼，唇吻道会，情灵摇荡"。这是说，用典故、有对偶、谐声调的抒情作品才叫作"文"呢。这种"文"大体上专指诗赋和骈体而言；但应用的骈体如章奏等，却不算在里头。汉代本已称诗赋为"文"，而以"文辞"或"文章"称记言、记事之作。骈体原也是些记言、记事之作，这时候却被提出一部分来，与诗赋并列在"文"的尊称之下，真是"附庸蔚为大国"了。

这时有两种新文体发展。一是佛典的翻译，一是群经的义疏。佛典翻译从前不是太直，便是太华；太直的不好懂，太华的简直是魏、晋人讲老、庄之学的文字，不见新义。这些译笔都不能做到"达"的地步。东晋时候，后秦主姚兴聘龟兹僧鸠摩罗什为国师，主持译事。他兼通华语及西域语；所译诸书，一面曲从华语，一面不失本旨。他的译笔可也不完全华化，往往有"天然西域之语趣"；他介绍的"西域之语趣"是华语所能容纳的，所以觉得"天然"。新文体这样成立在他的手里。但他的翻译虽能"达"，却还不能尽

"信"；他对原文是不太忠实的。到了唐代的玄奘，更求精确，才能"信""达"兼尽，集佛典翻译的大成。这种新文体一面增扩了国语的词汇，也增扩了国语的句式。词汇的增扩，影响最大而易见，如现在口语里还用着的"因果""忏悔""刹那"等词，便都是佛典的译语。句式的增扩，直接的影响比较小些，但像文言里常用的"所以者何""何以故"等也都是佛典的译语。另一面，这种文体是"组织的，解剖的"。这直接影响了佛教徒的注疏和"科分"之学，间接影响了一般解经和讲学的人。

演释古人的话的有"故""解""传""注"等。用故事来说明或补充原文，叫作"故"。演释原来辞意，叫作"解"。但后来解释字句，也叫作"故"或"解"。"传"，转也，兼有"故""解"的各种意义。如《春秋左氏传》补充故事，兼阐明《春秋》辞意。《公羊传》《穀梁传》只阐明《春秋》辞意——用的是问答式的记言。《易传》推演卦爻辞的意旨，也是铺排的记言。《诗毛氏传》解释字句，并给每篇诗作小序，阐明辞意。"注"原只解释字句，但后来也有推演辞意、补充故事的。用故事来说明或补充原文，以及一般的解释辞意，大抵明白易晓。《春秋》三传和《诗毛氏传》阐明辞意，却是断章取义，甚至断句取义，所以支离破碎，无中生有。注字句的本不该有大出入，但因对于辞意的见解不同，去取字义，也有个别的标准。注辞意的出入更大。像王弼注《周易》，实在是发挥老、庄的哲学；郭象注《庄子》，更是借了《庄子》发挥他自己的哲学。南北朝人作群经"义疏"，一面便是王弼等人的影响，一面也是翻译文体的间接影响。这称为"义疏"之学。

汉、晋人作群经的注，注文简括，时代久了，有些便不容易通晓。南北朝人给这些注作解释，也是补充材料，或推演辞意。"义疏"便是这个。无论补充或推演，都得先解剖文义；这种解剖必然的比注文解剖经文更精细一层。这种精细的却不算是破坏的解剖，似乎是佛典翻译的影响。就中推演辞意的有些也只发挥老、庄之学，虽然也是无中生有，却能自成片段，便比汉人的支离破碎进步。这是王弼等人的衣钵，也是魏晋以来哲学发展的表现。这是又一种新文体的分化。到了唐修《五经正义》，削去玄谈，力求切实，只以疏明注义为重。解剖字句的工夫，至此而极详。宋人所谓"注疏"的文体，便成立在这时代。后来清代的精详的考证文，就是从这里变化出来的。

不过佛典只是佛典，义疏只是义疏，当时没有人将这些当作"文"的。"文"只用来称"沉思翰藻"的作品。但"沉思翰藻"的"文"渐渐有人嫌"浮""艳"了。"浮"是不直说，不简截说的意思。"艳"正是隋代李谔《上文帝书》中所指斥的："连篇累牍，不出月露之形，积案盈箱，唯是风云之状。"那时北周的苏绰是首先提倡复古的人，李谔等纷纷响应。但是他们都没有找到路子，死板的模仿古人到底是行不通的。唐初，陈子昂提倡改革文体，和者尚少。到了中叶，才有一班人"宪章六艺，能探古人述作之旨"，而元结、独孤及、梁肃最著。他们作文，主于教化，力避排偶，辞取朴拙。但教化的观念，广泛难以动众，而关于文体，他们不曾积极宣扬，因此未成宗派。开宗派的是韩愈。

　　韩愈，邓州南阳（今河南南阳人）。唐宪宗时，他作刑部侍郎，因谏迎佛骨被贬；后来官至吏部侍郎，所以称为韩吏部。他很称赞陈子昂、元结复古的功劳，又曾请教过梁肃、独孤及。他的脾气很坏，但提携后进，最是热肠。当时人不愿为师，以避标榜之名；他却不在乎，大收其弟子。他可不愿作章句师，他说师是"传道、授业、解惑"的。他实是以文辞为教的创始者。他所谓"传道"，便是传尧、舜、禹、汤、文、武、周公、孔子、孟子的道；所谓"解惑"，便是排斥佛、老。他是以继承孟子自命的；他排佛、老，正和孟子的距杨、墨一样。当时佛、老的势力极大，他敢公然排斥，而且因此触犯了皇帝。这自然足以惊动一世。他并没有传了什么新的道，却指示了道统，给宋儒开了先路。他的重要的贡献，还在他所提倡的"古文"上。

　　他说他作文取法《尚书》《春秋》《左传》《周易》《诗经》以及《庄子》《楚辞》《史记》、扬雄、司马相如等。《文先》所不收的经、子、史，他都排进"文"里去。这是

一个大改革、大解放。他这样建立起文统来。但他并不死板
的复古，而以变古为复古。他说："惟古于辞必己出，降而
不能乃剽贼"，又说："惟陈言之务去，戛戛乎其难哉"；他
是在创造新语。他力求以散行的句子换去排偶的句子，句逗
总弄得参参差差的。但他有他的标准，那就是"气"。他说：
"气盛则言之短长与声之高下者皆宜"；"气"就是自然的语
气，也就是自然的音节。他还不能跳出那定体"雅言"的圈
子而采用当时的白话；但有意的将白话的自然音节引到文里
去，他是第一个人。在这一点上，所谓"古文"也是不
"古"的；不过他提出"语气流畅"（气盛）这个标准，却
给后进指点了一条明路。他的弟子本就不少，再加上私塾的，
都往这条路上走，文体于是乎大变。这实在是新体的"古
文"，宋代又称为"散文"——算成立在他的手里。

柳宗元与韩愈，宋代并称，他们是好朋友。柳作文取法
《书》《诗》《礼》《春秋》《易》，以及《榖梁》《孟》《荀》
《庄》《老》《国语》《离骚》《史记》，也将经、子、史排在
"文"里，和韩的文统大同小异。但他不敢为师，"摧陷廓
清"的劳绩，比韩差得多。他的学问见解，却在韩之上，并
不墨守儒言。他的文深幽精洁，最工游记，他创造了描写景
物的新语。韩愈的门下有难、易两派。爱易派主张新而不失
自然，李翱是代表；爱难派主张新就不妨奇怪，皇甫湜是代
表。当时爱难派的流传盛些。他们矫枉过正，语艰意奥，扭

曲了自然的语气、自然的音节，僻涩诡异，不易读诵。所以唐末宋初，骈体文又回光返照了一下。雕琢的骈体文和僻涩的古文先后盘踞着宋初的文坛，直到欧阳修出来，才又回到韩愈与李翱，走上平正通达的古文的路。

　　韩愈抗颜为人师而提倡古文，形势比较难；欧阳修居高位而提倡古文，形势比较容易。明代所称唐宋八大家，韩、柳之外，六家都是宋人。欧阳修为首；以下是曾巩、王安石、苏洵和他的儿子苏轼、苏辙。曾巩、苏轼是欧阳修的门生，别的三个也都是他提拔的。他真是当时文坛的盟主。韩愈虽然开了宗派，却不曾有意立宗派；欧、苏是有意的立宗派。他们虽也提倡道，但只促进了并且扩大了古文的发展。欧文主自然。他所作纡徐曲折，而能条达舒畅，无艰难劳苦之态；最以言情见长，评者说是从《史记》脱化而出。曾学问有根底，他的文确实而谨严；王是政治家，所作以精悍胜人。三苏长于议论，得力于《战国策》《孟子》；而苏轼才气纵横，并得力于《庄子》。他说他的文"随物赋形"，"常行于所当行，常止于不可不止"；又说他意到笔随，无不尽之处。这真是自然的极致了。他的文，学的人最多。南宋有"苏文熟，秀才足"的俗谚，可见影响之大。

　　欧、苏以后，古文成了正宗。辞赋虽还算在古文里头，可是从辞赋出来的骈体却只拿来作应用文了。骈体声调铿锵，便于宣读，又可铺张辞藻不着边际，便于酬酢，作应用文是很相宜的。所以流传到现在，还没有完全死去。但中间却经过了散文化。自从唐代中叶的陆贽开始。他的奏议切实恳挚，绝不浮夸，而且明白晓畅，用笔如舌。唐末骈体的应用文专称"四六"，却更趋雕琢；宋初还是如此。转移风气的也是欧阳修。他多用虚字和长句，使骈体稍稍近于语气之自然。嗣后群起仿效，散文化的骈文竟成了定体了。这也是古文运动的大收获。

　　唐代又有两种新文体发展。一是语录，一是"传奇"，都是佛家的影响。语录起于禅宗。禅宗是革命的宗派，他们只说法而不著书。他们大胆地将师父们的话参用当时的口语记下来。后来称这种体制为语录。他们不但用这种体制纪录演讲，还用来通信和讨论。这是新的记言的体制，里面夹杂着"雅言"和译语。宋儒讲学，也采用这种记言的体制，不过不大夹杂译语。宋儒的影响究竟比禅宗大得多，语录体从此便成立了，盛行了。传奇是有结构的小说。从前只有杂录或琐记的小说，有结构的从传奇起头。传奇记述艳情，也记述神怪，但将神怪人情化。这里面描写的人生，并非全是设想，大抵还是以亲切的观察作底子。这开了后来佳人才子和鬼狐仙侠等小说的先路。它的来源一方面是俳谐辞赋，一方面是翻译的佛典故事；佛典里长短的寓言所给予的暗示最多。当时文士作传奇，原来只是向科举的主考官介绍自己的一种门路。当时应举的人在考试之前，得请达官将自己姓名介绍给主考官；自己再将文章呈给主考官看。先呈正经文章，过些时再呈杂文如传奇等，传奇可以见史才、诗、笔、议论，人又爱看，是科举的很好媒介。这样的作者便日见其多了。

　　到了宋代，又有"话本"。这是白话小说的老祖宗。话本是"说话"的底本；"说话"略同后来的"说书"，也是佛家的影响。唐代佛家向民众宣讲佛典故事，连说带唱，本子夹杂"雅言"和口语，叫作"变文"；"变文"后来也有说唱历史故事及社会故事的。"变文"便是"说话"的源头；"说话"里也还有演说佛典这一派。"说话"是平民的艺术；宋仁宗很爱听，以后便成为专业，大流行起来了。这里面有说历史故事的，有说神怪故事的，有说社会故事的。"说话"渐渐发展，本来由一个或几个同类而不相关联的短故事，引出一个同类而不相关联的长故事的，后来却能将许多关联的故事组织起来，分为"章回"了，这是体制上一个大进步。

　　话本留存到现在的已经很少，但还足以见出后世的几部小说名著，如元罗贯中的《三国演义》，明施耐庵的《水浒传》，吴承恩的《西游记》，都是从话本演化出来的；不过这些已是文人的作品，而不是话本了。就中《三国志演义》还夹杂着"雅言"，《水浒传》和《西游记》便都是白话了。这里除《西游记》以设想为主外，别的都可以说是写实的。这种写实的作风在清代曹雪芹的《红楼梦》里得着充分的发展。《三国演义》等书里的故事虽然是关联的，却不是连贯的。到了《红楼梦》，组织才更严密了；全书只是一个家庭的故事。虽然包罗万象，而能"一以贯之"。这不但是章回小说，而且是近代所谓"长篇小说"了。白话小说到此大成。

明代用八股文取士，一般文人都镂心刻骨的去简炼揣摩，所以极一代之盛。"股"是排偶的意思；这种体制，中间有八排文字互为对偶，所以有此称——自然也有变化，不过"八股"可以说是一般的标准。——又称为"四书，文"，因为考试里最重要的文字，题目都出在"四书"里。又称为"制艺"，因为这是朝廷法定的体制。又称为"时文"，是对古文而言。八股文也是推演经典辞意的；它的来源，往远处说，可以说是南北朝义疏之学，往近处说，便是宋、元两代的经义。但它的格律，却是从"四六"演化的。宋代定经义为考试科目，是王安石的创制；当时限用他的群经"新义"，用别说的不录，元代考试，限于"四书"，规定用朱子的章句和集注。明代制度，主要的部分也是如此。

经义的格式，宋末似乎已有规定的标准，元、明两代大体上递相承袭。但明代有两种大变化：一是排偶，一是代古人语气。因为排偶，所以讲究声调。因为代古人语气，便要描写口吻；圣贤要像圣贤口吻，小人要像小人的。这是八股文的仅有的本领，大概是小说和戏曲的不自觉的影响。八股文格律定得那样严，所以得简炼揣摩，一心用在技巧上。除了口吻、技巧和声调之外，八股文里是空洞无物的。而因为那样难，一般作者大都只能套套滥调，那真是"每况愈下"了。这原是君主牢笼士人的玩意儿，但它的影响极大；明、清两代的古文大家几乎没有一个不是八股文出身的。

清代中叶，古文有桐城派，便是八股文的影响。诗人作家自己标榜宗派，在前只有江西诗派，在后只有桐城文派。桐城派的势力，绵延了二百多年，直到民国初期还残留着；这是江西派比不上的。桐城派的开山祖师是方苞，而姚鼐集其大成。他们都是安徽桐城人，当时有"天下文章在桐城"的话，所以称为桐城派。方苞是八股文大家。他提倡归有光的文章，归也是明代八股文兼古文大家。方是第一个提倡"义法"的人。他论古文以为"六经"和《论语》《孟子》是根源，得其支流而义法最精的是《左传》《史记》；其次是《公羊传》《穀梁传》《国语》《国策》，两汉的书和疏，唐宋八家文——再下怕就要数到归有光了。这是他的，也是桐城派的文统论。"义"是用意，是层次；"法"是求雅、求洁的条目。雅是纯正不杂，如不可用语录中语、骈文中丽语、汉赋中板重字法、诗歌中俊语、《南史》《北史》中佻巧语以及佛家语。后来姚鼐又加注疏语和尺牍语。洁是简省字句。这些法其实都是从八股文的格律引申出来的。方苞论文，也讲"阐道"；他是信程、朱之学的，不过所入不深罢了。

方苞受八股文的束缚太甚，他学得的只是《史记》、欧、曾、归的一部分，只是严整而不雄浑，又缺乏情韵。姚鼐所取法的还是这几家，虽然也不雄浑，却能"迂回荡漾，余味曲包"，这是他的新境界。《史记》本多含情不尽之处，所谓远神的。欧文颇得此味，归更向这方面发展——最善述哀，姚简直用全力揣摩。他的老师刘大櫆指出作文当讲究音节，音节是神气的迹象，可以从字句下手。姚鼐得了这点启示，便从音节上用力，去求得那绵邈的情韵。他的文真是所谓"阴与柔之美"。他最主张诵读，又最讲究虚助字，都是为此，但这分明是八股讲究声调的转变。刘是雍正副榜，姚是乾隆进士，都是用功八股文的。当时汉学家提倡考据，不免繁琐的毛病。姚鼐因此主张义理、考据、词章三端相济，偏废的就是"陋"儒。但他的义理不深，考据多误，所有的还只是词章本领。他选了《古文辞类纂》；序里虽提到"道"，书却只成为古文的典范。书中也不选经、子、史；经也因为太尊，子、史却因为太多。书中也选辞赋。这部选本是桐城派的经典，学文必由于此，也只需由于此。方苞评归有光的文庶几"有序"，但"有物之言"太少。曾国藩评姚鼐也说一样的话，其实桐城派都是如此。攻击桐城派的人说他们空疏浮浅，说他们范围太窄，全不错；但他们组织的技巧，言情的技巧，也是不可抹杀的。

姚鼐以后，桐城派因为路太窄，渐有中衰之势。这时候仪征阮元提倡骈文正统论。他以《文选序》和南北朝"文"

"笔"的分别为根据，又扯上传为孔子作的《易文言传》。他说用韵用偶的才是文，散行的只是笔，或是"直言"的"言"，"论难"的"语"。古文以立意、记事为宗，是子、史正流，终究与文章有别。《文言传》多韵语、偶语，所以孔子才题为"文"言。阮元所谓韵，兼指句末的韵与句中的"和"而言。原来南北朝所谓"文""笔"，本有两义："有韵为文，无韵为笔"，是当时的常言。——韵只是句末韵。阮元根据此语，却将"和"也算是韵，这是曲解一。梁元帝说有对偶、谐声调的抒情作品是文，骈体的章奏与散体的著述都是笔。阮元却只以散体为笔，这是曲解二。至于《文言传》，固然称"文"，却也称"言"，况且也非孔子所作——这更是附会了。他的主张，虽然也有一些响应的人，但是不成宗派。

曾国藩出来，中兴了桐城派。那时候一般士人，只知作八股文；另一面汉学、宋学的门户之争，却越来越多厉害，各走偏锋。曾国藩为补偏救弊起见，便就姚鼐义理、考据、词章三端相济之说加以发扬光大。他反对当时一般考证文的芜杂琐碎，也反对当时崇道贬文的议论，以为要明先王之道，非精研文字不可；各家著述的见解多寡，也当以他们的文为衡量的标准。桐城文的病在弱在窄，他却能以深博的学问、弘通的见识、雄直的气势，使它起死回生。他才真回到韩愈，而且胜过韩愈。他选了《经史百家杂钞》，将经、史、子也收入选本里，让学者知道古文的源流，文统的一贯，眼光便比姚鼐远大得多。他的幕僚和弟子极众，真是登高一呼，群山四应。这样延长了桐城派的寿命几十年。

但"古文不宜说理"，从韩愈就如此。曾国藩的力量究竟也没有能够补救这个缺陷于一千年之后。而海通以来，世变日亟，事理的繁复，有些决非古文所能表现。因此聪明才智之士渐渐打破古文的格律，放手作去。到了清末，梁启超先生的"新文体"可算登峰造极。他的文"时杂以俚语、韵语及外国语法，纵笔所至不检束，学者竞效之。而条理明晰，笔锋常带情感，对于读者，别有一种魔力"。但这种"魔力"也不能持久；中国的变化实在太快，这种"新文体"又不够用了。胡适之先生和他的朋友们这才起来提倡白话文，经过五四运动，白话文是畅行了。这似乎又回到古代言文合一的路。然而不然。这时代是第二回翻译的大时代。白话文不但不全跟着国语的口语走，也不全跟着传统的白话走，却有意的跟着翻译的白话走。这是白话文的现代化，也就是国语的现代化。中国一切都在现代化的过程中，语言的现代化也是自然的趋势，并不足怪的。

第三辑

新解，诗文韵律

不以物喜，不以己
悲居庙堂之
高则忧其民
处江湖之远
则忧其君是进
亦忧退亦忧
然则何时而
乐耶其必曰先天
下之忧而忧
后天下之乐而乐

范仲淹岳阳楼记节录

诗　韵

　　新诗开始的时候，以解放相号召，一般作者都不去理会那些旧形式。押韵不押韵自然也是自由的。不过押韵的并不少。到现在通盘看起来，似乎新诗押韵的并不比不押韵的少得很多。再说旧诗词曲的形式保存在新诗里的，除少数句调还见于初期新诗里以外，就没有别的，只有韵脚。这值得注意。新诗独独地接受了这一宗遗产，足见中国诗还在需要韵，而且可以说中国诗总在需要韵。原始的中国诗歌也许不押韵，但是自从押了韵以后，就不能完全甩开它似的。韵是有它的存在的理由的。

　　韵是一种复沓，可以帮助情感的强调和意义的集中。至于带音乐性，方便记忆，还是次要的作用。从前往往过分重视这种次要的作用，有时会让音乐淹没了意义，反觉得浮滑而不真切。即如中国读诗重读韵脚，有时也会模糊了全句，近体律绝声调铿锵，更容易如此。幸而一般总是隔句押韵，重读的韵脚不至于句句碰头。句句碰头的像"柏梁体"的七言古诗，逐句押韵，一韵到底，虽然是强调，却不免单调。所以这一体不为人所重。新诗不应该再重读韵脚，但习惯不容易改，相信许多人都还免不了这个毛病。我读老舍先生的《剑北篇》，就因为重读韵脚的缘故，失去了许多意味；等听到他自己按着全句的意义朗读，只将韵脚自然地带过去，这才找补了那些意味。——不过这首诗每行押韵，一韵又有许多行，似乎也嫌密些。

有人觉得韵总不免有些浮滑，而且不自然。新诗不再为了悦耳；它重在意义，得采用说话的声调，不必押韵。这也言之成理。不过全是说话的声调也就全是说话，未必是诗。英国约翰·德林瓦特（John Drinkwater）曾在《论读诗》的一张留声机片中说全用说话调读诗，诗便跑了。是的，诗该采用说话的调子，但诗的自然究竟不是说话的自然，它得加减点儿，夸张点儿，像电影里特别镜头一般，它用的是提炼的说话的调子。既是提炼而得自然，押韵也就不至于妨碍这种自然。不过押韵的样式得多多变化，不可太密，不可太板，不可太响。

押韵不可太密，上文已举"柏梁体"为例。就是隔句押韵，有些人还恐怕单调，于是乎有转韵的办法；这用在古诗里，特别是七古里。五古转韵，因为句子短，隔韵近，转韵求变化，道理明白。但七古句子长，韵隔远，为什么转韵的反而多呢？这有特别的理由。原来六朝到唐代七古多用谐调，平仄铿锵，带音乐性已经很多，转韵为的是怕音乐性过多。后来宋人作七古，多用散文化的句调，却怕音乐性过少，便常一韵到底，不换韵。所以韵的作用，归根结底，还是随着意义变的；我们就韵论韵，只是一种方便，得其大概罢了，并没有什么铁律可言。词的句调比较近于说话，变化多，转韵也多。可是词又出于乐歌，带着很多的音乐性，所以一般的看，用韵比较密。它以转韵调剂密韵，显明的例子如《河传》。还有一种平仄通押（如贺铸《水调歌头》"南国本潇洒，六代竞豪奢"一首，见《东山寓声乐府》）也是转韵；变化虽然不及一般转韵的大，却能保存着那一韵到底的一贯的气势，是这一体的长处。曲的句调也近于说话，但以明快为主，并因乐调的配合，都是到底一韵。不过平仄通押是有的。

　　词的押韵的样式最多，它还有间韵。如温庭筠的《酒泉子》道：

　　　　楚女不归，
　　　　楼枕小河春水
　　　　月孤明，风又起，
　　　　杏花稀。

　　　　玉钗斜篸云鬓髻，

　　　　裙上镂金凤。

　　　　八行书，千里梦，

　　　　雁南飞。

　　　　　　　　　　　　（据《词律》卷三）

这里间隔的错综的押着三个韵，很像新诗；而那"稀"和
"飞"两韵，简直就是新诗的"章韵"。又如苏轼的《水调歌
头》的前半阕道：

　　　　明月几时有？把酒问青天。

　　　　不知天上宫阙今夕是何年！

　　　　我欲乘风归去，

　　　　又恐琼楼玉宇

　　　　高处不胜寒。

　　　　起舞弄清影，何似在人间！

　　　　（据任二北先生《词学研究法》，与《词律》异）

这也是间隔着押两个韵。这些都是转韵，不过是新样式罢了。
　　诗里早有人试过间韵。晚唐章碣有所谓"变体"律诗，
平仄各一韵，就是这个：

东南路尽吴江畔，

正是穷愁暮雨天。

鸥鹭不嫌斜两岸，

波涛欺得逆风船，

偶逢岛寺停帆看，

深羡渔翁下钓眠。

今古若论英达算，

鸱夷高兴固无边。

（《全唐诗》四函一册）

章碣"变体"只存这一首，也不见别人仿作，可见并未发生影响。他的试验是失败了。失败的原因，我想是在太板太密。新诗里常押这种间韵，但是诗行节奏的变化多，行又长，就没有什么毛病了。间韵还可以跨句。如上举《酒泉子》的"起"韵，《水调》的"宇"韵，都不在意义停顿的地方，得跟下面那个不同韵的韵句合成一个意义单位。这是减轻韵脚的重量，增加意义的重量，可以称为跨句韵。这个样式也从诗里来，鲍照是创始的人。如他的《梅花落》诗道：

中庭杂树多，偏为梅咨嗟。问君何独然？念其霜中能作花；霜中能作实，摇荡春风媚春日。念尔零落逐寒风，徒有霜华无霜质！

"实"韵正是跨句韵：但这首诗只是转韵，不是间韵。现在新诗里用间韵很多，用这种跨句韵也不少。

任二北先生在《词学研究法》里论"谐于吟讽之律"，以为押韵"连者密者为谐"。他以为《酒泉子》那样押韵嫌"隔"而不连，《西平乐》后半阕"十六句只三叶韵"，嫌"疏"而不密。他说这些"于歌唱之时，容或成为别调，若于吟讽之间，则皆无取焉"。他虽只论词，但喜欢连韵和密韵，却代表着传统的一般的意见。我们一向以高响的说话和歌唱为"好听"（见王了一先生《什么话好听》一文，《国文月刊》），所以才有这个意见。但是现代的生活和外国的影响磨锐了我们的感觉；我们尤其知道诗重在意义，不只为了悦耳。那首《酒泉子》的韵倒显得新鲜而不平凡，那《西平乐》一调的疏韵也别有一种"谐"处。《词律拾遗》卷六收吴文英的《西平乐》一首，后半阕十六句中有十三个四字短句。这种句式的整齐复沓也是一种"谐"，可以减少韵的负担。所以"十六句三叶韵"并不为少。

这种疏韵除利用句式的整齐复沓外，还可与句中韵（内韵）和双声叠韵等合作，得到新鲜的和谐。疏韵和间韵都有点儿"哑"，但在哑的严肃里，意义显出了重量。新诗逐行押韵的比较少，大概总是隔行押韵或押间韵。新诗行长，这就见得韵隔远，押韵疏了。间韵能够互相调谐，从十四行体的流行可知；隔行押韵，也许加点儿花样更和谐些。新诗这样减轻了韵脚的分量，只是我们有时还不免重读韵脚的老脾气。这得靠朗读运动来矫正。新诗对于韵的态度，是现代生活和外国诗的影响，前已提及。但这新种子，如本篇所叙，也曾在我们的泥土里滋长过，只不算欣欣向荣罢了。所以这究竟也是自然的发展。

作旧诗词曲讲究选韵。这就是按着意义选押合宜的韵——指韵部，不指韵脚。周济《宋四家词选》绪论中说到各韵部的音色，就是为的选韵。他道：

"东""真"韵宽平，"支""先"韵细腻，"鱼""歌"韵缠绵，"萧""尤"韵感慨，各具声响，莫草草乱用。

这只是大概的说法，有时很得用，但不可拘执不化。因为组成意义的分子很多，韵只居其一，不可给予太多的分量。韵部的音色固然可以帮助意义的表现，韵部的通押也有这种作用，而后者还容易运用些。作新诗不宜全押本韵，全押本韵嫌太谐太响。参用通押，可以哑些，所谓"不谐之谐"（现代音乐里也参用不和谐的乐句，正同一理）；而且通押时供选择的韵字也增多。不过现在的新诗作者，押韵并不查诗韵，只以自己的蓝青官话为据，又常平仄通押，倒是不谐而谐的多。不过"谐韵"也用得着。这里得提到教育部制定的《中华新韵》。这是一部标准的国音韵书，里面注明通韵；要谐，押本韵，要不谐，押通韵。有本韵书查查，比自己想韵方便得多。作方言诗自然可用方言押韵，也很新鲜别致的。新诗又常用"多字韵"或带轻音字的韵，有一种轻快利落的意味；这也在减少韵脚的重量。胡适之先生的"了字韵"创造于新诗的"多字韵"，但他似乎用得太多。

现在举卞之琳先生《傍晚》这首短诗，显示一些不平常的押韵的样式。

> 倚着西山的夕阳
> 和呆立着的庙墙
> 对望着：想要说什么呢？
> 又怎么不说呢？
>
> 驮着老汉的瘦驴
> 匆忙的赶回家去，
> 忒忒的，足蹄鼓着道儿——
> 枯涩的调儿！
>
> 半空里哇的一声
> 一只乌鸦从树顶
> 飞起来，可是没有话了，
> 依旧息下了。

按《中华新韵》，这首诗用的全是本韵。但"驴"与"去"，"声"与"顶"是平仄通押；"阳""墙""驴""顶"都是跨句韵，"么呢""说呢"，"道儿""调儿"，"话下""下了"，都是"多字韵"。而"么""去""下"都是轻音字，和非轻音字相押，为的顺应全诗的说话调。轻音字通常只作"多字韵"的韵尾，不宜与非轻音字押韵；但在要求轻快流利的说话的效用时，也不妨有例外。

诗的语言

一、诗是语言

　　普通人多以为诗是特别的东西，诗人也是特别的人。于是总觉得诗是难懂的，对它采取干脆不理的态度，这实在是诗的一种损失。其实，诗不过是一种语言，精粹的语言。

　　1. 诗先是口语：最初诗是口头的，初民的歌谣即是诗，口语的歌谣，是远在记录的诗之先的，现在的歌谣还是诗。今举对唱的山歌为例："你的山歌没得我的山歌多。我的山歌几箩筐。箩筐底下几个洞，唱的没有漏的多。""你的山歌没得我的山歌多。我的山歌牛毛多。唱了三年三个月，还没唱完牛耳朵。"

　　两边对唱，此歌彼继，有挑战的意味，第一句多重复，这是诗；不过是较原始的形式。

　　2. 诗是语言的精粹：诗是比较精粹的语言，但并不是诗人的私语，而是一般人都可以了解的。如李白《静夜思》：

> 床前明月光，疑是地上霜。
>
> 举头望明月，低头思故乡。

这四句诗很易懂。而且千年后仍能引起我们的共鸣。因为所写的是"人"的情感，用的是公众的语言，而不是私人的私语。孩子们的话有时很有诗味，如：

> 院子里的树叶已经巴掌一样大了，爸爸什么时候回来呢？

这也见出诗的语言并非私人的私语。

二、诗与文的分界

　　1. 形式不足尽凭：从表面看，似乎诗要押韵，有一定形式。但这并不一定是诗的特色。散文中有时有诗。诗中有时也有散文。

　　前者如：

历览前贤国与家，成由勤俭破由奢。

（李商隐）

向你倨，你也不削一块肉；向你恭，你也不长一块肉。

（傅斯年）

后者如：

暮春三月，江南草长，杂花生树，群莺乱飞。

（邱迟）

我们最当敬重的是疯子，最当亲爱的是孩子，疯子是我们的老师，孩子是我们的朋友。我们带着孩子，跟着疯子走向光明。

（傅斯年）

颂美黑暗。讴歌黑暗。只有黑暗能将这一切都消灭调和于虚无混沌之中。没有了人，没有了我，更没有了世界。

（冰心）

上面举的例子，前两个虽是诗，意境却是散文的。后三个虽是散文，意境却是诗的。又如歌诀，虽具有诗的形式，却不是诗，如：

平声平道莫低昂，上声高呼猛烈强，去声分明哀远道，入声短促急收藏。

谚语虽押韵，也不是诗。如：

病来一大片，病去一条线。

2. 题材不足限制：题材也不能为诗、文的分界。五四时代，曾有一回"丑的字句"的讨论。有人主张"洋楼"，"小火轮"，"革命"，"电报"……不能入诗；世界上的事物，有许多许多——无论是少数人的，或多数人所习闻的事物——是绝对不能入诗的。但他们并没有从正面指出哪些字句是可以入诗的，而且上面所举出的事物未尝不可入诗。如邵瑞彭的词：

电掣灵蛇走，云开怪蜃沉，烛天星汉压潮音，十美灯船，摇荡大珠林。

（《咏轮船》）

这能说不是"诗"吗？

3. 美无定论：如果说"美的东西是诗"，这句话本身就有语病；因为不仅是诗要美，文也要美。

大概诗与文并没有一定的界限，因时代而定。某一时代喜欢用诗来表现，某一时代却喜欢用文来表现。如，宋诗之多议论，因为宋代散文发达；这种发议论的诗也是诗。白话诗，最初是抒情的成分多，而抗战以后，则散文的成分多，但都是诗。现在的时代还是散文时代。

三、诗缘情

诗是抒情的。诗与文的相对的分别，多与语言有关。诗的语言更经济，情感更丰富。达到这种目的的方法：

1. 暗示与理解：用暗示，可以用经济的字句，表示或传达出多种的意义来，也就是可以增加情感的强度。如辛稼轩的词：

> 将军百战身名裂，向河梁回头万里，故人长绝。易水萧萧西风冷，满座衣冠似雪。正壮士悲歌未彻。

这词是辛稼轩和他兄弟分别时作的，其中所引用的两个别离的故事之间没有桥梁；如果不懂得故事的意义，就不能把它们凑合起来，理解整个儿的意思，这里需要读者自己来搭桥梁，来理解它。又如朱熹的《观书有感》：

> 半亩方塘一鉴开，天光云影共徘徊。
> 问渠"哪得清如许"？"为有源头活水来。"

也完全是用暗示的方法，表示读书才能明理。

2. 比喻与组织：从上段可以看出，用比喻是最经济的办法，一个比喻可以表达好几层意思。但读诗时，往往会觉得比喻难懂，比喻又可分：

（1）人事的比喻：比较容易懂。

（2）历史的比喻（典故）：比较难懂。

新诗中用比喻的例子，如下之琳的《音尘》：

> 绿衣人熟稔的按门铃，
> 就按在住户的心上：
> 是游过黄海来的鱼？
> 是飞过西伯利亚来的雁？
> "翻开地图看。"远人说。
> 他指示我他所在的地方
> 是哪条虚线旁的那个小黑点。
> 如果那是金黄的一点，
> 如果我的座椅是泰山顶，
> 在月夜，我要你猜你那儿
> 准是一个孤独的火车站。
> 然而我正对一本历史书。
> 西望夕阳里的咸阳古道，
> 我等到了一匹快马的蹄音。

在这首诗里，作者将那个小黑点形象化、具体化，用了
"鱼"和"雁"的典故，又用了"泰山"和"火车站"作比
喻，而"夕阳""古道"，来自李白《忆秦娥》："乐游原上
清秋节，咸阳古道音尘绝；音尘绝，西风残照，汉家陵阙"，
也是一种比喻，用古人的伤别的情感喻自己的情感。

诗中的比喻有许多是诗人自己创造出来的，他们从经验
中找出一些新鲜而别致的东西来作比喻。如：陈散原先生的
"乡县酱油应染梦"，"酱油"亦可创造比喻。可见只要有才，
新警的比喻是俯拾即是的。

四、组织

1. 韵律：诗要讲究音节，旧诗词中更有人主张某种韵表
示某种情感者，如周济《宋四家诗词叙论》：

> 阳声字多则沉顿，阴声字多则激昂，重阳间一阴，
> 则柔而不靡，重阴间一阳，则高而不危。
>
> 东、真韵宽平，支、先韵细腻，鱼、歌韵缠绵，萧、
> 尤韵感慨，各具声响。

2. 句式的复沓和倒置：因为诗是发抒情感的，而情感多
是重复迂回的，如《古诗十九首》：

> 行行重行行，与君生离别。
>
> 相去万余里，各在天一涯。
>
> 道路阻且长，会面安可知。
> ○ ○ ○ ○ ○

这几句都表示同一个意思——相隔之远，可算一种复沓。句式的复沓又可分字重与意重。前者较简单，后者较复杂。歌谣与故事也常用复沓，因为复沓可以加强情调，且易于记诵。如李商隐诗：

> 君问归期未有期，巴山夜雨涨秋池；
>
> 何当共剪西窗烛，却话巴山夜雨时。

这也是复沓，但比较的曲折了。

新诗如杜运燮《滇缅公路》：

> ……路永远使我们兴奋，
>
> 都来歌唱呵！
>
> 这是重要的日子，
>
> 幸福就在手头。
>
> 看它，
>
> 风一样有力，
>
> 航行绿色的田野，
>
> 蛇一样轻灵，
>
> 从茂密的草木间盘上高山的背脊，

飘行在云流中，

俨然在飞机的座舱里，发现新的世界，

而又鹰一般敏捷，

画几个优美的圆弧

降落下箕形的溪谷，

倾听村落里安息前欢愉的匆促，

轻烟的朦胧中，

溢着亲密的呼唤，

人性的温暖，

有时更懒散，

沿着水流缓缓走向城市，

而就在粗糙的寒夜里，

荒冷而空洞，

也一样负着全民族的食粮，

载重车的黄眼满山搜索，

搜索着跑向人民的渴望；

沉重的橡皮轮不绝滚动着，人民兴奋的脉搏，

像一块石子一样，

觉得为胜利尽忠而骄傲；

微笑了，在满足而微笑着的星月下面，

微笑了，在豪华的凯旋日子的好梦里……

一方面用比喻使许多事物形象化、具体化；一方面写全民族

的情感，仍不离诗的复沓的原则：复沓的写民族抗战的胜利。

句式之倒置：在引起注意。如：

竹喧归浣女。

3. 分行：分行则句子的结构可以紧凑一点，可以集中读者的边际注意。诗的用字须经济。如王维的：

大漠孤烟直，长河落日圆。

十字，是一幅好画，但比画表现得多，因为这两句诗中的"直""圆"是动的过程，画是无法表现的。

五、传达与了解

1. 传达是不完全的：诗虽不如一般人所说的难懂，但表达时，不是完全的。如比喻或用典时往往不能将意思或情感全传达出来。

2. 了解也是不完全的：因为读者读诗时的心情，和周遭的情景，对读者对诗的了解都有影响。往往因心情或情景的不同，了解也不同。

诗究竟是不是如一般人所说的带有神秘性，有无限可能的解释呢？这是很不容易回答的。但有一点可以说：我们不能离开字句及全诗的连贯去解释诗。

诗与感觉

　　诗也许比别的文艺形式更依靠想象；所谓远，所谓深，所谓近，所谓妙，都是就想象的范围和程度而言。想象的素材是感觉，怎样玲珑缥缈的空中楼阁都建筑在感觉上。感觉人人有，可是或敏锐，或迟钝，因而有精粗之别。而各个感觉间交互错综的关系，千变万化，不容易把捉，这些往往是稍纵即逝的。偶尔把捉着了，要将这些组织起来，成功一种可以给人看的样式，又得有一番功夫，一副本领。这里所谓可以给人看的样式便是诗。

　　从这个立场看新诗，初期的作者似乎只在大自然和人生的悲剧里去寻找诗的感觉。大自然和人生的悲剧是诗的丰富的泉源，而且一向如此，传统如此。这些是无尽宝藏，只要眼明手快，随时可以得到新东西。但是花和光固然是诗，花和光以外也还有诗，那阴暗，潮湿，甚至霉腐的角落儿上，正有着许多未发现的诗。实际的爱固然是诗，假设的爱也是诗。山水田野里固然有诗，灯红酒醑里固然有诗，任一些颜色，一些声音，一些香气，一些味觉，一些触觉，也都可以有诗。惊心触目的生活里固然有诗，平淡的日常生活里也有诗。发现这些未发现的诗，第一步得靠敏锐的感觉，诗人的触角得穿透熟悉的表面向未经人到的底里去。那儿有的是新鲜的东西。闻一多、徐志摩、李金发、姚蓬子、冯乃超、戴望舒各位先生都曾分别向这方面努力。而卞之琳、冯至两位先生更专向这方面发展；他们走得更远些。

假如我们说冯先生是在平淡的日常生活里发现了诗，我们可以说卞先生是在微细的琐屑的事物里发现了诗。他的《十年诗草》里处处都是例子，但这里只能举一两首。

淘气的孩子，有办法：
叫游鱼啮你的素足，
叫黄鹂啄你的指甲，
野蔷薇牵你的衣角……

白蝴蝶最懂色香味，
寻访你午睡的口脂。
我窥候你渴饮泉水，

取笑你吻了你自己。

我这八阵图好不好？
你笑笑，可有点不妙，
我知道你还有花样！

哈哈！到底算谁胜利？
你在我对面的墙上
写上了"我真是淘气"。

（《淘气》，《装饰集》）

这是十四行诗。三四段里活泼的调子。这变换了一般十四行诗的严肃，却有它的新鲜处。这是情诗，蕴藏在"淘气"这件微琐的事里。游鱼的啮，黄鹂的啄，野蔷薇的牵，白蝴蝶的寻访，"你吻了你自己"，便是所谓"八阵图"；而游鱼，黄鹂，野蔷薇，白蝴蝶都是"我""叫"它们去做这样那样的，"你吻了你自己"，也是"我"在"窥候"着的，"我这八阵图"便是治"淘气的孩子"——"你"——的"办法"了。那"啮"，那"啄"，那"牵"，那"寻访"，甚至于那"吻"，都是那"我"有意安排的，那"我"其实在分享着这些感觉。陶渊明《闲情赋》里道：

愿在丝而为履，附素足以周旋；

悲行止之有节，空委弃于床前。

愿在昼而为影，常依形而西东；

悲高树之多阴，慨有时而不同。

　　感觉也够敏锐的。那亲近的愿心其实跟本诗一样，不过一个来得迫切，一个来得从容罢了。"你吻了你自己"也就是"你的影子吻了你"；游鱼、黄鹂、野蔷薇、白蝴蝶也都是那"你"的影子。凭着从游鱼等等得到的感觉去想象"你"；或从"你"得到的感觉叫"我"想象游鱼等等；而"我"又"叫"游鱼等等去做这个那个，"我"便也分享这个那个。这已经是高度的交互错综，而"我"还分享着"淘气"。"你""写下了""我真是淘气"，是"你""真是淘气"，可是"我对面"读这句话，便成了"'我'真是淘气"了。那治"淘气、的孩子"——"你"——的"八阵图"，到底也治了"我"自己。"到底算谁胜利?"瞧"我"为了"你"这些颠颠倒倒的！这一个回环复沓不是钟摆似的来往，而是螺旋似的钻进人心里。

　　《白螺壳》诗（《装饰集》）里的"你""我"也是交互错综的一例。

空灵的白螺壳，你，

孔眼里不留纤尘，

漏到了我的手里，

却有一千种感情：

掌心里波涛汹涌，

我感叹你的神工，

你的慧心啊，大海，

你细到可以穿珠！

可是我也禁不住：

你这个洁癖啊，唉！（第一段）

玲珑，白螺壳，我？

大海送我到海滩，

万一落到人掌握，

愿得原始人喜欢，

换一只山羊还差

三十分之二十八；

倒是值一只蟠桃。

怕给多思者捡起，

空灵的白螺壳，你

卷起了我的愁潮！（第三段）

这是理想的人生（爱情也在其中），蕴藏在一个萎琐的白螺壳里。"空灵的白螺壳""却有一千种感情"，象征着那理想的人生——"你"。"你的神工"，"你的慧心"的"你"是"大海"，"你细到可以穿珠"的"你"又是"慧心"，而这些又同时就是那"你"。"我"？"大海送我到海滩"的"我"，是代白螺壳自称，还是那"你"。最愿老是在海滩上，"万一落到人掌握"，也只是"愿得原始人喜欢"，因为自己一点用处没有——换山羊不成，"值一只蟠桃"，只是说一点用处没有。原始人有那股劲儿，不让现实纠缠着，所以不在乎这个。只"怕给多思者捡起"，怕落到那"我的手里"。可是那"多思者"的"我""捡起"来了，于是乎只有叹息："你卷起了我的愁潮！""愁潮"是现实和理想的冲突；而"潮"原是属于"大海"的。

　　　　请看这一湖烟雨
　　　　水一样把我浸透，
　　　　像浸透一片鸟羽。
　　　　我仿佛一所小楼
　　　　风穿过，柳絮穿过，
　　　　燕子穿过像穿梭，
　　　　楼中也许有珍本，
　　　　书叶给银鱼穿织
　　　　从爱字通到哀字——

出脱空华不就成！（第二段）

我梦见你的阑珊：
檐溜滴穿的石阶，
绳子锯缺的井栏……
时间磨透于忍耐！
黄色还诸小鸡雏，
青色还诸小碧梧，
玫瑰色还诸玫瑰，
可是你回顾道旁，
柔嫩的蔷薇刺上
还挂着你的宿泪。（第四段完）

从"波涛汹涌"的"大海"想到"一湖烟雨"，太容易"浸透"的是那"一片鸟羽"。从"一湖烟雨"想到"一所小楼"，从"穿珠"想到"风穿过，柳絮穿过，燕子穿过像穿梭"，以及"书叶给银鱼穿织"；而"珍本"又是从藏书楼想到的。"从爱字通到哀字"，"一片鸟羽"也罢，"一所小楼"也罢，"楼中也许有的"的"珍本"也罢，"出脱空华（花）"，一场春梦！虽然"时间磨透于忍耐"，还只"梦见你的阑珊"。于是"黄色还诸小鸡雏……"，"你"是"你"，现实是现实，一切还是一切。可是"柔嫩的蔷薇刺上"带着宿雨，那是"你的宿泪"。"你""有一千种感情"，只落得一副眼泪；这又有什么用呢？那"宿泪"终于会干枯的。这首诗和前一首都不显示从感觉生想象的痕迹，看去只是想象中一些感觉，安排成功复杂的样式。——"黄色还诸小鸡雏"等三行可以和冯至先生的

铜炉在向往深山的矿苗，
瓷壶在向往江边的陶泥，
它们都像风雨中的飞鸟
各自东西。

（《十四行集》），二一）

对照着看，很有意思。

《白螺壳》诗共四段，每段十行，每行一个单音节，三个双音节，共四个音节。这和前一首都是所谓"匀称""均齐"的形式。卞先生是最努力创造并输入诗的形式的人，《十年诗草》里存着的自由诗很少，大部分是种种形式的试验，他的试验可以说是成功的。他的自由诗也写得紧凑，不太参差，也见出感觉的敏锐来，《距离的组织》便是一例。他的《三秋草》里还有一首《过路居》，描写北平一间人力车夫的茶馆，也是自由诗，那些短而精悍的诗行由会话组成，见出平淡的生活里蕴藏着的悲喜剧。那是近乎人道主义的诗。

诗与幽默

旧诗里向不缺少幽默。南宋黄彻《䂬溪诗话》云：

> 子建称孔北海文章多杂以嘲戏；子美亦"戏效俳谐体"，退之亦有"寄诗杂诙俳"，不独文举为然。自东方生而下，祢处士、张长史、颜延年辈往往多滑稽语。大体材力豪迈有余用之不尽，自然如此。……《坡集》类此不可胜数。《寄蕲簟与蒲传正》云："东坡病叟长羁旅，冻卧饥吟似饥鼠。倚赖东风洗破衾，一夜雪寒披故絮。"《黄州》云："自惭无补丝毫事，尚费官家压酒囊。"《将之湖州》云："吴儿脍缕薄欲飞，未去先说馋涎垂。"又，"寻花不论命，爱雪长忍冻。天公非不怜，听饱即喧哄"。……皆斡旋其章而弄之，信恢刃有余，与血指汗颜者异矣。

这里所谓滑稽语就是幽默。近来读到张骏祥先生《喜剧的导演》一文（《学术季刊》文哲号），其中论幽默很简明："幽默既须理智，亦须情感。幽默对于所笑的人，不是绝对的无情；反之，如西万提斯之于吉诃德先生，实在含有无限的同情。因为说到底，幽默所笑的不是第三者，而是我们自己。……幽默是温和的好意的笑。"黄彻举的东坡诗句，都在嘲弄自己，正是幽默的例子。

新文学的小说、散文、戏剧各项作品里也不缺少幽默，不论是会话体与否；会话体也许更便于幽默些。只诗里幽默却不多。我想这大概有两个缘由：一是一般将诗看得太严重了，不敢幽默，怕亵渎了诗的女神。二是小说、散文、戏剧的语言虽然需要创造，却还有些旧白话文，多少可以凭借；只有诗的语言得整个儿从头创造起来。诗作者的才力集中在这上头，也就不容易有余暇创造幽默。这一层只要诗的新语言的传统建立起来，自然会改变的。新诗已经有了二十多年的历史，看现在的作品，这个传统建立的时间大概快到来了。至于第一层，将诗看得那么严重，倒将它看窄了。诗只是人生的一种表现和批评；同时也是一种语言，不过是精神的语言。人生里短不了幽默，语言里短不了幽默，诗里也该不短幽默，才是自然之理。黄彻指出的情形，正是诗的自然现象。

新诗里纯粹的幽默的例子，我只能举出闻一多先生的《闻一多先生的书桌》一首：

忽然一切的静物都讲话了，
忽然书桌上怨声腾沸：
墨盒呻吟道"我渴得要死！"
字典喊雨水渍湿了他的背；

信笺忙叫道弯痛了他的腰；
钢笔说烟灰闭塞了他的嘴，
毛笔讲火柴燃秃了他的须，
铅笔抱怨牙刷压了他的腿；

香炉咕喽着"这些野蛮的书
早晚定规要把你挤倒了！"
大钢表叹息快睡锈了骨头；
"风来了！风来了！"稿纸都叫了；

笔洗说他分明是盛水的，
怎么吃得惯臭辣的雪茄灰；
桌子怨一年洗不上两回澡，
墨水壶说"我两天给你洗一回"。

"什么主人？谁是我们的主人？"
一切的静物都同声骂道。

"生活如果是这般的狼狈，
倒还不如没有生活的好！"

主人咬着烟斗迷迷的笑，
"一切的众生应该各安其位。
我何曾有意的糟蹋你们，
秩序不在我的能力之内。"

（《死水》）

这里将静物拟人，而且使书桌上的这些静物"都讲话"：有
的是直接的话，有的是间接的话，互相映衬着。这够热闹的。
而不止一次的矛盾的对照更能引人笑。墨盒"渴得要死"，
字典却让雨水湿了背；笔洗不盛水，偏吃雪茄灰；桌子怨
"一年洗不上两回澡"，墨水壶却偏说两天就给他洗一回。
"书桌上怨声腾沸"，一切的静物都同声骂"，主人却偏"眯
眯的笑"；他说"一切的众生应该各安其位"，可又缩回去说
"秩序不在我的能力之内"。这些都是矛盾的存在，而最后一
个矛盾更是全诗的极峰。热闹，好笑，主人嘲弄自己，是的；
可是"一切的众生应该各安其位"，见出他的抱负，他的身
份——他不是一个小丑。

俞平伯先生的《忆》，都是追忆儿时心理的诗。亏他居
然能和成年的自己隔离，回到儿时去。这里面有好些幽默。

我选出两首：

　　有了两个橘子，

　　一个是我底，

　　一个是我姊姊底。

　　把有麻子的给了我，

　　把光脸的她自有了。

　　"弟弟你底好，

　　绣花的呢?"

　　真不错！

　　好橘子，我吃了你罢。

　　真正是个好橘子啊！（第一）

　　亮汪汪的两根灯草的油盏，

　　摊开一本《礼记》，

　　且当它山歌般的唱。

　　乍听间壁又是说又是笑的，

　　"她来了罢?"

　　《礼记》中尽是些她了。

　　"娘，我书已读熟了。"（第二十二）

这里也是矛盾的和谐。第一首中"有麻子的"却变成"绣花的"；"绣花的"的"好"是看的"好"，"好橘子"和"好橘子"的"好"却是可吃的"好"和吃了的"好"。次一首中《礼记》却"当它山歌般的唱"，而且后来"《礼记》中尽是些她了"，"当它山歌般的唱"，却说"娘，我书已读熟了"。笑就蕴藏在这些别人的，自己的，别人和自己的矛盾里。但儿童自己觉得这些只是自然而然，矛盾是从成人的眼中看出的。所以更重要的，笑是蕴藏在儿童和成人的矛盾里。这种幽默是将儿童（儿时的自己和别的儿童）当作笑的对象，跟一般的幽默不一样；但不失为健康的。《忆》里的诗都用简短的口语，儿童的话原是如此；成人却更容易从这种口语里找出幽默来。

　　用口语或会话写成的幽默的诗，还可举出赵元任先生贺胡适之先生的四十生日的一首：

　　　　适之说不要过生日，
　　　　生日偏又到了。
　　　　我们一般爱起哄的，
　　　　又来跟你闹了。

　　　　今年你有四十岁了都，
　　　　我们有的要叫你老前辈了都：

天天听见你提倡这样，提倡那样，

觉得你真有点儿对了都！

你是提倡物质文明的咯，

所以我们就来吃你的面；

你是提倡整理国故的咯，

所以我们都进了研究院；

你是提倡白话诗人的咯，

所以我们就啰啰唆唆写上了一大片。

我们且别说带笑带吵的话，

我们且别说胡闹胡搞的话，

我们并不会说很巧妙的话，

我们更不会说"倚少卖老"的话；

但说些祝颂你们健康的话——

就是送给你们一家子大大小小的话。

（《北平晨报》，十九，十二，十八）

全诗用的是纯粹的会话；像"都"字（读音像"兜"字）的三行只在会话里有（"今年你有四十岁了都"就是"今年你都有四十岁了"，余类推）。头二段是仿胡先生的"了"字韵；头两行又是仿胡先生的"我本不要儿子，儿子自来了。"

那两行诗。三四段的"多字韵"（胡先生称为"长脚韵"）也可以说是"了"字韵的引申。因为后者是前者的一例。全诗的游戏味也许重些，但说的都是正经话，不至于成为过分夸张的打油诗。胡先生在《尝试集·自序》里引过他自己的白话游戏诗，说"虽是游戏诗，也有几段庄重的议论"；赵先生的诗，虽带游戏味，意思却很庄重，所以不是游戏诗。

　　赵先生是长于滑稽的人，他的《国语留声机片课本》，《国音新诗韵》，还有翻译的《阿丽斯漫游奇境记》，都可以见出。张骏祥先生文中说滑稽可以为有意的和无意的两类，幽默属于前者。赵先生似乎更长于后者，《奇境记》真不愧为"魂译"（丁西林先生评语，见《现代评论》）。记得《新诗韵》里有一个"多字韵"的例子：

　　　　你看见十个和尚没有？
　　　　他们坐在破锣上没有？

无意义，却不缺少趣味。无意的滑稽也是人生的一面，语言的一端，歌谣里最多，特别是儿歌里。——歌谣里幽默却很少，有的是诙谐和讽刺。这两项也属于有意的滑稽。张先生文中说我们通常所谓话说得俏皮，大概就指诙谐。"诙谐是个无情的东西"，"多半伤人；因为诙谐所引起的笑，其对象不是说者而是第三者"。讽刺是"冷酷，毫不留情面"，"不

只挞伐个人，有时也攻击社会"。我们很容易想起许多嘲笑
残废的歌谣和"娶了媳妇忘了娘"一类的歌谣，这便是歌谣
里诙谐和讽刺多的证据。

赋诗言志

《左传》里说到诗与志的关系的共三处，襄公二十七年最详：

> 郑伯享赵孟于垂陇，子展、伯有、子西、子产、子大叔、二子石从。赵孟曰："七子从君，以宠武也，请皆赋，以卒君贶。武亦以观七子之志。"
>
> 子展赋《草虫》。赵孟曰："善哉！民之主也！抑武也不足以当生二。"
>
> 伯有赋《鹑之贲贲》。赵孟曰："床第之言不逾阈，况在野乎！非使人之所得闻也。"
>
> 子西赋《黍苗》之四章。赵孟曰："寡君在，武何能焉！"

子产赋《隰桑》。赵孟曰："武请受其卒章。"

子大叔赋《野有蔓草》。赵孟曰："吾子之惠也！"

印段（子石）赋《蟋蟀》。赵孟曰："善哉！保家之主也！吾有望矣。"

公孙段（子石）赋《桑扈》。赵孟曰："'匪交匪敖'，福将焉往！若保是言也，欲辞福禄，得乎！"

卒享，文子告叔向曰："伯有将为戮矣。诗以言志。志诬其上而公怨之，以为宾荣，其能久乎！幸而后亡！"叔向曰："然。已侈。所谓不及五稔者，夫子之谓矣。"

文子曰："其馀数世之主也。子展其后亡者也，在上不忘降。印氏其次也，乐而不荒，乐以安民，不淫以使之，后亡，不亦可乎！"

这里赋诗的郑国诸臣，除伯有外，都志在称美赵孟，联络晋、郑两国的交谊。赵孟对于这些颂美，"有的是谦而不敢受，有的是回敬几句好话"。只伯有和郑伯有怨，所赋的诗里有云："人之无良，我以为君！"是在借机会骂郑伯。所以范文子说他"志诬其上而公怨之"。又，在赋诗的人，诗所以"言志"；在听诗的人，诗所以"观志""知志"。"观志"已见，"知志"见《左传》昭公十六年：

郑六卿饯宣子于郊。宣子曰："二三君子请皆赋，赵亦以知郑志。"

"观志"或"知志"的重要，上引例中已可见，但下一例更显著。《左传》襄公十六年云：

> 晋侯与诸侯宴于温，使诸大夫舞，曰："歌诗必类。"齐高厚之诗不类。荀偃怒，且曰："诸侯有异志类矣！"使诸大夫盟高厚。高厚逃归。于是叔孙豹、晋荀偃、宋向戌、卫宁殖、郑公孙虿、小邾之大夫盟曰："同讨不庭！"

孔颖达《正义》说："歌古诗，各从其恩好之义类。"高厚所歌之诗独不取恩好之义类，所以说"诸侯有异志"。

这都是从外交方面看，诗以言诸侯之志，一国之志，与献诗陈己志不同。在这种外交酬酢里言一国之志，自然颂多而讽少，与献诗相反。外交的赋诗也有出乎酬酢的讽颂即表示态度之外的。雷海宗先生曾在《古代中国的外交》一文中指出：

> 赋诗有时也可发生重大的具体作用。例如文公十三年郑伯背晋降楚后，又欲归服于晋，适逢鲁文公由晋回鲁，郑伯在半路与鲁侯相会，请他代为向晋说情，两方的应答全以赋诗为媒介。郑大夫子家赋《小雅·鸿雁》

篇，义取侯伯哀恤鳏寡，有远行之劳，暗示郑国孤弱，需要鲁国哀恤，代为远行，往晋国去关说。鲁季文子答赋《小雅·四月》篇，义取行役逾时，思归祭礼；这当然是表示拒绝，不愿为郑国的事再往晋一行。郑子家又赋《载驰》篇之第四章，义取小国有急，相求大国救助。鲁季文子又答赋《小雅·采薇》篇之第四章，取其"岂敢定居，一月三捷"之句，鲁国过意不去，只得答应为郑奔走，不敢安居。

郑人赋诗，求而兼颂；鲁人赋诗，谢而后许。虽也还是"言志"，可是在办交涉，不止于酬酢了。称为"具体的重大作用"，是不错的。但赋诗究竟是酬酢的多。

不过就是酬酢的赋诗，一面言一国之志，一面也还流露着赋诗人之志，他自己的为人。垂陇之会，范文子论伯有、子展、印氏等的先亡后亡，便是从这方面着眼，听言知行而加推断的。《汉书》三十《艺文志》说："古者诸侯卿大夫交接邻国，以微言相感，当揖让之时，必称诗以谕其志。盖以别贤不肖而观盛衰焉。"这也是"观志"，《荀子》里称为"观人"。春秋以来很注重观人，而"观人以言"（《非相》篇）更多见于记载。"言"自然不限于赋诗，但"诗以言志"，"志以定言"，以赋诗"观人"也是顺理成章的。如此论诗，"言志"便引申了表德一义，不止于献诗陈志那样简单了。再说春秋时的赋诗虽然有时也有献诗之义，如上文所论，但外交的赋诗却都非自作，只是借诗言志。借诗言志并且也不限于外交，《国语·鲁语》下有一段记载：

> 公父文伯之母欲室文伯，飨其宗老，而为赋《绿衣》之三章。老请守龟卜室之族。师亥闻之曰："善哉！男女之飨，不及宗臣；宗室之谋，不过宗人。谋而不犯，微而昭矣。诗所以合意，歌所以咏诗也。今诗以合室，歌以咏之，度于法矣！"

《绿衣》之三章云："我思古人，实获我心"；韦昭解这回赋诗之志是"古之贤人正室家之道，我心所善也"。可见这种赋诗也用在私室的典礼上。韦昭解次"合"字为"成"；以现成的诗合自己的意，而以成礼，是这种赋诗的确释。清劳孝舆《春秋诗话》卷一云：

> 风诗之变，多春秋间人所作。……然作者不名，述者不作，何欤？盖当时只有诗，无诗人。古人所作，今人可援为己诗，彼人之诗，此人可赓为自作，期于"言志"而止。人无定诗，诗无定指，以故可名不名，不作而作也。

论当时作诗和赋诗的情形，都很确切。

这种赋诗的情形关系很大。献诗的诗都有定指，全篇意义明白。赋诗却往往断章取义，随心所欲，即景生情，没有定准。譬如《野有蔓草》，原是男女私情之作，子太叔却堂皇地赋了出来；他只取其中"邂逅相遇，适我愿兮"两句，表示欢迎赵孟的意思。上文"野有蔓草，零露漙兮。有美一人，清扬婉兮"，以及下章，恐怕都是不相干的。断章取义只是借用诗句作自己的话。所取的只是句子的文义，就是字面的意思；而不管全诗用意，就是上下文的意思。——有时却也取喻义，如《左传》昭公元年，郑伯享赵孟，鲁穆叔赋《鹊巢》，便是以"鹊巢鸠居""喻晋君有国，赵孟治之"（杜预注）。但所取喻义以易晓为主；偶然深曲些，便须由赋诗人加以说明。那时代只要诗熟，听人家赋，总知道所要言的志；若取喻义，就不能如此共晓了。听了赋诗而不知赋诗人的志的，大概是诗不熟，唱着听不清楚。所以卫献公教师曹歌《巧言》篇的末章给孙蒯听，讽刺孙文子"无拳无勇，职为乱阶"。师曹存心捣乱，还怕唱着孙蒯不懂，便朗诵了一回——"以声节之曰'诵'"，"诵"是有节奏的。孙蒯告诉孙文子，果然出了乱子。还有，不明了事势也不能知道赋诗人的志。齐庆封聘鲁，与叔孙穆子吃饭，不敬。叔孙赋《相鼠》，讽刺他"人而无仪，不死何为！"他竟不知道。后来因乱奔鲁，叔孙穆子又请他吃饭，他吃品还是不佳，叔孙不客气，索性教乐工朗诵《茅鸱》给他听；这是逸诗，也是刺不敬的。但是庆封还是不知道。他实在太糊涂了！赋诗大都是自己歌唱。有时也教乐工歌唱；《左传》有以赋诗为"肄业"（习歌）的话，有"工歌""使大师歌"的话，又刚才举的两例中也由乐工诵诗。赋诗和献诗都合乐；到春秋时止，诗乐还没有分家。

六艺之教

"诗教"这个词始见于的《礼记·经解》篇：

> 孔子曰："入其国，其教可知也。其为人也温柔敦厚，《诗》教也。疏通知远，《书》教也。"广博易良，《乐》教也。洁静精微，《易》教也。恭俭庄敬，《礼》教也。属辞比事，《春秋》教也。故《诗》之失愚，《书》之失诬，《乐》之失奢，《易》之失贼，《礼》之失烦，《春秋》之失乱。
>
> "其为人也温柔敦厚而不愚，则深于《诗》者也。疏通知远而不诬，则深于《书》者也。广博易良而不奢，则深于《乐》者也。洁静精微而不贼，则深于《易》者也。恭俭庄敬而不烦，则深于《礼》者也。属

辞比事而不乱，则深于《春秋》者也。"

《经典释文》引郑玄说："《经解》者，以其记六艺政教得失。"这里论的是六艺之教；《诗》教虽然居首，可也只是六中居一。《礼记》大概是汉儒的述作，其中称引孔子，只是儒家的传说，未必真是孔子的话。而这两节尤其显然。《淮南子·泰族》篇也论六艺之教，文极近似，不说出于孔子：

> 六艺异科而皆同道（《北堂书钞》九十五引作"六艺异用而皆通"）。温惠柔良者，《诗》之风也。淳庞敦厚者，《书》之教也。清明条达者，《易》之义也。恭俭尊让者，《礼》之为也。宽裕简易者，《乐》之化也。刺几（讥）辩义（议）者，《春秋》之靡也。故《易》之失鬼，《乐》之失淫，《诗》之失愚，《书》之失拘，《礼》之失忮，《春秋》之失訾。六者圣人兼用而财（裁）制之。失本则乱，得本则治。其美在调，其失在权。

"六艺"本是礼、乐、射、御、书、数，见《周官·保氏》和《大司徒》；汉人才用来指经籍。所谓"六艺异用而皆通"，冯友兰先生在《原杂家》里称为"本末说的道术统一论"；也就是汉儒所谓"六学"。六艺各有所以为教，各有得失，而其归则一。《泰族》篇的"风""义""为""化""靡"其实都是"教"；《经解》一律称为"教"，显得更明白些。——《经解》篇似乎写定在《淮南子》之后，所论六艺之教比《泰族》篇要确切些。《泰族》篇"诗风"和"书教"含混，《经解》篇便分得很清楚了。

汉儒六学，董仲舒说得很明白，《春秋繁露·玉杯》篇云：

> 君子知在位者之不能以恶服人也，是故简六艺以赡养之。《诗》《书》序其志，《礼》《乐》纯其养，《易》《春秋》明其知。"六学"皆大，而各有所长。《诗》道志，故长于质。《礼》制节，故长于文。《乐》咏德，故长于风。《书》著功，故长于事。《易》本天地，故长于数。《春秋》正是非，故长于治人。能兼得其所长，而不能遍举其详也。

他将六艺分为"《诗》《书》""《礼》《乐》""《易》《春秋》"三科，又说"六学皆大，而各有所长"，可见并不特别注重诗教，和《经解》篇、《泰族》篇是相同的。《汉书》八十八《儒林传叙》也道：

> 古之儒者博学库六艺之文。六艺（原作"学"，从王

念孙《读书杂志》校改）者，王教之典籍，先圣所以明天道、正人伦、致至治之成法也。……及至秦始皇……六学从此缺矣。……

这就是"异科而皆同道"了。六艺中早先只有"《诗》《书》《礼》《乐》"并称。《论语·述而》："《诗》《书》执礼，皆雅言也"，《泰伯》："兴于《诗》，立于礼，成于乐"；前者《诗》《书》和礼并称，后者《诗》和礼乐并称。《庄子·徐无鬼》篇："横说之则以《诗》《书》《礼》《乐》"，《荀子·儒效》篇："故《诗》《书》《礼》《乐》之［道］归是矣"（从王先谦《荀子集解》引刘台拱说加"道"字）；"《诗》《书》《礼》《乐》"已经是成语了。《诗》《书》《礼》《乐》加上《易》《春秋》，便是"六经"，也便是六艺。《庄子·天运》篇和《天下》篇都曾列举《诗》《书》《礼》《乐》《易》《春秋》，前者并明称"六经"，《荀子·儒效》篇的另一处却只举《诗》《书》《礼》《乐》《春秋》，没有《易》；可见那时"六经"还没有定论。段玉裁《说文解字叙注》里谈到这一层：

周人所习之文，以《礼》《乐》《诗》《书》为急。故《左传》曰："说《礼》《乐》而敦《诗》《书》"，《王制》曰："春秋教以《礼》《乐》，冬夏教以《诗》

《书》"。而《周易》，其用在卜筮，其道取精微，不以教人。《春秋》则列国掌于史官，亦不以教人。故韩宣子适鲁，乃见《易》象与鲁《春秋》；此二者非人所常习明矣。

段氏指出《易》《春秋》不是周人所常习，确切可信。不过周人所习之文，似乎只有《诗》《书》；礼乐是行，不是文。《礼古经》等大概是战国时代的记载，所以孔子还只说"执礼"；乐本无经，更是不争之论。而《诗》在乐章，古籍中屡称"诗三百"，似乎都是人所常习；《书》不便讽诵，又无一定的篇数，散篇断简，未必都是人所常习。《诗》居六经之首，并不是偶然的。

董仲舒承用旧来六经的次序而分《诗》《书》、《礼》《乐》、《易》《春秋》为三科，合于传统的发展。西汉今文学序列六艺，大致都依照旧传的次第。这次第的根据是六学发展的历史。后来古文学兴，古文家根据六艺产生的时代重排它们的次序。《易》的八卦，传是伏羲所画，而《书》有《尧典》，这两者该在《诗》的前头。所以到了《汉书·艺文志》，六艺的次序便变为《易》《书》《诗》《礼》《乐》《春秋》；《儒林传》叙列传经诸儒，也按着这次序。《诗经》改在第三位。一方面西汉阴阳五行说极盛。汉儒本重通经致用；这正是当世的大用，大家便都偏着那个方向走。于是乎《周易》和《尚书·洪范》成了显学。而那时整个的六学也多少都和阴阳五行说牵连着；一面更都在竭力发挥一般的政教作用。这些情形，看《汉书·儒林传》就可知道：

《易》　宣帝时，闻京房为《易》明，求其门人得[梁丘]贺。……贺入说，上善之；以贺为郎。……以筮有应，繇是近幸，为大中大夫、给事中，至少府。……京房……以明灾异得幸。……费直……治《易》为郎，至单父令。长于卦筮。高相……治《易》……专说阴阳灾异。

《书》　许商……善为算，著《五行论历》。李寻……善说灾异，为骑都尉。

《诗》　申公……见上，上问治乱之事。申公……对曰："为治者不在多言，顾力行何如耳。"……即以为大中大夫……议明堂事。……弟子为博士十余人……其治官民，皆有廉节，称其学官。王式……为昌邑五师。昭帝崩，昌邑王嗣立，以行淫乱废。昌邑群臣皆下狱诛。唯中尉王吉、郎中令龚遂以数谏减死论。式系狱当死。治事使者责问曰："师何以亡谏书？"式对曰："臣以《诗》三百五篇朝夕授王，至于忠臣孝子之篇，未尝不为王反复诵之也；至于危亡失道之君，未尝不流涕为王深陈之也。臣以三百五篇谏，是以亡谏书。"使者以闻，亦得减死论。

《礼》　鲁徐生善为颂（容）。孝文时，徐生以颂为礼官大夫。传……孙延、襄。……襄亦以颂为大夫，至广陵内史。延及徐氏弟子公户满意、桓生、单次皆为礼官大夫。而瑕丘萧奋以《礼》至淮阳太守。

《春秋》　眭孟……为符节令，坐说灾异诛。

这里《易》《书》《春秋》三家都说"阴阳灾异"。而见于别处的，《齐诗》说"五际"，《礼》家说"明堂阴阳"，也一道同风。这也是所谓"异科而皆同道"，不过是另一方面罢了。

"阴阳灾异"是所谓天人之学；是阴阳家言，不是儒家言。汉儒推尊孔子，究竟不能不维持儒家面目，不能奉阴阳家为正传；所以一般立说，还只着眼在人事的政教上。前节所引《儒林传》，《易》主筮，《诗》当谏书，《礼》习容仪，正是一般的政教作用。而《书》"长于事"。《尚书大传》记于夏对孔子论《书》道："《书》之论事也，昭昭若日月之代明，离离若参辰之错行。上有尧、舜之道，下有三王之义。"这几句话可以说明所谓《书》教。《春秋》"长于治人"。《春秋繁露·精华》篇："《春秋》之听狱也，必本其事而原其志。志邪者不待成，首恶者罪特重，本直者其论轻。……听讼折狱，可无审邪！"《汉书》三十《艺文志》有"《公羊

董仲舒治狱》十六篇"。《后汉书》七十八《应劭传》记着
应劭的话："董仲舒老病致仕，朝廷每有政议，数遣廷尉张
汤亲至陋巷问其得失。于是作《春秋决狱》二百三十二事，
动以经对。"这就是《春秋》之教。这些是所谓六学，"异科
而皆同道"所指的以这些为主。就这六学而论，应用最广的
还得推《诗》。《诗》《书》传习比《礼》《易》《春秋》早
得多，上文已见。阮元辑《诗书古训》六卷，罗列先秦、两
汉著述中引用《诗》《书》的章节；《续经解》本分为十卷，
《诗》占七卷，《书》只有三卷。可见引《诗》的独多。这
有三个缘故：《汉书·艺文志》云："凡三百五篇，遭秦而全
者，以其讽诵，不独在竹帛故也。"《诗》因讽诵而全，因讽
诵而传，更因讽诵而广传。《周易》也并无亡佚，《汉书·儒
林传叙》云："及秦禁学，《易》为卜筮之书，独不禁，故传
授者不绝。"可是《易》在汉代虽然成了显学，流传之广到
底不如《诗》。这就因为《诗》一向是讽诵在人口上的。清
劳孝舆《春秋诗话》卷三论引诗道：

　　[春秋时] 自朝会聘享以至事物细微，皆引《诗》
以证其得失焉。大而公卿大夫，以至舆台贱卒（？），所
有论说，皆引《诗》以畅厥旨焉。……可以诵读而称引
者，当时止有《诗》《书》。然《传》之所引，《易》乃
仅见，《书》则十之二三。若夫《诗》，则横口之所出，

> 触目之所见，沛然决江河而出之者，皆其肺腑中物，梦
> 寐间所呻吟也。岂非《诗》之为教所以浸淫人之心志而
> 厌饫之者，至深远而无涯哉？

这里所说的虽然不尽切合当日情形，但《诗》那样的讽诵在
人口上，确是事实。——除了无亡佚和讽诵两层，诗语简约，
可以触类引申，断章取义，便于引证，也帮助它的流传。董
仲舒说："《诗》无达诂，《易》无达占，《春秋》无达辞"，
是就解经论，不就引文论。——王应麟以为"《诗》无达诂"
就是《孟子》的"不以文害辞，不以辞害志"，是不错
的。——就引文论，像《诗》那样富于弹性，可以说是独一
无二的。

歌谣释名

【歌谣与乐】

《诗经·魏风·园有桃》里有一句道："心之忧矣,我歌且谣。"《毛传》说:"曲合乐曰歌,徒歌曰谣。"陈奂《诗毛氏传疏》九申其义云:"'合乐曰歌'释'歌'字。《周语》,'瞽献曲',韦注云,'曲,乐曲。'此'曲'之义也。'徒歌曰曲'释'谣'字。《尔雅·释乐》,'徒歌谓之谣。'此传所本也。《说文》,'䚯,徒歌。'䚯,古'谣'字,今字通作'谣'。《初学记·乐部上》引《韩诗章句》云,'有章曲曰歌,无章曲曰谣。'章,乐章也;'无章曲',所谓'徒歌'也。《正义》云,'此文"歌""谣"相对,谣既徒歌,则歌不徒矣。《行苇传》曰,"歌者,合于琴瑟也"。'案《行苇传》作'比于琴瑟',孔依此传言'合乐'意改之耳。"

成伯屿《毛诗指说》引梁简文《十五国风义》也说：
"在辞为诗，在乐为歌。"（见阮元《经籍籑诂》）本来歌谣
都是原始的诗，以"辞"而论，并无分别；只因一个合乐，
一个徒歌，以"声"而论，便自不同了。但据杜文澜《古谣
谚·凡例》，"合乐"又有两种：一是"工歌合乐"，（原注）
如《史记·乐书》载《乐府太乙歌》《蒲梢歌》。一是"自歌合乐"。
（原注）如《史记·高祖纪》，击筑为《大风歌》。"一则本意在于合
乐，非欲徒歌；一则本意在于徒歌，偶然合乐。故琴操、琴
曲、琴引之类，从容而成，已著翰墨者，固与徒歌迥殊；（原
注）如《后汉书·蔡邕传》所作《释诲》，末附琴歌。仓猝而作，立付
弦徽者，仍与徒歌相仿。"（原注）如《琴操》卷上载《公无渡河箜
篌引》。姑不论杜氏所举的例如何，这后一种是仍当属于谣的。

《尔雅·释乐·旧注》："谣，谓无丝竹之类，独歌之。"
（《经籍籑诂》）桂馥《说文义证》引《一切经音义》二十：
"《尔雅》，'徒歌为谣'，《说文》，'独歌也'。"又十五：
"《说文》，'独歌也'，《尔雅》，'徒歌为谣'。徒，空也。"
他说："独歌谓一人空歌，犹徒歌也。"但徒歌一名，并未明
示人数；独歌若果如桂馥所释，实是确定了或增加了徒歌的
意义。谣，还有"行歌"一解，见《国语·晋语》"辨妖祥
于谣"韦注。桂馥说这又是"以道路行歌为徒歌"了。

《古谣谚·凡例》又说，"谣与歌相对，则有徒歌合乐之
分，而歌字究系总名；凡单言之，则徒歌亦为歌（说本孔氏

《正义》）。故谣可联歌以言之，(原注) 如《史记·秦始皇本纪，集解》引嘉平谣歌，《晋书·五行志》载建兴中江南谣歌。亦可借歌以称之。"(原注) 如孟子述孔子闻孺子歌，《左氏昭十二年传》载南蒯乡人歌，《史记·灌夫传》载颍川儿歌，《汉书·董宣传》载京师歌，《晋书·山简传》载襄阳童儿歌，《祖逖传》载豫州耆老歌，《旧唐书·薛仁贵传》载军中歌。至于歌谣联为一名则始见于《淮南子·主术训》，文云："古圣王……出言以副情，发号以明旨，陈以礼乐，风之以歌谣。"

【歌谣的字义】

以上从乐的关系上解释歌谣的意思。但这两个字的本义是什么呢？《书·舜典》，"歌永言"。马注又郑注："歌，所以长言诗之意也。"《诗·子衿传》"诵之歌之"《疏》"歌之，谓引声长咏之。"（并见《经籍籑诂》）这也就是《诗大序》说的"情动于中而形于言。言之不足，故嗟叹之；嗟叹之不足，故永歌之。"郝懿行《尔雅义疏》引《释名》云："人声曰歌。"他说，"歌有弦歌，笙歌，要以人声为主。"《尔雅·释乐·孙注》："谣，声消摇也。"（《经籍籑诂》）消摇是自得其乐的意思。《广韵·四宵》："䚻，喜也。"引《诗》"我歌且䚻"；陈奂说，"或本义《三家诗》。""喜"与"消摇"是很相近的。谣又有"毁"义，见《离骚》"谣诼谓余以善淫"《王注》。那是相去较远了。

【歌谣的异名】

《乐府诗集》引梁元章—作帝。《纂要》曰，"齐歌曰讴，吴歌曰欲，楚歌曰艳，浮歌曰哇……"前三种是因地异称，后一种许是声音的关系；《国语·楚语》注，"浮，轻也。"大概这种歌的调子是很轻靡的。近来又有"俗歌"一名（见《谈龙集》，《海外民歌译序》《江阴船歌序》），则是别于一般的诗歌而言。谣有"谣言"，"风谣"（见《后汉书》，据《古谣谚》卷一百引），"谣辞"（见《旧唐书》，据同书目录），"民谣"（见《晋书》），"百姓姚"（见《南史》），"口谣"（见《明季北略》，据同书目录）等名字。谣字有或作"讹"字者，如《风俗通·皇霸》篇，载赵王迁时童谣，《史记·赵世家》，"童谣"作"民讹言"。"谣"字有误作"讹"字者，如《宋书·符瑞志》，载永光初谣言，前《废帝纪》"谣"作"讹"，而其词用韵，实系歌谣之体，与他处"讹言"无韵者不同（采录《古谣谚·凡例》本文与注）。又有以"风诗"总称歌谣的（《谈龙集·读童谣大观》）。

《古谣谚·凡例》说："讴有徒歌之训，（原注）《楚辞·大招王注》云：'徒歌曰讴'，亦可训谣。（原注）《庄子·大宗师·释文》云：'讴，歌谣也。'吟本训歌，（原注）《战国秦策》注云：'吟，歌吟也。'与讴谣之义相近。（原注）《文选》陈孔璋《答东阿王笺》'以为吟颂'注云：'吟颂，谓讴吟歌颂。'唱可训歌；（原注）《礼记·乐记》'一唱而三叹'郑注云：'倡，发歌句也，唱与倡同。'诵亦可训歌；（原注）《礼记·文王世子》'春诵夏弦'郑注云：'诵，谓歌乐也。'噪有欢呼之训；（原注）《国语》韦注云：'噪，欢呼也。'呼亦歌之声，（原

注)《尚书·大传》云，'其歌之呼也'郑注云：'呼出声也。'并与讴谣
之义相近。故谣可借讴以称之"。（原注）如《晋书·石虎载记》引
佛图澄吟，《北齐书·后主纪》载童戏唱，《左氏僖二十八年传》载晋舆人
诵，《哀十七年传》载卫侯梦浑良夫噪。这讴、吟、唱、诵、噪、呼
几个名字里，吟、噪、呼（《古谣谚》目录中，加一字称为
"呼语"）都甚少见，且据《古谣谚》所录的而论，也与我们
现在所谓歌谣不合；那些只是各人的歌罢了。

此外南方还有"山歌"，广东也称为"歌仔"（见屈大均
《广东新语粤歌条》），普通以指情歌，但据梁绍壬《秋雨庵
随笔》四及钟敬文先生《歌谣杂谈》三（见《歌谣周刊》
七十一号），其范围颇广，与"歌谣"之称，几乎无甚分
别。——广西象县的僮人又有所谓"欢"，是用僮语所唱的
山歌；用官话唱的仍叫做山歌（见《歌谣周刊》五十四号
《僮人情歌》）。又有"秧歌"，义是农歌，但所包也甚杂。这
两种大抵七言成句，与句法参差的不同。更有甘肃的"话
儿"（见《歌谣周刊》八二号袁复礼先生文），直隶新河的
"差儿"，"数大嘴儿"，"但掌儿"等俗名（见《歌谣周刊》
六十八号，傅振伦先生《歌谣杂说》）。这些是只通行于一定
地域的。

【歌谣的广义与狭义】

中国所谓歌谣的意义，向来极不确定：一是合乐与徒歌
不分，二是民间歌谣与个人诗歌不分；而后一层，在我们现

在看起来，关系更大。《诗经》所录，全为乐歌（顾颉刚先
生说，见《北京大学研究所国学门周刊》第十，十一，十二
期），所有的只是第二种混淆。《玉台新咏》与《乐府诗集》
则两种混淆都有；这或因《玉台》的编辑者以艳辞为主，
《乐府》的编辑者则以"乐府体"为主之故。后来杨慎辑
《古今风谣》，杜文澜辑《古谣谚》，那第一种混淆是免了，
而杜氏凡例，尤严于合乐、徒歌之辨；但第二种混淆依然存
在。我想，"诗以声为用"的时代早已过去，就是乐府，汉
以后也渐渐成了古诗之一体——郭茂倩虽想推尊乐府，使它
为"《四诗》之续"，但他的努力几乎是徒然的；元明两代虽
有少数注意他的书的人，真正地看重它、研究它的，直到近
来才有——歌谣与乐府，于是都被吸收到诗里。杨氏、杜氏
是以广义的诗为主来辑录歌谣的，自然民间的与个人的就无
分别的需要了。但也有两个人，无论他们自己的歌谣观念如
何，他们辑录的材料的范围，却能与我们现在所谓歌谣相合
的；这就是李调元的《粤风》，和华广生的《白雪遗音》的
大部分。这两个人都在杜文澜以前，所以我疑心他们未必有
我们的歌谣观念，只是范围偶合罢了。

　　至于歌谣之别，《古谣谚·凡例》里有一段说明，可供
参考。他说："谣谚二字之本义，各有专属主名。盖谣训徒
歌，歌者，咏言之谓，咏言即永言，永言即长言也。谚训传
言，言者，直言之谓，直言即径言，径言即捷言也。长言生

于咏叹，故曲折而纤徐；捷言欲其显明，故平易而捷速；此谣谚所由判也。然二者皆系韵语，体格不甚悬殊，故对文则异，散文则通，可以彼此互训也。"所以杨慎《古今谚》，谚中杂谣（《古谣谚》一百引《书传正误》），范寅《越谚》也是如此。但大体说来，谚的意义，却比较是确定的。

我们所谓歌谣，是什么意义呢？我们对于歌谣有正确的认识，是在民国七年北京大学开始征集歌谣的时候。这件事有多少"外国的影响"，我不敢说；但我们研究的时候，参考些外国的资料，我想是有益的。我们在十一年前，虽已有了正确的歌谣的认识，但直到现在，似乎还没有正确的歌谣的界说。我现在且借用一些外国的东西：

Frank Kidson 在《英国民歌论》（English Folk song, 1915）里说民歌是一种歌曲（song and melody），生于民间，为民间所用以表现情绪，或（如历史的叙事歌）为抒情的叙述者。……就其曲调而论，它又大抵是传说的，而且正如一切的传说一样，易于传讹或改变。它的起源不能确实知道，关于它的时代，也只能约略知道一个大概。

有人很巧妙地说，谚（proverb）是一人的机锋，多人的智慧。对于民歌，我们也可以用同样的界说，便是由一人的力将一件史事，一件传说或一种感情，放在可感觉的形式里表现出来，这些东西本为民众普通所知道或感到的，但少有人能够将它造成定形。我们可以推想，个人的这种制作或是粗糙，或是精炼，但这关系很小，倘若这感情是大家所共感到的，因为通用之后，自能渐就精炼，不然也总多少磨去它的棱角，使它稍为圆润了。（见《自己的园地·歌谣》一文中）

但"民"字的范围如何呢？Kidson 说："这里的'民'字，指不大受着文雅教育的社会层而言。"（同书十页）

Louise Pound 在《诗的起源与叙事歌》（Poetic Origins and The Ballad，1921）里，也有相似的话："在文学史家看来，无论哪种歌，只要满足下列两个条件的，便都是民歌。第一，民众必得喜欢这些歌，必得唱这些歌——它们必得'在民众口里活着'；第二，这些歌必得经过多年的口传而能留存。它们必须能不靠印本而存在。"（二○二页）

《古谣谚·凡例》说："谣谚之兴，其始止发乎语言，未著于文字。其去取界限，总以初作之时，是否著于文字为断。"也是此意。民国七年以来，有着文人润色的痕迹，不是"自然的歌谣"。

【"自然民谣"与"假作民谣"】

《歌谣》第七号上有沈兼士先生给顾颉刚先生的信，信里说："民谣可以分为两种：一种为自然民谣，一种为假作民谣。二者的同点，都是流行乡里间的徒歌；二者的异点，假作民谣的命意属辞，没有民谣那么单纯质朴，其调子也渐变而流入弹词小曲的范围去了，例如广东的'粤讴'，和你所采的苏州的《戏婢》，《十劝郎》诸首皆是。我主张把这两种民谣分作两类，所以示区别，明限制……"

我觉得弹词自然另是一流，小曲和"粤讴"则当加拣择，未可一概而论。"假作民谣"一名，不大妥当；它会将歌谣的意义变得太狭了。又潘力山先生有"自然民谣""技巧民谣"之说（《中国文学研究·从学理上论中国诗》），则系就歌谣的演进而言，与此有别。

【民歌歌词与歌谣】

"民歌"二字，似乎是英文 folk-song 或 peoples song 的译名。这两个名字的涵义，与我们现在所用歌谣之称最相切合；"口唱及合乐的歌"则是中国歌谣二字旧日的解释了。但英国民歌中，有所谓 ballad 者，实为大宗。Ballad 的原意，本也指感情的短歌或此种歌的曲调而言；十八世纪以来，才用为"抒情的叙事短歌"的专称（Pound 书四十二页）。这种叙事歌，中国歌谣里极少；只有汉乐府及后来的唱本，《白雪遗音·吴歌甲集》里有一些。现在一般人将此字译为"歌谣"；有人译为"风谣"，其实是不妥的；有人译为"歌词"（《海外民歌·译序》），虽然与歌谣分别，但仍嫌泛而不切。有人还有"叙事歌"的名字，说"即韵文的故事"，大约也就指的 ballad。Ballad 原有解作"韵文的故事"的，只是严密地说，尚须加上"抒情的"和"短的"两个条件；所以用了"叙事歌"做它的译名，虽不十二分精确，却也适当的。

歌谣里的重叠

　　歌谣以重叠为生命，脚韵只是重叠的一种方式。从史的发展上看，歌谣原只要重叠，这重叠并不一定是脚韵；那就是说，歌谣并不一定要用韵。韵大概是后起的，是重叠的简化。现在的歌谣有又用韵又用别种重叠的，更可见出重叠的重要来。重叠为了强调，也为了记忆。顾颉刚先生说过：

　　　　对山歌因问作答，非复沓不可。……儿歌注重于说
　　话的练习，事物的记忆与滑稽的趣味，所以也有复沓的
　　需要。

　　　　　　　　　　　　　　（《论〈诗经〉所录全为乐歌》上）

"复沓"就是重叠。说"对山歌因问作答，非复沓不可"，是

说重叠由于合唱；当然，合唱不止于对山歌。这可说是为了强调。说"儿歌注重于说话的练习，事物的记忆……也有复沓的需要"，是为了记忆；但是这也不限于儿歌。至于滑稽的趣味，似乎与重叠无关，绕口令或拗口令里的滑稽的趣味，是从词语的意义和声音来的，不是从重叠来的。

　　现在举几首近代的歌谣为例，意在欣赏，但是同时也在表示重叠的作用。美国何德兰《孺子歌图》（收录的以北平儿歌为主）里有一首《足五趾歌》：

> 这个小牛儿吃草。
>
> 这个小牛儿吃料。
>
> 这个小牛儿喝水儿。
>
> 这个小牛儿打滚儿。
>
> 这个小牛儿竟卧着，
>
> 我们打它。

这是一首游戏歌，一面念，一面用手指点着，末了儿还打一下。这首歌的完整全靠重叠，没有韵。将五个足趾当作五个"小牛儿"，末一个不做事，懒卧着，所以打他。这是变化。同书另一首歌：

> 玲珑塔，
>
> 塔玲珑，

　　玲珑宝塔十三层。

这首歌主要的是"玲珑"一个词。前两行是颠倒的重叠，后
一行还是重叠前两行，但是颠倒了"玲珑"这个词，又加上
了"宝"和"十三层"两个词语，将句子伸长，其实还只是
"玲珑"的意思。这些都是变化。这首歌据说现在还在游艺
场里唱着，可是编得很长很复杂了。

　　邱峻先生辑的《情歌唱答》里有两首对山歌，是客
家话：

　　女唱：

　　　　一日唔见涯心肝，

　　　　唔见心肝心不安。

　　　　唔见心肝心肝脱，

　　　　一见心肝脱心肝。

　　男答：

　　　　闲来么事想心肝，

　　　　紧想心肝紧不安。

　　　　我想心肝心肝想，

　　　　正是心肝想心肝。

两首全篇各自重叠，又彼此重叠，强调的是"心肝"，就是

情人。还有北京大学印的《歌谣纪念增刊》里有刘达九先生记的四川的两首对山歌，是两个牧童在赛唱：

    唱：
        你的山歌没得我的山歌多，
        我的山歌几箩篼。
        箩篼底下几个洞，
        唱得没得漏的多。
    答：
        你的山歌没得我的山歌多，
        我的山歌牛毛多。
        唱了三年三个月，
        还没有唱完牛耳朵。

两首的头两句各自重叠，又彼此重叠，各自夸各自的"山歌多"；比喻都是本地风光，活泼，新鲜，有趣味。重叠的方式多得很，这里只算是"牛耳朵"罢了。

陶诗的深度

——评古直《陶靖节诗笺定本》(《层冰堂五种》之三)

　　注陶诗的南宋汤汉是第一人。他因为《述酒》诗"直吐忠愤"，而"乱以廋诗，千载之下，读者不省为何语"，故加笺释。"及他篇有可发明者，亦并注之"。所以《述酒》之外，注的极为简略。后来有李公焕的《笺注》，比较详些；但不止笺注，还采录评语。这个本子通行甚久；直到清代陶澍的《靖节先生集》止，各家注陶，都跳不出李公焕的圈子。陶澍的《靖节先生年谱考异》，却是他自力的工作。历来注家大约总以为陶诗除《述酒》等二三首外，文字都平易可解，用不着再费力去作注；一面趣味便移到字句的批评上去，所以收了不少评语。评语不是没有用，但夹杂在注里，实在有伤体例；仇兆鳌《杜诗详注》为人诟病，也在此。注以详密为贵；密就是密切，切合的意思。从前为诗文集作注，多只重在举出处，所谓"事"；但用"事"为目的，所谓"义"，也当同样看重。只重"事"，便只知找最初的出处，不管与当句当篇切合与否；兼重"义"才知道要找那些切合的。有些人看诗文，反对找出处；特别像陶诗，似乎那样平易，给找了出处倒损了它的天然。钟嵘也曾从作者方面说过这样的话；但在作者方面也许可以这么说，从读者的了解或欣赏方面说，找出作品字句篇章的来历，却一面教人觉得作品意味丰富些，一面也教人可以看出那些才是作者的独创。固然所能找到的来历，即使切合，也还未必是作者有意引用；但一个人读书受用，有时候却便在无意的浸淫里。作者引用前人，自己尽可不觉得；可是读者得给搜寻出来，才能有充分的领会。古先生《陶靖节诗笺定本》用昔人注经的方法注陶，用力极勤；读了他的书才觉得陶诗并不如一般人所想的那么平易，平易里有的是"多义"。但"多义"当以切合为准，古先生书却也未必全能如此，详见下。

从《古笺定本》引书切合的各条看，陶诗用事，《庄子》最多，共四十九次，《论语》第二，共三十七次，《列子》第三，共二十一次。用吴瞻泰《陶诗汇注》及陶澍注本比看，本书所引为两家所无者，共《庄子》三十八条，《列子》十九条；至于引《论语》处两家全未注出，当时大约因为这是人人必读书，所以从略。这里可以看出古先生爬罗剔抉的工夫；而《列子》书向不及《庄子》煊赫，陶诗引《列子》竟有这些多条，尤为意料所不及。沈德潜说："晋人诗旷达者征引《老庄》，繁缛者征引班杨，而陶公专用《论语》。汉人以下宋人以前，可推圣门弟子者渊明也。"照本书以引，单是《庄子》便已比《论语》多；再算上《列子》，两共七十次，超过《论语》一倍有余。那么，沈氏的话便有问题了。历代论陶，大约六朝到北宋，多以为"隐逸诗人之宗"，南宋以后，他的"忠愤"的人格才扩大了。本来《宋书》本传已说他"耻复屈身异代"等等。经了真德秀诸人重为品题。加上汤汉的注本，渊明的二元的人格才确立了。但是渊明的思想究竟受道家影响多，还是受儒家影响多，似乎还值得讨论。沈德潜以多引《论语》为言。考渊明引用《论语》诸处，除了字句的胎袭，不外"游好在《六经》""忧道不忧贫"两个意思。这里《六经》自是儒家典籍，固穷也是儒家精神，只是"道"是什么呢？渊明两次说："道丧向千载"。但如何才叫做"道丧"，我们可以看《饮酒》诗第二十云："羲农去我久，举世少复真。汲汲鲁中叟，弥缝使其淳。""真"与"淳"都不见于《论语》，什么叫"真"呢？我们可以看《庄子·渔父》篇云：

　　　　真者，所以受于天也。自然不可易也。故圣人法天贵真，不拘于俗。

"真"就是自然。"淳"呢?《老子》五十八章，"其政闷闷，其民淳淳"，王弼注云:

> 言善治政者无形无名，无事无政可举，闷闷然卒至于大治，故曰"其政闷闷"也。其民无所争竞，宽大淳淳，故曰"其民淳淳"也。

陶《劝农》诗云:"悠悠上古，厥初生民，傲然自足，抱朴含真。"《感士不遇赋》云:"……抱朴守静，君子之笃素。自真风告逝，大伪斯兴……""抱朴"也是老子的话，也就是"淳"的一面。"真"和"淳"都是道家的观念，而渊明却将"复真""还淳"的使命加在孔子身上;此所谓孔子学说的道家化，正是当时的趋势。所以陶诗里主要思想实在还是道家。又查慎行《诗评》论《归园田居》诗第四云:"先生精于释理，但不入社耳"。此指"人生似幻化，终当归空无"二语。但本书引《列子》《淮南子》解"幻化""归空无"甚确。陶诗里实在也看不出佛教影响。

陶诗里可以确指为"忠愤"之作者，大约只有《述酒》诗和《拟古》诗第九。《述酒》诗"庾词"太多，古先生所笺可以说十得六七，但还有不尽可信的地方，——比汤注自然详密得远了。《拟古》诗第九怕只是泛说，本书以为"追痛司马休之之败"，却未免穿凿。至于《拟古》诗第三，第

七，《杂诗》第九，第十一，《读山海经》诗第九，本书也都
以史事比附，文外悬谈，毫不切合，难以起信。大约以"忠
愤"论陶的，《述酒》诗外，总以《咏荆轲》，《咏三良》及
《拟古》诗，《杂诗》助成其说。汤汉说："三良与主同死，
荆轲为主报仇，皆托古以自见"。其实"三良"与"荆轲"
都是诗人的熟题目：曹植有《三良诗》，王粲《咏史》诗也
咏"三良"；阮瑀有《咏史》诗二首，咏"三良"及荆轲
事。渊明作此二诗，不过老实咏史，未必别有深意。真德秀、
汤汉又以《拟古》诗第八"首阳""易水"为说；但还只是
偶尔断章取义。刘履作《选诗补注》乃云："凡靖节退休后
所作之诗，类多悼国伤时托讽之词。然不欲显斥，故以'拟
古''杂诗'等目名其题"，二十一篇诗就全变成"忠愤"
之作了。到了古先生，更以史事枝节附会，所谓变本加厉。
固然这也有所本，《毛诗传郑笺》可以说便是如此；但毛郑
所引史实大部分岂不也是不切合的！以上这些诗，连《述
酒》在内，历来并不认为渊明的好诗。朱熹虽评《咏荆轲》
诗"豪放"，但他总论陶诗，只说"平淡出于自然"，他所重
的还是"萧散冲澹之趣"，便是那些田园诗里所表现的。田
园诗才是渊明的独创；他到底还是"隐逸诗人之宗"，钟嵘
的评语没有错。朱熹又说"陶欲有为而不能者也"，这却有
些对的。《杂诗》第五云："忆我少壮时，无乐自欣豫。猛志
逸四海，骞翮思远翥。"《饮酒》诗第十六及《荣木》诗也以

"无成""无闻"为恨。但这似乎只是少壮时偶有的空想，他究竟是"少无通俗韵，性本爱丘山"的人。

钟嵘说陶诗"源出于应璩，又协左思风力"。应璩诗存者太少，无可参证。游国恩先生曾经想在陶诗字句里找出左思的影响。他所找出的共有七联，其中《招隐》诗，"杖策招隐士，荒涂横古今"，确可定为《和刘柴桑》诗"山泽久见招""荒途无归人"二语所本，"聊欲投吾簪"确可定为《和郭主簿》诗第一"聊用忘华簪"所本。本书所举却还有左思《咏史》诗"寂寂扬子宅"（为渊明《饮酒》诗"寂寂无行迹"所本），"寥寥空宇中"（为渊明《癸卯岁十二月中作》"萧索空宇中"所本），"遗烈光篇籍"（同上"历览千载书，时时见遗烈"所本），及《杂诗》"高志局四海"（为渊明《杂诗》"猛志逸四海"所本）四句。不过从本书里看，左思的影响并不顶大；陶诗意境及字句脱胎于《古诗十九首》的共十五处，字句脱胎于嵇康诗赋的八处，脱胎于阮籍《咏怀》诗的共九处。那么，《诗品》的话就未免不赅不备了。但就全诗而论，胎袭前人的地方究竟不多；他用散文化的笔调，却能不像"道德论"而合乎自然，才是特长。这与他的哲学一致。像"结庐在人境，而无车马喧"，"人生归有道，衣食固其端。孰是都不营，而以求自安"。都是从前诗里不曾有过的句法；虽然他是并不讲什么句法的。

本书颇多胜解。如《命子》诗，"既见其生，实欲其可"

的"可"字，注家多忽略过去，本书却证明"题目入以
'可'字，乃晋人之常"。《和刘柴桑》诗，题下引《隋书·
经籍志·注》，"梁有'晋'柴桑令《刘遗民集》五卷，
《录》一卷"。证"刘柴桑"即"刘遗民"。此事向来只据李
公焕注，得此确证，可为定论。又"弱女虽非男，慰情良胜
无"，或以为比酒之醨薄，或以为赋，都无证据。本书解为
比，引《魏书·徐邈传》及《世说》，以见"魏晋人每好为
酒品目，靖节亦复尔尔"。《还旧居》诗"常恐大化尽，气方
不及衰"，次句向无人能解；本书引《礼记·王制》"五十始
衰"，及《檀弓·郑注》，才知"常恐……不及衰"，即常恐
活不到五十岁之意。《饮酒》诗第十六"孟公不在兹，终以
翳吾情"，旧注都以"孟公"为投辖的陈遵，实与本诗不切；
本书据诗中境地定为刘龚，确当不易。又第十八前以杨子云
自比，后复以柳下惠自比。这二人间的关系，向来无人能说；
本书却引《法言》及他书证明"子云以柳下惠自比，故靖节
以柳下惠比之"。又如《杂诗》第六起四句云："昔闻长老
言，掩耳每不喜；奈何五十年，忽已亲此事！"诸家注都不
知"此事"是何事。本书引陆机《叹逝赋序》"昔每闻长老
追计平生同时亲故；或凋落已尽；或仅有存者……"，乃知
指的是亲故凋零。

　　但书中也不免有疏漏的地方。如《停云》诗"岂无他
人"，本书引《诗·唐风·杕杜》，实不如引《郑风·褰裳》

切合些。《命子》诗"寄迹风云，冥兹愠喜"，下句本书引
《庄子》为解，不如引《论语》公冶长"令尹子文三仕为令
尹，无喜色；三已之，无愠色"。《归园田居》诗第二，"常
恐霜霰至，零落同草莽"，上句无注，似可引《诗·小雅·
颇弁》"如彼雨雪，先集维霰"，及《楚辞·九辩》"霜露惨
凄而交下兮，心尚幸其弗济霰。雪雰糅其增加兮，乃知遭命
之将至"。这两句诗是所谓赋而比的。怨诗《楚调示庞主簿
邓治中》末云："慷慨独悲歌，钟期信为贤"，"钟期"明指
庞邓，意谓只有你们懂得我，不必引古诗为解。《答庞参军
诗序》，"杨公所叹，岂惟常悲"；李公焕注，"杨公，杨朱
也"。本书引《淮南子》杨子哭歧路故事，但未申其"义"。
按《文选》有晋孙楚《征西官属送于陟阳侯作》诗，起四句
云："晨风飘歧路，零雨被秋草。倾城远追送，饯我千里
道"；这里的"歧路"只是各自东西的歧路，而不是那"可
以南可以北"的了。可见这时候"歧路"一词，已有了新的
引申义；渊明所用便是这个新义。"杨公所叹"只是"歧路"
的代语，"叹"字的意思是不着重的。《和郭主簿》诗第一末
云："遥遥望白云，怀古一何深"。本书解云："遥遥望白云"
即"富贵非吾愿，帝乡不可期"也。这原是何焯的话，富贵
二语见《归去来辞》。但怀古与白云或帝乡究竟怎样关联呢？
按《庄子·天地》篇，"华封人谓尧曰：'失圣人鹑居而𪃸
饮，鸟行而无章。天下有道，与物皆昌。千岁厌世，去而上

仙。乘彼白云，至于帝乡。三患莫至，身无常殃，则何辱之有！"《怀古》也许怀的是这种乘白云至帝乡的古圣人。又第二末云："检索不获展，厌厌竟良月"，本书所解甚曲。"检素"即简素，就是书信；"检素不获展"就是接不着你的信。《饮酒》诗第十三"规规一何愚"，引《庄子·秋水》"适适然惊，规规然自失也"，不切，不如引下文"子乃规规然而求之以察，索之以辩。"《止酒》诗每句藏一"止"字，当系俳谐体。以前及当时诸作，虽无可供参考，但宋以后此等诗体大盛，建除、数名、县名、姓名、药名、卦名之类，不一而足，必有所受之。逆推而上，此体当早以存在，但现存的只《止酒》一首，便觉得莫名其妙了。本书引《庄子》"惟止能止众止"颇切；但此体源流未说及。

古先生有《陶靖节诗笺》，于民国十五年印行，已经很详尽。丁福保先生《陶渊明诗注》引用极多。《定本》又加了好些材料，删改处也有；虽然所删的有时并不应删，就如《停云》诗"搔首延伫"一句，原引《诗经·静女》"爱而不见，搔首踟蹰"和阮籍《咏怀》"感时兴思，企首延伫"，《定本》却将阮籍诗一条删去了。我们知道陶渊明常用阮诗，他那句话兼用《静女》及《咏怀》或从《静女》及《咏怀》脱胎，是很可能的；古先生这条注实在很切合。《定本》所改却有好的，如《饮酒》诗第十八的注便是（详上文）。《诗笺》中四言诗注未用十分力，《定本》这一卷里却几乎加了篇幅一半。

朗读与诗

　　诗与文都出于口语；而且无论如何复杂，原都本于口语，所以都是一种语言。语言不能离开声调，诗文是为了读而存在的，有朗读，有默读；所谓"看书"其实就是默读，和看画看风景并不一样。但诗跟文又不同。诗出于歌，歌特别注重节奏；徒歌如此，乐歌更如此。诗原是"乐语"，古代诗和乐是分不开的，那时诗的生命在唱。不过诗究竟是语言，它不仅存在在唱里，还存在在读里。唱得延长语音，有时更不免变化语音；为了帮助听者的了解，读有时是必需的。有了文字记录以后，读便更普遍了。《国语·楚语》记申叔时告诉士亹怎样做太子的师傅，曾说"教之诗……以耀明其志"。教诗明志，想来是要读的。《左传》记载言语，引诗的很多，自然也是读，不是唱。读以外还有所谓"诵"。《墨子》里记着儒家公孟子"诵诗三百"的话。《左传》襄公十四年记卫献公叫师曹"歌"《巧言》诗的末章给孙文子的使者孙蒯听。那时文子在国境上，献公叫"歌"这章诗，是骂他的，师曹和献公有私怨，想激怒孙蒯，怕"歌"了他听不清楚，便"诵"了一通。这"诵"是有节奏的。诵和读都比"歌"容易了解些。

《周礼》大司乐"以乐语教国子：兴、道、讽、诵、言、语"。郑玄注："以声节之曰诵。"诵是有腔调的；这腔调是"乐语"的腔调，该是从歌脱化而出。《汉书·艺文志》引《传》曰，"不歌而诵谓之赋"，而"赋者，古诗之流也"（班固《两都赋》序）。这"诵"就是师曹诵《巧言》诗的"诵"和公孟子说的"诵诗三百"的"诵"，都是"乐语"的腔调。这跟言语引诗是不同的。言语引诗，随说随引，固然不会是唱，也不会是"诵"，只是读，只是朗读——本文所谓读，兼指朗读、默读而言，朗读该是口语的腔调。现在儿童的读书腔，也许近乎古代的"诵"；而宣读文告的腔调，本于口语，却是朗读，不是"诵"。战国以来，"诗三百"和乐分了家，于是乎不能歌，不能诵，只能朗读和默读；四言诗于是乎只是存在着，不再是生活着。到了汉代，新的音乐又带来了新的诗，乐府诗，汉末便成立了五言诗的体制。这以后诗又和乐分家。五言诗四言诗不一样，分家后却还发展着，生活着。它不但能生活在唱里，并且能生活在读里。诗从此独立了；这是一个大变化。

四言变为五言，固然是跟着音乐发展，这也是语言本身在进展。因为语言本身也在进展，所以诗终于可以脱离音乐而独立，而只生活在读里。但是四言为什么停止进展呢？我想也许四言太呆板了，变化太少了，唱的时候有音乐帮衬，还不大觉得出；只读而不唱，便渐渐觉出它的单调了。不过四言却宜入文，东汉到六朝，四言差不多成了文的基本句式；后来又发展了六言，便成了所谓"四六"的体制。文句本多变化，又可多用虚助词，四言入文，不但不板滞，倒觉得整齐些。这也是语言本身的一种进展。语言本身的进展，靠口说，也靠朗读，而在言文分离像中国秦代以来的情形下，诗文的进展靠朗读更多——文尤其如此。五言诗脱离音乐独立以后，句子的组织越来越凝练，词语的表现也越来越细密，原因固然很多，朗读是主要的一个。"读"原是"抽绎意蕴"的意思。只有朗读才能玩索每一词每一语每一句的意蕴，同时吟味它们的节奏。默读只是"玩索意蕴"的工作做得好。唱歌只是"吟味节奏"的工作做得好——却往往让意蕴滑了过去。

六朝时佛经"转读"盛行，影响诗文的朗读很大。一面沈约等发见了四声。于是乎朗读转变为吟诵。到了唐代，四声又归纳为平仄，于是乎有律诗。这时候的文也越见铿锵入耳。这些多半是吟诵的作用。律诗和铿锵的骈文，我们可以称为谐调，也是语言本身的一种进展。就诗而论，这种进展是要使诗不经由音乐的途径，而成功另一种"乐语"，就是不唱而谐。目的是达到了，靠了吟诵这个外来的影响。但是这种进展究竟偏畸而不大自然，所以盛唐诸家所作，还是五七言古诗比五七言律诗多（据施子愉《唐代科举制度与五言的关系》文中附表统计，文见《东方杂志》四十卷八号）。并且这些人作律诗，一面还是因为考试规定用律诗的缘故。后来韩愈也少作律诗，他更主持古文运动，要废骈用散，都是在求自然。那时古文运动已经开了风气；律诗却因可以悦耳娱目，又是应试必需，逐渐昌盛。晚唐人有"吟安一个字，捻断数茎髭"，"二句三年得，一吟双泪流"等诗句，特别见得对五律用力之专。而这种气力全用在"吟"上。律诗自然也可朗读，但它的生命在"吟"，从杜甫起就有"新诗改罢自长吟"的话。到了宋代，古文替代了骈文，诗也跟着散文化。七古七律特别进展；七律有意用不谐平仄的句子，所谓"拗调"。这一切表示重读而不重吟，回向口语的腔调。后世说宋诗以意为主，正是着重读书的表现。

这时候，新的音乐又带来了一种新的诗体——词。因为歌唱的缘故，重行严别四声。但在宋亡以后词又不能唱了，只生活在仅辨平仄的"吟"里。后来有时连平仄也多少可以通融了，这又是朗读的影响；词也脱离音乐而独立了。元代跟新音乐并起的新诗体又有曲，直到现在还能唱；四声之外，更辨阴阳。因为未到朗读阶段，"看"起来总还不够分量似的。曲以后的新诗体就是我们现代的"新诗"——白话诗。新诗不出于音乐。不起于民间，跟过去各种诗体全异。过去的诗体都发源于民间乐歌，这却是外来的影响。因为不是根生土长，所以不容易让一般人接受它。新文学运动已经二十六年，白话文一般人已经接受了，但是白话诗怀疑的还是很多。不过从语言本身和诗本体的进展来看，这也是自然的趋势。诗趋向脱离音乐独立，趋向变化而近自然，如上文所论。过去每一诗体都依附音乐而起，然后脱离音乐而存。新诗不依附音乐而已活了二十六年，正所谓自力更生。一面在这二十六年里屡次有人提倡新诗采取民歌（徒歌和乐歌）的形式，并有人实地试验，特别在抗战以后。但是效果绝不显著。这见得那种简单的音乐已经不能配合我们现代人复杂的情思。现代是个散文的时代，即使是诗，也得调整自己，多少倾向散文化。而这又正是宋以来诗的主要倾向——求自然。再说六朝时外来的影响可以改变向来的传统，终于形成了律诗，直活到民国初年，这回外来的影响还近乎自然些，又何可限量呢？新诗不要唱，不要吟；它的生命在朗读，它的生命在朗读里。我们该从这里努力，才可以加速它的进展。

　　过去的诗体都是在脱离音乐独立之后才有长足的进展。就是四言诗也如此，像嵇康的四言诗，岂不比"三百篇"复杂而细密得多？五七言古近体的进展，我们看来更是显著："取材广而命意新"（曹学佺《宋诗钞》序中语），一句话扼要的指出这种进展的方向。词的分量加重，也在清代常州词派以后；曲没有脱离音乐，进展就慢得多。这就是说，诗到了朗读阶段才能有独立的自由的进展，但是新诗一产生就在朗读阶段里，为什么现在落在白话文后面老远呢？一来诗的传统力量比文的传统大得多，特别在形式上。新诗起初得从破坏旧形式下手，直到民国十四年，新形势才渐渐建设起来，但一般人还是怀疑着。而当时诗的兴味也已赶不上散文的兴味浓厚。再说新诗既全然生活在朗读里，而诗又比文更重声调，若能有意的训练朗读，进展也可以快些；可是这种训练直到抗战以后才多起来。不过新诗由破坏形式而建设形式，现在已有相当成绩，正见出朗读的效用。

　　新诗的语言不是民间的语言，而是欧化的或现代化的语言。因此朗读起来不容易顺口顺耳。固然白话文也有同样情形，但是文的篇幅大，不顺的地方容易掩藏，诗的篇幅小，和谐的朗读更是困难。这种和谐的朗读本非二三十年可以达成。律诗的孕育经过二百多年；我们的新诗是由旧的人工走向新自然，和律诗方向相反，当然不需那么长的时期，但也只能移步换形，不能希望一蹴而就。有意的朗读训练该可以将期间缩短些，缩得怎样短，得看怎样努力。所谓顺口顺耳，就是现在一般人说的"上口"。"上口"的意义，严格地说，该是"口语里有了的"；现在白话诗文中有好些句式和词汇，特别是新诗中的隐喻，就是在受过中等教育的人的口语里，也还没有，所以便不容易上口。

但照一般的用法，"不上口"好像只是拗口或不顺口，这当然没有明确的分野，不过若以受过现代中等教育的人为标准，出入也许不至于太大。第一意义的"上口"太严格了，按这个意义，白话诗文能够上口的恐怕不多；最重要的，这样限制足以阻碍白话诗文的进展，同时足以阻碍口语的进展。白话诗文和口语该是交互影响着而进展的，所谓"国语的文学——文学的国语"。

第二意义的"上口"，该可用作朗读的标准。这所谓"上口"，就是使我们不致歪曲我们一般的语调。如何算"歪曲"，还待分析的具体的研究，但从这些年的经验里，我们也可以知道大略。例如长到二三十字的句，十余字的读，中间若无短的停顿，便不能上口；国语每十字间总要有个停顿才好。又如国语中常用被动句，现在固然不妨斟酌加一些，但不斟酌而滥用，便觉刺耳。口语和白话文里常用的译名，不容易上口；诗里最好不用，至少也须不多用——外国文更应该如此。他称代词"它"和"它们"，国语里极少，也当细酌。文言夹在白话里，不容易和谐；除非白话里的确缺少那种表现，或者熟语新用，但总是避免的好。至于新诗里的隐喻常是创造的，上口自然不易。

可是这种隐喻的发展也是诗的生长的主要的成分，所谓"形象化"。旧日各种诗体里也有这个，不过也许没有新诗里多；而且，那些比较凝定的诗体可以掩藏新创的隐喻，使它得到平衡。所以我们得靠朗读熟悉这种表现，读惯了就可以上口了。其实除了一些句式，所谓不能上口的生硬的语汇，经过相当时间的流转，也许入了口语，或由于朗读，也会上口；这种"不上口"并不是绝对的。——我们所谓朗读，和宣读文告的宣读是一类，要见出每一词语每一句子的分量。这跟说话不同；新诗能够"说"的很少。

现时的诗朗诵运动，似乎用的是第一意义的"上口"的标准，并且用的是一般民众的口语的标准。这固然不失为诗的一体，但要将诗一概朗诵化就很难。文化的进展使我们朗读不全靠耳朵，也兼靠眼睛。这增加了我们的能力。现在的白话诗有许多是读出来不能让人全听懂的，特别是诗。新的词汇、句式和隐喻，以及不熟练的朗读技术，都可能是原因；但除了这些，还有些复杂精细的表现，原不是一听就能懂的。这种诗文也有它们存在的理由。这种特别的诗，也还需要朗读，但只是读给自己听，读给几个看着原诗的朋友听；这种朗读是为了研究节奏与表现，自然也为了欣赏，受用。谁都可以去朗读并欣赏这种诗，只是这种诗不宜于大庭广众。卞之琳先生的一些诗，冯至先生的一些十四行，就有这种情形。近来读到鸥外鸥先生的一首诗，似乎也可作例。这首诗题为《和平的础石》，写在香港，歌咏的是香港老总督的铜像。现在节抄如下：

> 金属了的他
> 是否怀疑巍巍高耸在亚洲风云下的
> 休战纪念坊呢？
> 奠和平基础于此地吗？
> 那样想着而不瞑目的总督，
> 日夕踞坐在花岗石上永久的支着腮，
> 腮与指之间
> 生上了铜绿的苔藓了——
> ……
> 手永远支住了的总督，
> 何时可把手放下来呢？
> 那只金属了的手。

诗行也许太参差些。但"金属了的他""金属了的手"里的"金属"这个名词用作动词，便创出了新的词汇，可以注意。这二语跟第六七行原都是描述事实，但是全诗将那僵冷的铜像灌上活泼的情思，前二语便见得如何动不了，动不了手，第三语也便见得如何"永久的支着腮"在"怀疑"。这就都带上了隐喻的意味。这些都比较生硬而复杂，只可朗读给自己听；要是教一般人听，恐怕不容易听懂。不过为己的朗读和为人的朗读却该同时并进，诗才能有独立的圆满的进展。

第四辑

无别，雅俗同赏

论雅俗共赏

陶渊明有"奇文共欣赏，疑义相与析"的诗句，那是一些"素心人"的乐事，"素心人"当然是雅人，也就是士大夫。这两句诗后来凝结成"赏奇析疑"一个成语，"赏奇析疑"是一种雅事，俗人的小市民和农家子弟是没有份儿的。然而又出现了"雅俗共赏"这一个成语，"共赏"显然是"共欣赏"的简化，可是这是雅人和俗人或俗人跟雅人一同在欣赏，那欣赏的大概不会还是"奇文"罢。这句成语不知道起于什么时代，从语气看来，似乎雅人多少得理会到甚至迁就着俗人的样子，这大概是在宋朝或者更后罢。

原来唐朝的安史之乱可以说是我们社会变迁的一条分水岭。在这之后，门第迅速地垮了台，社会的等级不像先前那样固定了，"士"和"民"这两个等级的分界不像先前的严格和清楚了，彼此的分子在流通着，上下着。而上去的比下来的多，士人流落民间的究竟少，老百姓加入士流的却渐渐多起来。王侯将相早就没有种了，读书人到了这时候也没有种了；只要家里能够勉强供给一些，自己有些天分，又肯用功，就是个"读书种子"；去参加那些公开的考试，考中了就有官做，至少也落个绅士。这种进展经过唐末跟五代的长期的变乱加了速度，到宋朝又加上印刷术的发达，学校多起来了，士人也多起来了，士人的地位加强，责任也加重了。这些士人多数是来自民间的新的分子，他们多少保留着民间的生活方式和生活态度。他们一面学习和享受那些雅的，一面却还不能摆脱或蜕变那些俗的。人既然很多，大家是这样，也就不觉其寒碜；不但不觉其寒碜，还要重新估定价值，至少也得调整那旧来的标准与尺度。"雅俗共赏"似乎就是新提出的尺度或标准，这里并非打倒旧标准，只是要求那些雅士理会到或迁就些俗士的趣味，好让大家打成一片。当然，所谓"提出"和"要求"，都只是不自觉的看来是自然而然的趋势。

中唐的时期，比安史之乱还早些，禅宗的和尚就开始用口语记录大师的说教。用口语为的是求真与化俗，化俗就是争取群众。安史之乱后，和尚的口语记录更其流行，于是乎有了"语录"这个名称，"语录"就成为一种著述体了。到了宋朝，道学家讲学，更广泛地留下了许多语录；他们用语录，也还是为了求真与化俗，还是为了争取群众。所谓求真的"真"，一面是如实和直接的意思。禅家认为第一义是不可说的。语言文字都不能表达那无限的可能，所以是虚妄的。然而实际上语言文字究竟是不免要用的一种"方便"，记录文字自然越近实际的、直接的说话越好。在另一面这"真"又是自然的意思，自然才亲切，才让人容易懂，也就是更能收到化俗的功效，更能获得广大的群众。道学主要的是中国的正统的思想，道学家用了语录做工具，大大地增强了这种新的文体的地位，语录就成为一种传统了。比语录体稍稍晚些，还出现了一种宋朝叫做"笔记"的东西。这种作品记述有趣味的杂事，范围很宽，一方面发表作者自己的意见，所谓议论，也就是批评，这些批评往往也很有趣味。作者写这种书，只当做对客闲谈，并非一本正经，虽然以文言为主，可是很接近说话。这也是给大家看的，看了可以当做"谈助"，增加趣味。宋朝的笔记最发达，当时盛行，流传下来的也很多。目录家将这种笔记归在"小说"项下，近代书店汇印这些笔记，更直题为"笔记小说"；中国古代所谓"小说"，原是指记述杂事的趣味作品而言的。

那里我们得特别提到唐朝的"传奇"。"传奇"据说可以见出作者的"史才、诗笔、议论"，是唐朝士子在投考进士以前用来送给一些大人先生看，介绍自己，求他们给自己宣传的。其中不外乎灵怪、艳情、剑侠三类故事，显然是以供给"谈助"，引起趣味为主。无论照传统的意念，或现代的意念，这些"传奇"无疑的是小说，一方面也和笔记的写作态度有相类之处。照陈寅恪先生的意见，这种"传奇"大概起于民间，文士是仿作，文字里多口语化的地方。陈先生并且说唐朝的古文运动就是从这儿开始。他指出古文运动的领导者韩愈的《毛颖传》，正是仿"传奇"而作。我们看韩愈的"气盛言宜"的理论和他的参差错落的文句，也正是多多少少在口语化。他的门下的"好难""好易"两派，似乎原来也都是在试验如何口语化。可是"好难"的一派过分强调了自己，过分想出奇制胜，不管一般人能够了解欣赏与否，终于被人看做"诡"和"怪"而失败，于是宋朝的欧阳修继承了"好易"的一派的努力而奠定了古文的基础。——以上说的种种，都是安史之乱后几百年间自然的趋势，就是那雅俗共赏的趋势。

宋朝不但古文走上了"雅俗共赏"的路，诗也走向这条路。胡适之先生说宋诗的好处就在"做诗如说话"，一语破的指出了这条路。自然，这条路上还有许多曲折，但是就像不好懂的黄山谷，他也提出了"以俗为雅"的主张，并且点化了许多俗语成为诗句。实践上"以俗为雅"，并不从他开始，梅圣俞、苏东坡都是好手，而苏东坡更胜。据记载梅和苏都说过"以俗为雅"这句话，可是不大靠得住；黄山谷却在《再次杨明叔韵》一诗的"引"里郑重地提出"以俗为雅，以故为新"，说是"举一纲而张万目"。他将"以俗为雅"放在第一，因为这实在可以说是宋诗的一般作风，也正是"雅俗共赏"的路。但是加上"以故为新"，路就曲折起来，那是雅人自赏，黄山谷所以终于不好懂了。不过黄山谷虽然不好懂，宋诗却终于回到了"做诗如说话"的路，这"如说话"，的确是条大路。

雅化的诗还不得不回向俗化，刚刚来自民间的词，在当时不用说自然是"雅俗共赏"的。别瞧黄山谷的有些诗不好懂，他的一些小词可够俗的。柳耆卿更是个通俗的词人。词后来虽然渐渐雅化或文人化，可是始终不能雅到诗的地位，它怎么着也只是"诗余"。词变为曲，不是在文人手里变，是在民间变的；曲又变得比词俗，虽然也经过雅化或文人化，可是还雅不到词的地位，它只是"词余"。一方面从晚唐和尚的俗讲演变出来的宋朝的"说话"就是说书，乃至后来的平话以及章回小说，还有宋朝的杂剧和诸宫调等等转变成功的元朝的杂剧和戏文，乃至后来的传奇，以及皮簧戏，更多半是些"不登大雅"的"俗文学"。这些除元杂剧和后来的传奇也算是"词余"以外，在过去的文学传统里简直没有地位；也就是说这些小说和戏剧在过去的文学传统里多半没有地位，有些有点地位，也不是正经地位。可是虽然俗，大体上却"俗不伤雅"，虽然没有什么地位，却总是"雅俗共赏"的玩艺儿。

"雅俗共赏"是以雅为主的，从宋人的"以俗为雅"以及常语的"俗不伤雅"，更可见出这种宾主之分。起初成群俗士蜂拥而上，固然逼得原来的雅士不得不理会到甚至迁就着他们的趣味，可是这些俗士需要摆脱的更多。他们在学习，在享受，也在蜕变，这样渐渐适应那雅化的传统，于是乎新旧打成一片，传统多多少少变了质继续下去。前面说过的文体和诗风的种种改变，就是新旧双方调整的过程，结果迁就的渐渐不觉其为迁就，学习的也渐渐习惯成了自然，传统的确稍稍变了质，但是还是文言或雅言为主，就算跟民众近了一些，近得也不太多。

至于词曲，算是新起于俗间，实在以音乐为重，文辞原是无关轻重的；"雅俗共赏"，正是那音乐的作用。后来雅士们也曾分别将那些文辞雅化，但是因为音乐性太重，使他们不能完成那种雅化，所以词曲终于不能达到诗的地位。而曲一直配合着音乐，雅化更难，地位也就更低，还低于词一等。可是词曲到了雅化的时期，那"共赏"的人却就雅多而俗少了。真正"雅俗共赏"的是唐、五代、北宋的词，元朝的散曲和杂剧，还有平话和章回小说以及皮簧戏等。皮簧戏也是音乐为主，大家直到现在都还在哼着那些粗俗的戏词，所以雅化难以下手，虽然一二十年来这雅化也已经试着在开始。平话和章回小说，传统里本来没有，雅化没有合式的榜样，进行就不易。《三国演义》虽然用了文言，却是俗化的文言，接近口语的文言，后来的《水浒传》《西游记》《红楼梦》等就都用白话了。不能完全雅化的作品在雅化的传统里不能有地位，至少不能有正经的地位。雅化程度的深浅，决定这种地位的高低或有没有，一方面也决定"雅俗共赏"的范围的小和大——雅化越深，"共赏"的人越少，越浅也就越多。所谓多少，主要的是俗人，是小市民和受教育的农家子弟。在传统里没有地位或只有低地位的作品，只算是玩艺儿；然而这些才接近民众，接近民众却还能叫"雅俗共赏"，雅和俗究竟有共通的地方，不是不相理会的两橛了。

单就玩艺儿而论，"雅俗共赏"虽然是以雅化的标准为主，"共赏"者却以俗人为主。固然，这在雅方得降低一些，在俗方也得提高一些，要"俗不伤雅"才成；雅方看来太俗，以至于"俗不可耐"的，是不能"共赏"的。但是在什么条件之下才会让俗人所"赏"的，雅人也能来"共赏"呢？我们想起了"有目共赏"这句话。孟子说过"不知子都之姣者，无目者也"，"有目"是反过来说，"共赏"还是陶诗"共欣赏"的意思。子都的美貌，有眼睛的都容易辨别，自然也就能"共赏"了。孟子接着说："口之于味也，有同嗜焉；耳之于声也，有同听焉；目之于色也，有同美焉。"这说的是人之常情，也就是所谓人情不相远。但是这不相远似乎只限于一些具体的、常识的、现实的事物和趣味。譬如北平罢，故宫和颐和园，包括建筑，风景和陈列的工艺品，

似乎是"雅俗共赏"的，天桥在雅人的眼中似乎就有些太俗
了。说到文章，俗人所能"赏"的也只是常识的，现实的。
后汉的王充出身是俗人，他多多少少代表俗人说话，反对难
懂而不切实用的辞赋，却赞美公文能手。公文这东西关系雅
俗的现实利益，始终是不曾完全雅化了的。再说后来的小说
和戏剧，有的雅人说《西厢记》诲淫，《水浒传》诲盗，这
是"高论"。实际上这一部戏剧和这一部小说都是"雅俗共
赏"的作品。《西厢记》无视了传统的礼教，《水浒传》无视
了传统的忠德，然而"男女"是"人之大欲"之一，"官逼
民反"，也是人之常情，梁山泊的英雄正是被压迫的人民所
想望的。俗人固然同情这些，一部分的雅人，跟俗人相距还
不太远的，也未尝不高兴这两部书说出了他们想说而不敢说
的。这可以说是一种快感，一种趣味，可并不是低级趣味；
这是有关系的，也未尝不是有节制的。"诲淫""诲盗"只是
代表统治者的利益的说话。

　　十九世纪二十世纪之交是个新时代，新时代给我们带来
了新文化，产生了我们的知识阶级。这知识阶级跟从前的读
书人不大一样，包括了更多地从民间来的分子，他们渐渐跟
统治者拆伙而走向民间。于是乎有了白话正宗的新文学，词
曲和小说戏剧都有了正经的地位。还有种种欧化的新艺术。
这种文学和艺术却并不能让小市民来"共赏"，不用说农工
大众。于是乎有人指出这是新绅士也就是新雅人的欧化，不

管一般人能够了解欣赏与否。他们提倡"大众语"运动。但是时机还没有成熟，结果不显著。抗战以来又有"通俗化"运动，这个运动已经开始转向大众化。"通俗化"还分别雅俗，还是"雅俗共赏"的路，大众化却更进一步要达到那没有雅俗之分，只有"共赏"的局面。这大概也会是所谓由量变到质变罢。

论百读不厌

　　前些日子参加了一个讨论会，讨论赵树理先生的《李有才板话》。座中一位青年提出了一件事实：他读了这本书觉得好，可是不想重读一遍。大家费了一些时候讨论这件事实。有人表示意见，说不想重读一遍，未必减少这本书的好，未必减少它的价值。但是时间匆促，大家没有达到明确的结论。一方面似乎大家也都没有重读过这本书，并且似乎从没有想到重读它。然而问题不但关于这一本书，而是关于一切文艺作品。为什么一些作品有人"百读不厌"，另一些却有人不想读第二遍呢？是作品的不同吗？是读的人不同吗？如果是作品不同，"百读不厌"是不是作品评价的一个标准呢？这些都值得我们思索一番。

　　苏东坡有《送章惇秀才失解西归》诗，开头两句是：

旧书不厌百回读，熟读深思子自知。

"百读不厌"这个成语就出在这里。"旧书"指的是经典，所以要"熟读深思"。《三国志·魏志·王肃传·注》：

> 人有从（董遇）学者，遇不肯教，而云"必当先读百遍"，言"读书百遍而意自见"。

经典文字简短，意思深长，要多读，熟读，仔细玩味，才能了解和体会。所谓"意自见"，"子自知"，着重自然而然，这是不能着急的。这诗句原是安慰和勉励那考试失败的章惇秀才的话，劝他回家再去安心读书，说"旧书"不嫌多读，越读越玩味越有意思。固然经典值得"百回读"，但是这里着重的还在那读书的人。简化成"百读不厌"这个成语，却就着重在读的书或作品了。这成语常跟另一成语"爱不释手"配合着，在读的时候"爱不释手"，读过了以后"百读不厌"。这是一种赞词和评语，传统上确乎是一个评价的标准。当然，"百读"只是"重读""多读""屡读"的意思，并不一定一遍接着一遍地读下去。

经典给人知识，教给人怎样做人，其中有许多语言的、历史的、修养的课题，有许多注解，此外还有许多相关的考证，读上百遍，也未必能够处处贯通，教人多读是有道理的。

但是后来所谓"百读不厌"，往往不指经典而指一些诗、一些文，以及一些小说；这些作品读起来津津有味，重读，屡读也不腻味，所以说"不厌"；"不厌"不但是"不讨厌"，并且是"不厌倦"。诗文和小说都是文艺作品，这里面也有一些语言和历史的课题，诗文也有些注解和考证；小说方面呢，却直到近代才有人注意这些课题，于是也有了种种考证。但是过去一般读者只注意诗文的注解，不大留心那些课题，对于小说更其如此。他们集中在本文的吟诵或浏览上。这些人吟诵诗文是为了欣赏，甚至于只为了消遣，浏览或阅读小说更只是为了消遣，他们要求的是趣味，是快感。这跟诵读经典不一样。诵读经典是为了知识，为了教训，得认真，严肃，正襟危坐的读，不像读诗文和小说可以马马虎虎的，随随便便的，在床上，在火车轮船上都成。这么着可还能够教人"百读不厌"，那些诗文和小说到底是靠了什么呢？

在笔者看来，诗文主要是靠了声调，小说主要是靠了情节。过去一般读者大概都会吟诵，他们吟诵诗文，从那吟诵的声调或吟诵的音乐得到趣味或快感，意义的关系很少；只要懂得字面儿，全篇的意义弄不清楚也不要紧的。梁启超先生说过李义山的一些诗，虽然不懂得究竟是什么意思，可是读起来还是很有趣味（大意）。这种趣味大概一部分在那些字面儿的影像上，一部分就在那七言律诗的音乐上。字面儿的影像引起人们奇丽的感觉；这种影像所表示的往往是珍奇，华丽的景物，平常人不容易接触到的，所谓"七宝楼台"之类。民间文艺里常常见到的"牙床"等等，也正是这种作用。民间流行的小调以音乐为主，而不注重词句，欣赏也偏重在音乐上，跟吟诵诗文也正相同。感觉的享受似乎是直接的、本能的，即使是字面儿的影像所引起的感觉，也还多少有这种情形，至于小调和吟诵，更显然直接诉诸听觉，难怪容易唤起普遍的趣味和快感。至于意义的欣赏，得靠综合诸感觉的想象力，这个得有长期的教养才成。然而就像教养很深的梁启超先生，有时也还让感觉领着走，足见感觉的力量之大。

小说的"百读不厌"，主要的是靠了故事或情节。人们在儿童时代就爱听故事，尤其爱奇怪的故事。成人也还是爱故事，不过那情节得复杂些。这些故事大概总是神仙、武侠、才子、佳人，经过种种悲欢离合，而以大团圆终场。悲欢离合总得不同寻常，那大团圆才足奇。小说本来起于民间，起于农民和小市民之间。在封建社会里，农民和小市民是受着重重压迫的，他们没有多少自由，却有做白日梦的自由。他们寄托他们的希望于超现实的神仙，神仙化的武侠，以及望之若神仙的上层社会的才子佳人；他们希望有朝一日自己会变成了这样的人物。这自然是不能实现的奇迹，可是能够给他们安慰、趣味和快感。他们要大团圆，正因为他们一辈子是难得大团圆的，奇情也正是常情啊。他们同情故事中的人物，"设身处地"地"替古人担忧"，这也因为事奇人奇的缘故。过去的小说似乎始终没有完全移交到士大夫的手里。士大夫读小说，只是看闲书，就是作小说，也只是游戏文章，总而言之，消遣而已。他们得化装为小市民来欣赏，来写作；在他们看，小说奇于事实，只是一种玩艺儿，所以不能认真、严肃，只是消遣而已。

封建社会渐渐垮了，"五四"时代出现了个人，出现了自我，同时成立了新文学。新文学提高了文学的地位；文学也给人知识，也教给人怎样做人，不是做别人的，而是做自己的人。可是这时候写作新文学和阅读新文学的，只是那变了质的下降的士和那变了质的上升的农民和小市民混合成的知识阶级，别的人是不愿来或不能来参加的。而新文学跟过去的诗文和小说不同之处，就在它是认真地负着使命。早期的反封建也罢，后来的反帝国主义也罢，写实的也罢，浪漫的和感伤的也罢，文学作品总是一本正经地在表现着并且批评着生活。这么着文学扬弃了消遣的气氛，回到了严肃——古代贵族的文学如《诗经》，倒本来是严肃的。这负着严肃的使命的文学，自然不再注重"传奇"，不再注重趣味和快感，读起来也得正襟危坐，跟读经典差不多，不能再那么马马虎虎，随随便便的。但是究竟是形象化的，诉诸情感的，跟经典以冰冷的抽象的理智的教训为主不同，又是现代的白话，没有那些语言的和历史的问题，所以还能够吸引许多读者自动去读。不过教人"百读不厌"甚至教人想去重读一遍的作用，的确是很少了。

新诗或白话诗，和白话文，都脱离了那多多少少带着人工的、音乐的声调，而用着接近说话的声调。喜欢古诗、律诗和骈文、古文的失望了，他们尤其反对这不能吟诵的白话新诗；因为诗出于歌，一直不曾跟音乐完全分家，他们是不愿扬弃这个传统的。然而诗终于转到意义中心的阶段了。古代的音乐是一种说话，所谓"乐语"，后来的音乐独立发展，变成"好听"为主了。现在的诗既负上自觉的使命，它得说出人人心中所欲言而不能言的，自然就不注重音乐而注重意义了。——一方面音乐大概也在渐渐注重意义，回到说话罢？——字面儿的影像还是用得着，不过一般的看起来，影像本身，不论是鲜明的，朦胧的，可以独立的诉诸感觉的，是不够吸引人了；影像如果必需得用，就要配合全诗的各部分完成那中心的意义，说出那要说的话。在这动乱时代，人们着急要说话，因为要说的话实在太多。小说也不注重故事或情节了，它的使命比诗更见分明。它可以不靠描写，只靠对话，说出所要说的。这里面神仙、武侠、才子、佳人，都不大出现了，偶然出现，也得打扮成平常人；是的，这时候的小说的人物，主要的是些平常人了，这是平民世纪啊。至于文，长篇议论文发展了工具性，让人们更如意的也更精密的说出他们的话，但是这已经成为诉诸理性的了。诉诸情感的是那发展在后的小品散文，就是那标榜"生活的艺术"，抒写"身边琐事"的。这倒是回到趣味中心，企图着教人"百读不厌"的，确乎也风行过一时。然而时代太紧张了，不容许人们那么悠闲；大家嫌小品文近乎所谓"软性"，丢下了它去找那"硬性"的东西。

　　文艺作品的读者变了质了，作品本身也变了质了，意义和使命压下了趣味，认识和行动压下了快感。这也许就是所谓"硬"的解释。"硬性"的作品得一本正经的读，自然就不容易让人"爱不释手"，"百读不厌"。于是"百读不厌"就不成其为评价的标准了，至少不成其为主要的标准了。但是文艺是欣赏的对象，它究竟是形象化的，诉诸情感的，怎么"硬"也不能"硬"到和论文或公式一样。诗虽然不必再讲那带几分机械性的声调，却不能不讲节奏，说话不也有轻重高低快慢吗？节奏合式，才能集中，才能够高度集中。文也有文的节奏，配合着意义使意义集中。小说是不注重故事或情节了，但也总得有些契机来表现生活和批评它；这些契机得费心思去选择和配合，才能够将那要说的话，要传达的意义，完整地说出来，传达出来。集中了的完整了的意义，才见出情感，才让人乐意接受，"欣赏"就是"乐意接受"的意思。能够这样让人欣赏的作品是好的，是否"百读不厌"，可以不论。在这种情形之下，笔者同意：《李有才板话》即使没有人想重读一遍，也不减少它的价值，它的好。

　　但是在我们的现代文艺里，让人"百读不厌"的作品也有的。例如鲁迅先生的《阿 Q 正传》，茅盾先生的《幻灭》《动摇》《追求》三部曲，笔者都读过不止一回，想来读过不止一回的人该不少罢。在笔者本人，大概是《阿 Q 正传》里的幽默和三部曲里的几个女性吸引住了我。这几个作品的好已经定论，它们的意义和使命大家也都熟悉，这里说的只是它们让笔者"百读不厌"的因素。《阿 Q 正传》主要的作用不在幽默，那三部曲的主要作用也不在铸造几个女性，但是这些却可能产生让人"百读不厌"的趣味。这种趣味虽然不是必要的，却也可以增加作品的力量。不过这里的幽默绝不是油滑的，无聊的，也绝不是为幽默而幽默，而女性也绝不就是色情，这个界限是得弄清楚的。抗战期中，文艺作品尤其是小说的读众大大地增加了。增加的多半是小市民的读者，他们要求消遣，要求趣味和快感。扩大了的读众，有着这样的要求也是很自然的。长篇小说的流行就是这个要求的反应，因为篇幅长，故事就长，情节就多，趣味也就丰富了。这可以促进长篇小说的发展，倒是很好的。可是有些作者却因为这样的要求，忘记了自己的边界，放纵到色情上，以及粗劣的笑料上，去吸引读众，这只是迎合低级趣味。而读者贪读这一类低级的软性的作品，也只是沉溺，说不上"百读不厌"。"百读不厌"究竟是个赞词或评语，虽然以趣味为主，总要是纯正的趣味才说得上的。

论逼真与如画

——关于传统的对于自然和艺术的态度的一个考察

　　"逼真"与"如画"这两个常见的批评用语，给人一种矛盾感。"逼真"是近乎真，就是像真的。"如画"是像画，像画的。这两个语都是价值的批评，都说是"好"。那么，到底是真的好呢？还是画得好呢？更教人迷糊的，像清朝大画家王鉴说的：

　　　　人见佳山水，辄曰"如画"，见善丹青，辄曰"逼真"。

（《染香庵跋画》）

丹青就是画。那么，到底是"如画"好呢？还是"逼真"好呢？照历来的用例，似乎两个都好，两个都好而不冲突，怎么会的呢？这两个语出现在我们的中古时代，沿用得很久，也很广，表现着这个民族对于自然和艺术的重要的态度。直到白话文通行之后，我们有了完备的成套的批评用语，这两个语才少见了，但是有时还用得着，有时也翻成白话用着。

这里得先看看这两个语的历史。照一般的秩序，总是先有"真"，后才有"画"，所以我们可以顺理成章地说"逼真与如画"——将"逼真"排在"如画"的前头。然而事实上，似乎后汉就有了"如画"这个语，"逼真"却大概到南北朝才见。这两个先后的时代，限制着"画"和"真"两个词的意义，也就限制着这两个语的意义；不过这种用语的意义是会跟着时代改变的。《后汉书·马援传》里说他：

为人明须发，眉目如画。

唐朝李贤注引后汉的《东观记》说：

援长七尺五寸，色理发肤眉目容貌如画。

可见"如画"这个语后汉已经有了，南朝范晔作《后汉书·马援传》，大概就根据这类记载；他沿用"如画"这个形容语，没有加字，似乎直到南朝这个语的意义还没有什么改变。但是"如画"到底是什么意义呢？

我们知道直到唐初，中国画是以故事和人物为主的，《东观记》里的"如画"，显然指的是这种人物画。早期的人物画由于工具的简单和幼稚，只能做到形状匀称与线条分明的地步，看武梁祠的画像就可以知道。画得匀称分明是画得好；人的"色理发肤眉目容貌如画"，是相貌生得匀称分明，也就是生得好。但是色理发肤似乎只能说分明，不能说匀称，范晔改为"明须发，眉目如画"，是很有道理的。匀称分明是常识的评价标准，也可以说是自明的标准，到后来就成了古典的标准。类书里举出三国时代诸葛亮的《黄陵庙记》，其中叙到"乃见江左大山壁立，林麓峰峦如画"，上文还有"睹江山之胜"的话，清朝严可均编辑的《全三国文》里说"此文疑依托"，大概是从文体或作风上看。笔者也觉得这篇记是后人所作。"江山之胜"这个意念到东晋才逐渐发展，三国时代是不会有的；而文体或作风又不像。文中"如画"一语，承接着"江山之胜"，已经是变义，下文再论。

"如画"是像画，原义只是像画的局部的线条或形体，可并不说像一个画面；因为早期的画还只以个体为主，作画的人对于整个的画面还没有清楚的意念。这个意念似乎到南北朝才清楚地出现。南齐谢赫举出画的六法，第五是"经营布置"，正是意识到整个画面的存在的证据。就在这时代，有了"逼真"这个语，"逼真"是指的整个形状。如《水经注·沔水篇》说：

> 上粉县……堵水之旁……有白马山，山石似马，望
> 之逼真。

这里"逼真"是说像真的白马一般。但是山石像真的白马又有什么好呢？这就牵连到这个"真"字的意义了。这个"真"固然指实物，可是一方面也是《老子》《庄子》里说的那个"真"，就是自然，另一方面又包含谢赫的六法的第一项"气韵生动"的意思，惟其"气韵生动"，才能自然，才是活的不是死的。死的山石像活的白马，有生气，有生意，所以好。"逼真"等于俗语说的"活脱"或"活像"，不但像是真的，并且活像是真的。如果这些话不错，"逼真"这个意念主要的还是跟着画法的发展来的。这时候画法已经从匀称分明进步到模仿整个儿实物了。六法第二"骨法用笔"似乎是指的匀称分明，第五"经营布置"是进一步的匀称分明。第三"应物象形"，第四"随类傅彩"，第六"传模移写"，大概都在说出如何模仿实物或自然；最重要的当然是"气韵生动"，所以放在第一。"逼真"也就是近于自然，像画一般地模仿着自然，多多少少是写实的。

> 唐朝张怀瓘的《书断》里说：太宗……尤善临古
> 帖，殆于逼真。

这是说唐太宗模仿古人的书法，差不多活像，活像那些古人。不过这似乎不是模仿自然。但是书法是人物的一种表现，模仿书法也就是模仿人物；而模仿人物，如前所论，也还是模仿自然。再说我国书画同源，基本的技术都在乎"用笔"，书法模仿书法，跟画的模仿自然也有相通的地方。不过从模仿书法到模仿自然，究竟得拐上个弯儿。老是拐弯儿就不免只看见那作品而忘掉那整个儿的人，于是乎"貌同心异"，模仿就成了死板板的描头画角了。书法不免如此，画也不免如此。这就不成其为自然。郭绍虞先生曾经指出道家的自然有"神化"和"神遇"两种境界。而"气韵生动"的"气韵"，似乎原是音乐的术语借来论画的，这整个语一方面也接受了"神化"和"神遇"的意念，综合起来具体地说出，所以作为基本原则，排在六法的首位。但是模仿成了机械化，这个基本原则显然被忽视。为了强调它，唐朝人就重新提出那"神"的意念，这说是复古也未尝不可。于是张怀瓘开始将书家分为"神品""妙品""能品"，朱景元又用来论画，并加上了"逸品"。这神、妙、能、逸四品，后来成了艺术批评的通用标准，也是一种古典的标准。但是神、妙、逸三品都出于道家的思想，都出于玄心和达观，不出于常识，只有能品才是常识的标准。

重神当然就不重形，模仿不妨"貌异心同"；但是这只是就间接模仿自然而论。模仿别人的书画诗文，都是间接模

仿自然，也可以说是艺术模仿艺术。直接模仿自然，如"山
石似马"，可以说是自然模仿自然，就还得"逼真"才成。
韩愈的《春雪间早梅》诗说：

> 那是俱疑似，
> 须知两逼真！

春雪活像早梅，早梅活像春雪，也是自然模仿自然，不过也
是像画一般模仿自然。至于韩偓的诗：

> 纵有才难咏，
> 宁无画逼真！

说是虽然诗才薄弱，形容不出，难道不能画得活像！这指的
是女子的美貌，又回到了人物画，可以说是艺术模仿自然。
这也是直接模仿自然，要求"逼真"，跟"山石似马"那例
子一样。

到了宋朝，苏轼才直截了当地否定了"形似"，他《书
鄢陵王主簿所画折枝》的诗里说：

> 论画以形似，
> 见与儿童邻。

> ……
>
> 边鸾雀写生，
>
> 赵昌花传神。
>
> ……

"写生"是"气韵生动"的注脚。后来董迪的《广川画跋》里更提出"生意"这个意念。他说：

> 世之评画者曰，妙于生意，能不失真如此矣。至是为能尽其技。尝问如何是当处生意？曰，殆谓自然。问自然，则曰能不异真者斯得之矣。且观天地生物，特一气运化尔，其功用秘移，与物有宜，莫知为之者。故能成于自然。今画者信妙矣，方且晕形布色，求物比之，似而效之，序以成者，皆人力之后失也，岂能以合于自然者哉！

"生意"是真，是自然，是"一气运化"。"晕形布色"，比物求似，只是人工，不合自然。他也在否定"形似"，一面强调那气化或神化的"生意"。这些都见出道家"得意忘言"以及禅家"参活句"的影响。不求"形似"，当然就无所谓"逼真"；因为"真"既没有定型，逼近与否是很难说的。我们可以说"神似"，也就是"传神"，却和"逼真"有虚实之分。不过就画论画，人物、花鸟、草虫，到底以形为本，常识上还只要求这些画"逼真"。跟苏轼差不多同时的晁以道的诗说得好：

　　画写物外形，

　　要于形不改。

就是这种意思。但是山水画另当别论。

　　东晋以来士大夫渐渐知道欣赏山水，这也就是风景，也就是"江山之胜"。但是在画里山水还只是人物的背景，《世说新语》记顾恺之画谢鲲在岩石里，就是一个例证。那时有个宗炳，将自己游历过的山水，画在墙壁上，"卧以游之"。这是山水画独立的开始，但是这种画无疑的多多少少还是写实的。到了唐朝，山水画长足的发展，北派还走着近乎写实的路，南派的王维开创了文人画，却走上了象征的路。苏轼说他"诗中有画，画中有诗"，文人画的特色就在"画中有诗"。因为要"有诗"，有时就出了常识常理之外。张彦远说"王维画物多不问四时，如画花，往往以桃杏芙蓉莲花同画一景"。宋朝沈括的《梦溪笔谈》也说他家藏得有王氏的"《袁安卧雪图》，有雪中芭蕉"。但是沈氏却说：

　　此乃得心应手，意到便成，故造理入神，迥得天意。

此难可与俗人论也。

这里提到了"神""天"就是自然，而"俗人"是对照着"文人"说的。沈氏在上文还说"书画之妙，当以神会"，"神会"可以说是象征化。桃杏芙蓉莲花虽然不同时，放在同一个画面上，线条、形体、颜色却有一种特别的和谐，雪中芭蕉也如此。这种和谐就是诗。桃杏芙蓉莲花等只当作线条、形体，颜色用着，只当作象征用着，所以就可以"不问四时"。这也可以说是装饰化，图案化，程式化。但是最容易程式化的最能够代表文人化的是山水画，苏轼的评语，正指王维的山水画而言。

桃杏芙蓉莲花等等是个别的实物，形状和性质各自分明，"同画一景"，俗人或常人用常识的标准来看，马上觉得时令的矛盾，至于那矛盾里的和谐，原是在常识以外的，所以容易引起争辩。山水，文人欣赏的山水，却是一种境界，来点儿写实固然不妨，可是似乎更宜于象征化。山水里的草木鸟兽人物，都吸收在山水里，或者说和山水合为一气；兽与人简直可以没有，如元朝倪瓒的山水画，就常不画人，据说如此更高远，更虚静，更自然。这种境界是画，也是诗，画出来写出来是的，不画出来不写出来也是的。这当然说不上"像"，更说不上"活像"或"逼真"了。"如画"倒可以解作像这种山水画。但是唐人所谓"如画"，还带有写实的意味，例如李商隐的诗：

> 茂苑城如画，
> 阊门瓦欲流。

皮日休的诗：

> 楼台如画倚霜空。

虽然所谓"如画"指的是整个画面，却似乎还是北派的山水画。上文《黄陵庙记》里的"如画"，也只是这个意思。到了宋朝，如林逋的诗：

> 白公睡阁幽如画。

这个"幽"就全然是境界，像的当然是南派的画了。"如画"可以说是属于自然模仿艺术一类。

上文引过王鉴的话，"人见佳山水，辄曰'如画'"，这"如画"是说像南派的画。他又说"见善丹青，辄曰'逼真'"，这丹青却该是人物、花鸟、草虫，不是山水画。王鉴没有弄清楚这个分别，觉得这两个语在字面上是矛盾的，要解决这个矛盾，他接着说：

> 则知形影无定法，真假无滞趣，惟在妙悟人得之；
> 不尔，虽工未为上乘也。

形影无定，真假不拘，求"形似"也成，不求"形似"也成，只要妙悟，就能够恰到好处。但是"虽工未为上乘"，"形似"到底不够好。但这些话并不曾解决了他想象中的矛盾，反而越说越糊涂。照"真假无滞趣"那句话，似乎画是假的；可是既然不拘真假，假而合于自然，也未尝不可以说是真的。其实他所谓假，只是我们说的境界，与实物相对的境界。照我们看，境界固然与事物不同，却也不能说是假的。同是清朝大画家的王时敏在一处画跋里说过：

> 石谷所作雪卷，寒林积素，江村寥落，一一皆如真
> 境，宛然辋川笔法。

辋川指的是王维，"如真境"是说像自然的境界，所谓"得心应手，意到便成"，"莫知为之者"。自然的境界尽管与实物不同，却还不妨是真的。

"逼真"与"如画"这两个语借用到文学批评上，意义又有些变化。这因为文学不同于实物，也不同于书法的点画，也不同于画法的"用笔""象形""傅彩"。文学以文字为媒介，文字表示意义，意义构成想象；想象里有人物，花鸟，

草虫，及其他，也有山水——有实物，也有境界。但是这种
实物只是想象中的实物；至于境界，原只存在于想象中，倒
是只此一家，所以"诗中有画，画中有诗"。向来评论诗文
以及小说戏曲，常说"神态逼真"，"情景逼真"，指的是描
写或描画。写神态写情景写得活像，并非诉诸直接的感觉，
跟"山石似马，望之逼真"以及"宁无画逼真"的直接诉诸
视觉不一样，这是诉诸想象中的视觉的。宋朝梅尧臣说过
"状难写之景，如在目前"，"如"字很确；这种"逼真"只
是使人如见。可是向来也常说"口吻逼真"，写口气写得活
像，是使人如闻，如闻其声。这些可以说是属于艺术模仿自
然一类，向来又常说某人的诗"逼真老杜"，某人的文"逼
真昌黎"，这是说在语汇，句法，声调，用意上，都活像，
也就是在作风与作意上都活像，活像在默读或朗诵两家的作
品，或全篇，或断句。这儿说是"神似老杜""神似昌黎"
也成，想象中的活像本来是可实可虚两面儿的。这属于艺术
模仿艺术一类。文学里的模仿，不论模仿的是自然或艺术，
都和书画不相同；倒可以比建筑，经验是材料，想象是模仿
的图样。

　　向来批评文学作品，还常说"神态如画"，"情景如画"，
"口吻如画"，也指描写而言。上文"如画"的例句，都属于
自然模仿艺术一类。这儿是说"写神态如画"，"写情景如
画"，"写口吻如画"，可以说是属于艺术模仿自然一类。在

这里"如画"的意义却简直和"逼真"是一样，想象的"逼真"和想象的"如画"在想象里合而为一了。这种"逼真"与"如画"都只是分明、具体、可感觉的意思，正是常识对于自然和艺术所要求的。可是说"景物如画"或"写景物如画"，却是例外。这儿"如画"的"画"可以是北派山水，可以是南派山水，得看所评的诗文而定；若是北派，"如画"就只是匀称分明，若是南派，就是那诗的境界，都与"逼真"不能合一。不过传统的诗文里写景的地方并不很多，小说戏剧里尤其如此，写景而有境界的更少，因此王维的"诗中有画"才见得难能可贵，模仿起来不容易。他创始的"画中有诗"的文人画，却比那"诗中有画"的诗直接些，具体些，模仿的人很多，多到成为所谓南派。我们感到"如画"与"逼真"两个语好像矛盾，就由于这一派文人画家的影响。不过这两个语原来既然都只是常识的评价标准，后来意义虽有改变，而除了"如画"在作为一种境界解释的时候变为玄心妙赏以外，也都还是常识的标准。这就可见我们的传统的对于自然和艺术的态度，一般的还是以常识为体，雅俗共赏为用的。那些"难可与俗人论"的，恐怕到底不是天下之达道罢。

论书生的酸气

　　读书人又称书生。这固然是个可以骄傲的名字，如说"一介书生"，"书生本色"，都含有清高的意味。但是正因为清高，和现实脱了节，所以书生也是嘲讽的对象。人们常说"书呆子""迂夫子""腐儒""学究"等，都是嘲讽书生的。"呆"是不明利害，"迂"是绕大弯儿，"腐"是顽固守旧，"学究"是指一孔之见。总之，都是知古不知今，知书不知人，食而不化的读死书或死读书，所以在现实生活里老是吃亏、误事、闹笑话。总之，书生的被嘲笑是在他们对于书的过分的执着上；过分的执着书，书就成了话柄了。

　　但是还有"寒酸"一个话语，也是形容书生的。"寒"是"寒素"，对"膏粱"而言。是魏晋南北朝分别门第的用语。"寒门"或"寒人"并不限于书生，武人也在里头；"寒士"才指书生。这"寒"指生活情形，指家世出身，并不关涉到书；单这个字也不含嘲讽的意味。加上"酸"字成为连语，就不同了，好像一副可怜相活现在眼前似的。"寒酸"似乎原作"酸寒"。韩愈《荐士》诗，"酸寒溧阳尉"，指的是孟郊。后来说"郊寒岛瘦"，孟郊和贾岛都是失意的人，作的也是失意诗。"寒"和"瘦"映衬起来，够可怜相的，但是韩愈说"酸寒"，似乎"酸"比"寒"重。可怜别人说"酸寒"，可怜自己也说"酸寒"，所以苏轼有"故人留饮慰酸寒"的诗句。陆游有"书生老瘦转酸寒"的诗句。"老瘦"固然可怜相，感激"故人留饮"也不免有点儿。范成大说"酸"是"书生气味"，但是他要"洗尽书生气味酸"，那大概是所谓"大丈夫不受人怜"罢？

　　为什么"酸"是"书生气味"呢？怎么样才是"酸"呢？话柄似乎还是在书上。我想这个"酸"原是指读书的声调说的。晋以来的清谈很注重说话的声调和读书的声调。说话注重音调和辞气，以朗畅为好。读书注重声调，从《世说新语·文学》篇所记殷仲堪的话可见；他说，"三日不读《道德经》，便觉舌本闲强"，说到舌头，可见注重发音，注重发音也就是注重声调。《任诞》篇又记王孝伯说："名士不必须奇才，但使常得无事，痛饮酒，熟读《离骚》，便可称名士。"这"熟读《离骚》"该也是高声朗诵，更可见当时风气。《豪爽》篇记"王司州（胡之）在谢公（安）坐，咏《离骚》《九歌》

'人不言兮出不辞，乘回风兮载云旗'，语人云，'当尔时，觉一坐无人。'"正是这种名士气的好例。读古人的书注重声调，读自己的诗自然更注重声调。《文学》篇记着袁宏的故事：

> 袁虎（宏小名虎）少贫，尝为人佣载运租。谢镇西经船行，其夜清风朗月，闻江渚间估客船上有咏诗声，甚有情致，所诵五言，又其所未尝闻，叹美不能已。即遣委曲讯问，乃是袁自咏其所作咏史诗。因此相要，大相赏得。

从此袁宏名誉大盛，可见朗诵关系之大。此外《世说新语》里记着"吟啸"，"啸咏"，"讽咏"，"讽诵"的还很多，大概也都是在朗诵古人的或自己的作品罢。

这里最可注意的是所谓"洛下书生咏"或简称"洛生咏"。《晋书·谢安传》说：

> 安本能为洛下书生咏。有鼻疾，故其音浊。名流爱其咏而弗能及，或手掩鼻以效之。

《世说新语·轻诋》篇却记着：

人间顾长康"何以不作洛生咏？"答曰，"何至作老
婢声！"

刘孝标注，"洛下书生咏音重浊，故云'老婢声'。"所谓
"重浊"，似乎就是过分悲凉的意思。当时诵读的声调似乎以
悲凉为主。王孝伯说"熟读《离骚》，便可称名士"，王胡之
在谢安坐上咏的也是《离骚》《九歌》，都是《楚辞》。当时
诵读《楚辞》，大概还知道用楚声楚调，乐府曲调里也正有
楚调。而楚声楚调向来是以悲凉为主的。当时的诵读大概受
到和尚的梵诵或梵唱的影响很大，梵诵或梵唱主要的是长吟，
就是所谓"咏"。《楚辞》本多长句，楚声楚调配合那长吟的
梵调，相得益彰，更可以"咏"出悲凉的"情致"来。袁宏
的咏史诗现存两首，第一首开始就是"周昌梗概臣"一句，
"梗概"就是"慷慨"，"感慨"；"慷慨悲歌"也是一种"书
生本色"。沈约《宋书·谢灵运传》论所举的五言诗名句，
钟嵘《诗品·序》里所举的五言诗名句和名篇，差不多都是
些"慷慨悲歌"。《晋书》里还有一个故事。晋朝曹摅的《感
旧》诗有"富贵他人合，贫贱亲戚离"两句。后来殷浩被废
为老百姓，送他的心爱的外甥回朝，朗诵这两句，引起了身
世之感，不觉泪下。这是悲凉的朗诵的确例。但是自己若是
并无真实的悲哀，只去学时髦，捏着鼻子学那悲哀的"老婢
声"的"洛生咏"，那就过了分，那也就是赵宋以来所谓

"酸"了。

唐朝韩愈有《八月十五夜赠张功曹》诗，开头是：

> 纤云四卷天无河，
>
> 清风吹空月舒波，
>
> 沙平水息声影绝，
>
> 一杯相属君当歌。

接着说：

> 君歌声酸辞且苦，
>
> 不能听终泪如雨。

接着就是那"酸"而"苦"的歌辞：

> 洞庭连天九疑高，
>
> 蛟龙出没猩鼯号。
>
> 十生九死到官所，
>
> 幽居默默如藏逃。
>
> 下床畏蛇食畏药，
>
> 海气湿蛰熏腥臊。
>
> 昨者州前捶大鼓，

> 嗣皇继圣登夔皋。
>
> 赦书一日行万里，
>
> 罪从大辟皆除死。
>
> 迁者追回流者还，
>
> 涤瑕荡垢朝清班。
>
> 州家申名使家抑，
>
> 坎坷只得移荆蛮。
>
> 判司卑官不堪说，
>
> 未免捶楚尘埃间。
>
> 同时辈流多上道，
>
> 天路幽险难追攀！

张功曹是张署，和韩愈同被贬到边远的南方，顺宗即位，只奉命调到近一些的江陵做个小官儿，还不得回到长安去，因此有了这一番冤苦的话。这是张署的话，也是韩愈的话。但是诗里却接着说：

> 君歌且休听我歌，
>
> 我歌今与君殊科。

韩愈自己的歌只有三句：

　　一年明月今宵多，

　　人生由命非由他，

　　有酒不饮奈明何！

他说认命算了，还是喝酒赏月罢。这种达观其实只是苦情的伪装而已。前一段"歌"虽然辞苦声酸，倒是货真价实，并无过分之处，由那"声酸"知道吟诗的确有一种悲凉的声调，而所谓"歌"其实只是讽咏。大概汉朝以来不像春秋时代一样，士大夫已经不会唱歌，他们大多数是书生出身，就用讽咏或吟诵来代替唱歌。他们——尤其是失意的书生——的苦情就发泄在这种吟诵或朗诵里。

　　战国以来，唱歌似乎就以悲哀为主，这反映着动乱的时代。《列子·汤问》篇记秦青"抚节悲歌，声振林木，响遏行云"，又引秦青的话，说韩娥在齐国雍门地方"曼声哀哭，一里老幼悲愁垂涕相对，三日不食"，后来又"曼声长歌，一里老幼，善跃抃舞，弗能自禁"。这里说韩娥虽然能唱悲哀的歌，也能唱快乐的歌，但是和秦青自己独擅悲歌的故事合看，就知道还是悲歌为主。再加上齐国杞梁的妻子哭倒了城的故事，就是现在还在流行的孟姜女哭倒长城的故事，悲歌更为动人，是显然的。书生吟诵，声酸辞苦，正和悲歌一脉相传。但是声酸必须辞苦，辞苦又必须情苦；若是并无苦情，只有苦辞，甚至连苦辞也没有，只有那供人酸鼻的声调，那就过了分，不但不能动人，反要遭人嘲弄了。书生往往自命不凡，得意的自然有，却只是少数，失意的可太多了。所以总是叹老嗟卑，长歌当哭，哭丧着脸一副可怜相。朱子在《楚辞辨证》里说汉人那些模仿的作品"诗意平缓，意不深切，如无所疾痛而强为呻吟者"。"无所疾痛而强为呻吟"就是所谓"无病呻吟"。后来的叹老嗟卑也正是无病呻吟。有病呻吟是紧张的，可以得人同情，甚至叫人酸鼻，无病呻吟，病是装的，假的，呻吟也是装的，假的，假装可以酸鼻的呻吟，酸而不苦像是丑角扮戏，自然只能逗人笑了。

苏东坡有《赠诗僧道通》的诗：

> 雄豪而妙苦而腴，
> 只有琴聪与蜜殊。
> 语带烟霞从古少，
> 气含蔬笋到公无。
> ……

查慎行注引叶梦得《石林诗话》说：

> 近世僧学诗者极多，皆无超然自得之趣，往往掇拾摹仿士大夫所残弃，又自作一种体，格律尤俗，谓之"酸馅气"。子瞻……尝语人云，"颇解'蔬笋'语否？

　　为无'酸馅气'也。"闻者无不失笑。

　　东坡说道通的诗没有"蔬笋"气，也就没有"酸馅气"，和尚修苦行，吃素，没有油水，可能比书生更"寒"更"瘦"；一味反映这种生活的诗，好像酸了的菜馒头的馅儿，干酸，吃不得，闻也闻不得，东坡好像是说，苦不妨苦，只要"苦而腴"，有点儿油水，就不至于那么扑鼻酸了。这酸气的"酸"还是从"声酸"来的。而所谓"书生气味酸"该就是指的这种"酸馅气"。和尚虽苦，出家人原可"超然自得"，却要学吟诗，就染上书生的酸气了。书生失意的固然多，可是叹老嗟卑的未必真的穷苦到他们嗟叹的那地步；倒是"常得无事"，就是"有闲"，有闲就无聊，无聊就作成他们的"无病呻吟"了。宋初西昆体的领袖杨亿讥笑杜甫是"村夫子"，大概就是嫌他叹老嗟卑的太多。但是杜甫"窃比稷与契"，嗟叹的其实是天下之大，决不止于自己的鸡虫得失。杨亿是个得意的人，未免忘其所以，才说出这样不公道的话。可是像陈师道的诗，叹老嗟卑，吟来吟去，只关一己，的确叫人腻味。这就落了套子，落了套子就不免有些"无病呻吟"，也就是有些"酸"了。

　　道学的兴起表示书生的地位加高，责任加重，他们更其自命不凡了，自嗟自叹也更多了。就是眼光如豆的真正的"村夫子"或"三家村学究"，也要哼哼唧唧的在人面前卖弄那背得的几句死书，来嗟叹一切，好搭起自己的读书人的空架子。鲁迅先生笔下的"孔乙己"，似乎是个更破落的读书人，然而"他对人说话，总是满口之乎者也，教人半懂不懂的"。人家说他偷书，他却争辩着，"窃书不能算偷……窃书！……读书人的事，能算偷么？""接连便是难懂的话，什么'君子固穷'，什么'者乎'之类，引得众人都哄笑起来。"孩子们看着他的茴香豆的碟子。

孔乙己着了慌，伸开五指将碟子罩住，弯下腰去说道，"不多了，我已经不多了。"直起身又看一看豆，自己摇头说，"不多不多！'多乎哉？不多也。'"于是这一群孩子都在笑声里走散了。

破落到这个地步，却还只能"满口之乎者也"，和现实的人民隔得老远的，"酸"到这地步真是可笑又可怜了。"书生本色"虽然有时是可敬的，然而他的酸气总是可笑又可怜的。最足以表现这种酸气的典型，似乎是戏台上的文小生，尤其是昆曲里的文小生，那哼哼唧唧、扭扭捏捏、摇摇摆摆的调调儿，真够"酸"的！这种典型自然不免夸张些，可是许差不离儿罢。

向来说"寒酸""穷酸"，似乎酸气老聚在失意的书生身上。得意之后，见多识广，加上"一行作吏，此事便废"，那时就会不再执着在书上，至少不至于过分的执着在书上，那"酸气味"是可以多多少少"洗"掉的。而失意的书生也并非都有酸气。他们可以看得开些，所谓达观，但是达观也不易，往往只是伪装。他们可以看远大些，"梗概而多气"是雄风豪气，不是酸气。至于近代的知识分子，让时代逼得不能读死书或死读书，因此也就不再执着那些古书。文言渐渐改了白话，吟诵用不上了；代替吟诵的是又分又合的朗诵和唱歌。最重要的是他们看清楚了自己，自己是在人民之中，不能再自命不凡了。他们虽然还有些闲，可是要"常得无事"却也不易。他们渐渐丢了那空架子，脚踏实地向前走去。早些时还不免带着感伤的气氛，自爱自怜，一把眼泪一把鼻涕的；这也算是酸气，虽然念诵的不是古书而是洋书。可是这几年时代逼得更紧了，大家只得抹干了鼻涕眼泪走上前去。这才真是"洗尽书生气味酸"了。

禅家的语言

我们知道禅家是"离言说"的，他们要将嘴挂在墙上。但是禅家却最能够活用语言。正像道家以及后来的清谈家一样，他们都否定语言，可是都能识得语言的弹性，把握着，运用着，达成他们的活泼无碍的说教。不过道家以及清谈家只说到"得意忘言""言不尽意"，还只是部分的否定语言，禅家却彻底的否定了它。《古尊宿语录》卷二记百丈怀海禅师答僧问"祖宗密语"说：

> 无有密语，如来无有秘密藏。但有语句，尽属法之尘垢。但有语句，尽属烦恼边收。但有语句，尽属不了义教。但有语句，尽不许也，了义教俱非也。更讨什么密语！

这里完全否定了语句，可是同卷又记着他的话：

> 但是一切言教只如治病，为病不同，药亦不同。所以有时说有佛，有时说无佛。实语治病，病若得瘥，个个是实语，病若不瘥，个个是虚妄语。实语是虚妄语，生见故。虚妄是实语，断众生颠倒故。为病是虚妄，只有虚妄药相治。

又说：

> 世间譬喻是顺喻，不了义教是顺喻。了义教是逆喻，舍头目髓脑是逆喻，如今不爱佛菩提等法是逆喻。

虚实顺逆却都是活用语言。否定是站在语言的高头，活用是站在语言的中间；层次不同，说不到矛盾。明白了这个道理，才知道如何活用语言。

北平《世间解》月刊第五期上有顾随先生的《揣龠录》，第五节题为《不是不是》，中间提到"如何是（达摩）祖师西来意"一问，提到许多答语，说只是些"不是，不是！"这确是一语道着，斩断葛藤。但是"不是，不是！"也有各色各样。顾先生提到赵州和尚，这里且看看他的一手。《古尊宿语录》卷十三记学人问他：

　　问："如何是赵州一句？"

　　师云："半句也无。"

　　学云："岂无和尚在？"

　　师云："老僧不是一句。"

卷十四又记：

　　问："如何是一句？"

　　师云："道什么？"

　　问："如何是一句？"

　　师云："两句。"

同卷还有：

　　问："如何是目前一句？"

　　师云："老僧不如你！"

这都是在否定"一句"，"一句""密语"。第一个答语，否
定自明。第二次答"两句"，"两句"不是"一句"，牛头不
对马嘴，还是个否定。第三个答语似乎更不相干，却在说：
不知道，没有"目前一句"，你要，你自己悟去。

　　同样，他否定了"祖师西来意"那问语。同书卷十三记

学人问"如何是祖师西来意"？

　　师云："庭前柏树子。"

卷十四记着同一问语：

　　师云："床脚是。"
　　云："莫便是也无？"（就是这个吗？）
　　师云："是即脱取去。"（是就拿下带了去。）

还有一次答话：

　　师云："东壁上挂葫芦，多少时也！"

"即心即佛"，"非心非佛"，"祖师西来意"是不可说的。这里却说了，说得很具体。但是"柏树子"，"床脚"，"葫芦"，这些用来指点的眼前景物，可以说都和"西来意"了不相干，所谓"逆喻"，是用肯定来否定，说了还跟没有说一样。但是同卷又记着：

　　问："柏树子还有佛性也无？"
　　师云："有。"

> 云："几时成佛？"
>
> 师云："待虚空落地。"
>
> 云："虚空几时落地？"
>
> 师云："待柏树子成佛。"

既是"虚空"，何能"落地"？这句话否定了它自己，现在我们称为无意义的话。"待柏树子成佛"是兜圈子，也等于没有说，我们称为丐词。这些也都是用肯定来否定的。但是柏树子有佛性，前面那些答话就又不是了不相干了。这正是活用，我们称为多义的话。

同卷紧接着的一段：

> 问："如何是西来意？"
>
> 师云："因什么向院里骂老僧！"
>
> 云："学人有何过？"
>
> 师云："老僧不能就院里骂得阇黎。"
>
> （阇黎＝师）

又记着：

> 问："如何是西来意？"
>
> 师云："板齿生毛。"

这里前两句答话也是了不相干，但是不是眼前有的景物，而是眼前没有的事；没有的事是没有，是否定。但是"骂老僧"，"骂阇黎"就是不认得僧，不认得师，因而这一问也就是不认得祖师。这也是两面儿话，或说是两可的话。末一句答话说板牙上长毛，也是没有的事，并且是不可能的事；"西来意"是不可能说的。同卷还有两句答话：

　　师云："如你不唤作祖师，意犹未在。"

这是说没有"祖师"，也没有"意"。

　　师云："什么处得者消息来！"

意思是跟上句一样。这都是直接否定了问句，比较简单好懂。顾先生说"庭前柏树子"一句"流传宇宙，震铄古今"，就因为那答话里是个常物，却出乎常情，却又不出乎禅家"无多子"的常理。这需要活泼无碍的运用想象，活泼无碍的运用语言。这就是所谓"机锋"。"机锋"也有路数，本文各例可见一斑。

鲁迅先生的杂感

　　最近写了一篇短文讨论"百读不厌"那个批评用语，照笔者分析的结果，所谓"百读不厌"，注重趣味与快感，不适用于我们的现代文学。可是现代作品里也有引人"百读不厌"的，不过那不是作品的主要的价值。笔者根据自己的经验，举出鲁迅先生的《阿Q正传》做例子，认为引人"百读不厌"的是幽默，这幽默是严肃的，不是油腔滑调的，更不只是为幽默而幽默。鲁迅先生的《随感录》，先是出现在《新青年》上后来收在《热风》里的，还有一些"杂感"，在笔者也是"百读不厌"的。这里吸引我的，一方面固然也是幽默，一方面却还有别的，就是那传统的称为"理趣"，现在我们可以说是"理智的结晶"的，而这也就是诗。

　　冯雪峰先生在《鲁迅论》里说到鲁迅先生"在文学上独

特的特色"：

> 首先，鲁迅先生独创了将诗和政论凝结于一起的
> "杂感"这尖锐的政论性的文艺形式。这是匕首，这是
> 投枪，然而又是独特形式的诗；这形式，是鲁迅先生所
> 独创的，是诗人和战士的一致的产物。自然，这种形式，
> 在中国旧文学里是有它类似的存在的，但我们知道旧文
> 学中的这种形式，有的只是形式和笔法上有可取之点，
> 精神上是完全不成的；有的则在精神上也有可取之点，
> 却只是在那里自生自长的野草似的一点萌芽。鲁迅先生，
> 以其战斗的需要，才独创了这在其本身是非常完整的，
> 而且由鲁迅先生自己达到了那高峰的独特的形式。
>
> （见《过来的时代》）

所谓"中国文学里是有它类似的存在的"，大概指的古文里
短小精悍之作，像韩柳杂说的罢？冯先生说鲁迅先生"也同
意对于他的杂感散文在思想意义之外又是很高的而且独创的
艺术作品的评价"，"并且以为（除何凝先生外）还没有说出
这一点来"（《关于鲁迅在文学上的地位》的《附记》，见同
书）。这种"杂感"的形式上的特点是"简短"，鲁迅先生就
屡次用"短评"这名称，又曾经泛称为"简短的东西"。"简
短"而"凝结"，还能够"尖锐"得像"匕首"和"投枪"

一样；主要的是他在用了这"匕首"和"投枪"战斗着。"狭巷短兵相接处，杀人如草不闻声"，这是诗，鲁迅先生的"杂感"也是诗。

《热风》的《题记》的结尾：

> 但如果凡我所写，的确都是冷的呢？则它的生命原来就没有，更谈不到中国的病证究竟如何。然而，无情的冷嘲和有情的讽刺相去本不及一张纸，对于周围的感受和反应，又大概是所谓"如鱼饮水冷暖自知"的；我却觉得周围的空气太寒冽了，我自说我的话，所以反而称之曰《热风》。

鲁迅先生是不愿承受"冷静"那评价的，所以有这番说话。他确乎不是个"冷静"的人，他的憎正由于他的爱；他的"冷嘲"其实是"热讽"。这是"理智的结晶"，可是不结晶在冥想里，而结晶在经验里；经验是"有情的"，所以这结晶是有"理趣"的。开始读他的《随感录》的时候，一面觉得他所嘲讽的愚蠢可笑，一面却又往往觉得毛骨悚然——他所指出的"中国病证"，自己没有犯过吗？不在犯着吗？可还是"百读不厌"的常常去翻翻看看，吸引我的是那笑，也是那"笑中的泪"罢。

这种诗的结晶在《野草》里"达到了那高峰"。《野草》

被称为散文诗，是很恰当的。《题辞》里说：

> 过去的生命已经死亡。我对于这死亡有大欢喜，因
> 为我借此知道它曾经存活。死亡的生命已经朽腐。我对
> 于这朽腐有大欢喜，因此我借此知道它还非空虚。

又说：

> 我自爱我的野草，但我憎恶这以野草作装饰的地面。
> 地火在地下运行，奔突；熔岩一旦喷出，将烧尽一切野
> 草，以及乔木，于是并且无可朽腐。

又说：

> 我以这一丛野草在明与暗，生与死，过去与未来之
> 际，献于友与仇，人与兽，爱者与不爱者之前作证。

最后是：

> 去罢，野草，连着我的题辞！

这写在一九二七年，正是大革命的时代。他彻底的否定了

"过去的生命"，连自己的《野草》连着这《题辞》，也否定了，但是并不否定他自己。他"希望"地下的火火速喷出，烧尽过去的一切，他"希望"的是中国的新生！在《野草》里比在《狂人日记》里更多的用了象征，用了重叠，来"凝结"来强调他的声音，这是诗。

他一面否定，一面希望，一面在战斗着。《野草》里的一篇《希望》，是一九二五年一月一日写的，他说：

> 我只得由我来肉博这空虚中的暗夜了，纵使寻不到身外的青春，也总得自己来一掷我身中的迟暮。但暗夜又在哪里呢？现在没有星，没有月光，以至笑的渺茫和爱的翔舞；青年们很平安，而我的面前又竟至于并且没有真的暗夜。

然而就在这一年他感到青年们动起来了，感到"真的暗夜"露出来了，这一年他写了特别多"杂感"，就是收在《华盖集》里的。这一年"十二月三十一日之夜"写的《题记》里给了这些"短评"一个和《随感录》略有分别的名字，就是"杂感"。他说这些"杂感""往往执滞在几件小事情上"，也就是从一般的"中国的病证"转到了个别的具体的事件上。虽然他还是将这种个别的事件"作为社会上一种典型"（见前引冯雪峰先生那篇《附记》里引的鲁迅先生自己的话）

来处理，可是这些"杂感"比起《热风》中那些《随感录》确乎是更其现实的了：他是从诗回向散文了。换上"杂感"这个新名字，似乎不是随随便便的无所谓的。

散文的杂感增加了现实性，也增加了尖锐性。"一九三二年四月二十四日之夜"写的《三闲集》的《序言》里说道：

> 恐怕这"杂感"两个字，就使志趣高超的作者厌恶，避之惟恐不远了。有些人们，每当意在奚落我的时候，就往往称我为"杂感家"。

这正是尖锐的证据。他这时在和"真的暗夜""肉薄"了，武器是越尖锐越好，他是不怕"'不满于现状'的'杂感家'"这一个"恶谑"的。一方面如冯雪峰先生说的，"他又常痛惜他的小说和他的文章中的曲笔常被一般读者误解"。所以"更倾向于直剖明示的尖利的批判武器的创造"（见《鲁迅先生计划而未完成的著作》，也在《过去的时代》中）了。这种"直剖明示"的散文作风伴着战斗发展下去，"杂感"就又变为"杂文"了。"一九三二年四月三十日之夜"写的《二心集》的《序言》里开始就说：

> 这里是一九三〇与三一年两年间的杂文的结集。

末尾说：

> 自从一九三一年一月起，我写了较上年更多的文章，
> 但因为揭载的刊物有些不同，文字必得和它们相称，就
> 很少做《热风》那样简短的东西了；而且看看对于我的
> 批评文字，得了一种经验，好像评论做得太简括，是极
> 容易招得无意的误解，或有意的曲解似的。

又说：

> 这回连较长的东西也收在这里面。

"简单"改为不拘长短，配合着时代的要求，"杂文"于是乎
成了大家都能用，尖利而又方便的武器了。这个创造是值得
纪念的；虽然我们损失了一些诗，可是这是个更需要散文的
时代。

第五辑

漫谈，文学之美

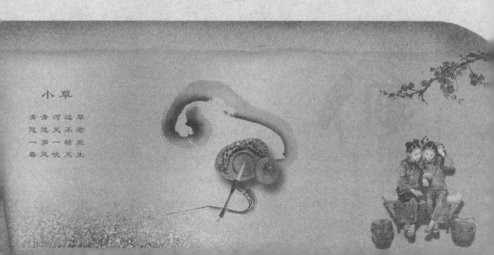

小草

青青河边草
悠悠天不老
一岁一枯荣
春风吹又生

文学的美

——读 Puffer 的《美之心理学》

　　美的媒介是常常变化的，但它的作用是常常一样的。美的目的只是创造一种"圆满的刹那"；在这刹那中，"我"自己圆满了，"我"与人、与自然、与宇宙融合为一了，"我"在鼓舞，奋兴之中安息了（Perfect moment of unity and self completeness and repose in excitement）。我们用种种方法，种种媒介，去达这个目的：或用视觉的材料，或用听觉的材料……文学也可说是用听觉的材料的；但这里所谓"听觉"，有特殊的意义，是从"文字"听受的，不是从"声音"听受的。这也是美的媒介之一种，以下将评论之。

第一部分

文学的材料是什么呢？是文学？文字的本身是没有什么的，只是印在纸上的形，听在耳里的音罢了。它的效用，在它所表示的"思想"。我们读一句文，看一行字时，所真正经验到的是先后相承的，繁复异常的，许多视觉的或其他感觉的影像（Image），许多观念，情感，论理的关系——这些一一涌现于意识流中。这些东西与日常的经验或不甚相符，但总也是"人生"，总也是"人生的网"。文字以它的轻重疾徐，长短高下，调节这张"人生的网"，使它紧张，使它松弛，使它起伏后平静。但最重要的还是"思想"——默喻的经验；那是文学的材料。

现在我们可以晓得，文字只是"意义"（Meaning），意义是可以了解，可以体验（Lived through）的。我们说"文字的意义"，其实还不妥当；应该说"文字所引起的心态"才对。因为文学的表面的解说是很薄弱的，近似的；文字所引起的经验才是整个的，活跃的。文字能引起这种完全的经验在人心里，所以才有效用；但在这时候，它自己只是一个机缘，一个关捩而已。文学是"文字的艺术"（Art of words）；而它的材料实是那"思想的流"，换句话说，实是那"活的人生"。所以 Stevenson 说，文学是人生的语言（Dialect of life）。

　　有人说，"人生的语言"，又何独文学呢？眼所见的诸相，也正是"人生的语言"。我们由所见而得了解，由了解而得生活；见相的重要，是很显然的。一条曲线，一个音调，都足以传无言的消息；为什么图画与音乐便不能做传达经验——思想——的工具，便不能叫出人生的意义，而只系于视与听呢？持这种见解的人，实在没有知道言语的历史与价值。要知道我们的视与听是在我们的理解（Understanding）之先的，不待我们的理解而始成立的；我们常为视与听所左右而不自知，我们对于视与听的反应，常常是不自觉的。而且，当我们理解我们所见时，我们实已无见了；当我们理解我们所闻时，我们实已无闻了：因为这时是只有意义而无感觉了。虽然意义也需凭着残留的感觉的断片而显现，但究非感觉自身了。意义原是行动的关捩，但许多行动却无需这个关捩；有许多熟练的、敏捷的行动，是直接反应感觉，简洁不必经过思量的。如弹批亚娜，击剑，打弹了，那些神乎其技的，挥手应节，其密如水，其捷如电，他们何尝不用视与听，他们何尝用一毫思量呢？他们又哪里来得及思量呢？他们的视与听，不曾供给他们以意义。视与听若有意义，它们已不是纯正的视与听，而变成了或种趣味了。表示这种意义或趣味的便是言语；言语是弥补视与听的缺憾的。我们创造言语，使我们心的经验有所托以表出；言语便是表出我们心的经验的工具了。从言语进而为文字，工具更完备了。言语文字只是种种意义所构成；它的本质在于"互喻"。视与听比较的另有独立的存在，由它们所成的艺术也便大部分不须凭借乎意义，就是，有许多是无"意义"的，价值在"意义"以外的。文字的艺术便不然了，它只是"意义"的艺术，"人的经验"的艺术。

还有一层，若一切艺术总须叫出人生的意义，那么，艺术将以所含人生的意义的多寡而区为高下。音乐与建筑是不含什么"意义"的，和深锐、宏伟的文字比较起来，将沦为低等艺术了？然而事实绝不是如是，艺术是没有阶级的！我们不能说天坛不如《离骚》，因为它俩各有各的价值，是无从相比的。因此知道，各种艺术自有其特殊的材料，绝不是同一的，强以人生的意义为标准，是不合式的。音乐与建筑的胜场，决不在人生的意义上。但各种艺术都有其材料，由此材料以达美的目的，这一点却是相同的。图画的材料是线，形，色；以此线线，形形，色色，将种种见相融为一种迷人的力，便是美了。这里美的是一种力，使人从眼里受迷惑，以渐达于"圆满的刹那"。至于文学，则有"一切的思想，一切的热情，一切的欣喜"作材料，以融成它的迷人的力。文学里的美也是一种力，用了"人生的语言"，使人从心眼里受迷惑，以达到那"圆满的刹那"。

第二部分

　　由上观之，文字的艺术，材料便是"人生"。论文学的风格的当从此着眼。凡字句章节之所以佳胜，全因它们能表达情思，委屈以赴之，无微不至。斯宾塞论风格哲学（Philosopsy of style），有所谓"注意的经济"（Economy of Attention），便指这种"文词的曲达"而言；文词能够曲达，注意便能集中了。斐德（Pater）也说，一切佳作之所以成为佳作，就在它们能够将人的种种心理曲曲达出；用了文词，凭了联想的力，将这些恰如其真的达出。凡用文词，若能尽意，使人如接触其所指示之实在，便是对的，便是美的。指示简单感觉的字，容易尽意，如说"红"花，"白"水，使我们有浑然的"红"感，"白"感，便是尽意了。复杂的心态，却没有这样容易指示的。所以莫泊桑论弗老贝尔说，在世界上所有的话 Expressions 之中，在所有的说话的方式和调子之中，只有"一种"———一种方式，一种调子——可以表出我所要说的。他又说，在许多许多的字之中，选择"一个"恰好的字以表示"一个"东西，"一个"思想；风格便在这些地方。是的，凡是"一个"心态或心象，只有"一"字，"一"句，"一"节，"一"篇，或"一"曲，最足以表达它。

　　文字里的思想是文学的实质。文学之所以佳胜，正在它们所含的思想。但思想非文字不存，所以可以说，文字就是思

想。这就是说，文字带着"暗示之端绪"（Fringe of sugges-
tion），使人的流动的思想有所附着，以成其佳胜。文字好比月
亮，暗示的端绪——即种种暗示之意——好比月的晕；晕比月
大，暗示也比文字的本义大。如"江南"一词，本意只是
"一带地方"；但是我们见此二字，所想到的绝不止"一带地
方，在长江以南"而已，我们想到"草长莺飞"的江南，我
们想到"落花时节"的江南，我们或不胜其愉悦，或不胜其怅
惘。——我们有许多历史的联想，环境的联想与江南一词相附
着，以成其佳胜。言语的历史告诉我们，言语的性质一直是如
此的。言语之初成，自然是由模仿力（Imitative power）而来
的。泰奴（Talne）说得好：人们初与各物相接，他们便模仿
他们的声音；他们撮唇，拥鼻，或发粗音，或发滑音，或长，
或短，或作急响，或打胡哨。或翕张其胸腔，总求声音之
毕肖。

文字的这种原始的模仿力，在所谓摹声字（Onomatopo-
etic words）里还遗存着；摹声字的目的只在重现自然界的声
音。此外还有一种模仿，是有感觉的联络（Associations of
tsensations）而成。各种感觉，听觉，视觉，嗅觉，触觉，运
动感觉，有机感觉，有许多公共的性质，与他种更复杂的经
验也相同。这些公共的性质可分几方面说：以力量论，有强
的，有弱的；以情感论，有粗暴的，有甜美的。如清楚而平
滑的韵，可以给人轻捷和精美的印象（仙，翩，旋，尖，

飞，微等字是）；开阔的韵可以给人提高与扩展的印象（大，豪，茫，俺，张，王等字是）。又如难读的声母常常表示努力，震动，猛烈，艰难，严重等（刚，劲，崩，敌，窘，争等字是）；易读的声母常常表示平易，平滑，流动，温和，轻隽等（伶俐，富，平，袅，婷，郎，变，娘等字是）。

以上列举各种声音的性质，我们要注意，这些性质之不同，实由发音机关动作之互异。凡言语文字的声音，听者或读者必默诵一次，将那些声音发出的动作重演一次——这种默诵，重演是不自觉的。在重演发音动作时，那些动作本来带着的情调，或平易，或艰难，或粗暴，或甜美，同时也被觉着了。这种"觉着"，是由于一种同情的感应（Sympaihetle inducflon），是由许多感觉联络而成，非任一感觉所专主；发音机关的动作也只是些引端而已。和摹声只系于外面的听觉的，繁简迥殊。但这两种方法有时有联合为一，如"吼"字，一面是直接摹声，一面引起筋肉的活动，暗示"吼"动作之延扩的能力。

文字只老老实实指示一事一物，毫无色彩，像代数符号一般；这个时期实际上是没有的。无论如何，一个字在它的历史变迁里，总已积累着一种暗示的端绪了，如一只船积累着螺蛳一样。瓦特劳来（Water Raleigh）在他的风格论里说，文字载着它们所曾含的一切意义以行；无论普遍说话里，无论特别讲演里，无论一个微细的学术的含义，无论一个不甚流行的古义，凡一个字所曾含的，它都保留着，以发生丰富而繁复的作用。一个字的含义与暗示，往往是多样的。且举以"褐色"（Gray）一词为题的佚名论文为例，这篇文是很有趣的！

> 褐色是白画的东西的宁静的颜色，但是凡褐色的东西，总有一种不同的甚至奇异的感动力。褐色是貂毛的颜色，魁克派（Quaker 教派名）长袍的颜色，鸠的胸脯的颜色，褐色的日子的颜色，贵妇人头发的颜色；而许多马一定是褐色的。……褐色的又是眼睛，女巫的眼睛，里面有绿光，和许多邪恶。褐色的眼睛或者和蓝眼睛一般温柔，谦让而真实；荡女必定有褐色的眼睛的。

文字没"有"意义，它们因了直接的暗示力和感应力而"是"意义。它们就是它们所指示的东西。不独字有此力；文句，诗节（Verse）皆有此力；风格所论，便在这些地方，有字短而音峭的句，有音响繁然的句，有声调圆润的句。这些句形与句义都是一致的。至于韵律，节拍，皆以调节声音，与意义所关也甚巨，此地不容详论。还有"变声"（Breaks）和"语调"（Variations）的表现的力量，也是值得注意的。"变声"疑是句中声音突然变强或变弱处；"语调"疑是同字之轻重异读。此两词是音乐的术语；我不懂音乐，姑如是解，待后改正。

文学的标准与尺度

我们说"标准"，有两个意思：一是不自觉的；一是自觉的。不自觉的是我们接受的传统的种种标准。我们应用这些标准衡量种种事物种种人，但是对这些标准本身并不怀疑，并不衡量，只照样接受下来，作为生活的方便。自觉的是我们修正了的传统的种种标准，以及采用的外来的种种标准。这种种自觉的标准，在开始出现的时候大概多少经过我们的衡量；而这种衡量是配合着生活的需要的。本文只称不自觉的种种标准为"标准"，改称种种自觉的标准为"尺度"，来显示这两者的分别。"标准"原也离不开尺度，但尺度似乎不像标准那样固定；近来常说"放宽尺度"，既然可以"放宽"，就不是固定的了。这种"标准"和"尺度"的分别，在一个变得快的时代最容易觉得出：在道德方面在学术方面如此，在文学方面也如此。

中国传统的文学以诗文为正宗，大多数出于士大夫之手。士大夫配合君主掌握着政权。做了官是大夫，没有做官是士；士是候补的大夫。君主士大夫合为一个封建集团，他们的利害是共同的。这个集团的传统的文学标准，大概可用"儒雅风流"一语来代表。载道或言志的文学以"儒雅"为标准，缘情与隐逸的文学以"风流"为标准。有的人"达则兼济天下，穷则独善其身"，表现这种情志的是载道或言志，这个得有"正其谊不谋其利，明其道不计其功"的抱负，得有"怨而不怒""温柔敦厚"的涵养，得有"熔经铸史""含英咀华"的语言。这就是"儒雅"的标准。有的人纵情于醇酒妇人，或寄情于田园山水，表现这种种情志的是缘情或隐逸之风。这个得有"妙赏""深情"和"玄心"，也得用"含英咀华"的语言。这就是"风流"的标准。（关于"风流"的解释，用冯友兰先生语，见《论风流》一文中。）

在现阶段看整个的传统的文学，我们可以说"儒雅风流"是标准。但是看历代文学的发展，中间还有许多变化。即如诗本是"言志"的，陆机却说"诗缘情而绮靡"。"言志"其实就是"载道"，与"缘情"不大相同。陆机实在是用了新的尺度。"诗言志"这一个语在开始出现的时候，原也是一种尺度；后来得到公认而流传，就成为一种标准。说陆机用了新的尺度，是对"诗言志"那个旧尺度而言。这个新尺度后来也得到公认而流传，成为又一种标准。又如南朝文学的求新，后来文学的复古，其实都是在变化；在变化的时候也都是用着新的尺度。固然这种新尺度大致只伸缩于"儒雅"和"风流"两种标准之间，但是每回伸缩的长短不同，疏密不同，各有各的特色。文学史的扩展从这种种尺度里见出。

这种尺度表现在文论和选集里，也就是表现在文学批评里。中国的文学批评以各种形式出现。魏文帝的"论文"是在一般学术的批评的《典论》里，陆机《文赋》也许可以说是独立的文学批评的创始，他将文作为一个独立的课题来讨论。此后有了选集，这里面分别体类，叙述源流，指点得失，都是批评的工作。又有了《文心雕龙》和《诗品》两部批评专著。还有史书的文学传论，别集的序跋和别集中的书信。这些都是比较有系统的文学批评，各有各的尺度。这些尺度有的依据着"儒雅"那个标准，结果就是复古的文学，有的依据着"风流"那个标准，结果就是标新的文学。但是所谓复古，其实也还是求变化求新异；韩愈提倡古文，却主张务去陈言，戛戛独造，是最显著的例子。古文运动从独造新语上最见出成绩来。胡适之先生说文学革命都从文字或文体的解放开始，是有道理的，因为这里最容易见出改变了的尺度。现代语体文学是标新的，不是复古的，却也可以说是从文字或文体的解放开始；就从这语体上，分明地看出我们的新尺度。

这种语体文学的尺度，如一般人所公认，大部分是受了外国的影响，就是依据着种种外国的标准。但是我们的文学史中原也有这样一股支流，和那正宗的或主流的文学由分而合的相配而行。明代的公安派和竟陵派自然是这支流的一段，但这支流的渊源很古久，截取这一段来说是不正确的。汉以前我们的言和文比较接近，即使不能说是一致。从孔子"有教无类"起，教育渐渐开放给平民，受教育的渐渐多起来。这种受了教育的人也称为"士"，可是跟从前贵族的士不同，这些只是些"读书人"。士的增多影响了语言的文体，话要说得明白，说得详细，当时的著述是说话的记录，自然也是这样。这里面该有平民语调的掺入，虽然我们不能确切的指出。汉代辞赋发达，主要的作为宫廷文学；后来变为远于说话的骈俪的体制，士大夫就通用这种体制。可是另一方面，游历了通都大邑名山大川的司马迁，却还用那近乎说话的文体作《史记》，古里古怪的扬雄跟《问孔》《刺孟》的王充，也还用这种文体作《法言》和《论衡》；而乐府诗来自民间，不用问更近于说话。可见这种文体是废不掉的。就是骈俪文盛行的时代，也还有《世说新语》，记录那时代的说话。到了唐代的韩愈，提倡"气盛言宜"的古文，"气盛言宜"就是说话的调子，至少是近于说话的调子，还有语录和笔记，起于唐而盛于宋，还有来自民间的词，这些也都用着说话或近于说话的调子。东汉以来逐渐建立起来的门阀，到了唐代中叶垮了台，"寻常百姓"的士又增多起来，加上宋代印刷和教育的发达，所以那种详明如话的文体就大大的发达了。到了元明两代，又有了戏曲和小说，更是以说话体就是语体为主。公安派竟陵派接受了这股支派，努力想将它变成主流，但是这一个尝试失败了。直到现在，一个新的尝试才完成了语体文学，新文学，也就是现代文学。

从以上一段语体文学发展的简史里可以看出种种伸缩的尺度。这些尺度大体上固然不出乎"儒雅"和"风流"那两个标准，可是像语录和笔记，有些恐怕只够"儒"而不够"雅"，有些恐怕既不够"儒"也不够"雅"，不够"雅"因为用俗语或近乎俗语，不够"儒"因为只是一些细事，无关德教，也与风流不相干。汉乐府跟《世说新语》也用俗语，虽然现在已将那些俗语看作了古典。戏曲和小说有的别忠奸，寓劝惩，叙风流，固然够得上标准，有的却不够儒雅，不算风流。在过去的文学传统里，这两种本没有地位，所谓不在话下。不过我们现在得给这些不够格的分别来个交代。我们说戏曲和小说可以见人情物理，这可以叫作"观风"的尺度，《礼记》里说诗可以"观民风"；可以观风，也就拐了弯儿达到了"儒雅"那个标准。戏曲和小说不但可以观民风，还可以观士风，而观风就是写实，就是反映社会，反映时代。这是社会的描写，时代的记录。在我们看来，用不着再绕到

"儒雅"那个标准之下，就足够存在的理由了。那些无关政教也不算风流的笔记，也可以这么看。这个"人情物理"或"观风"的尺度原是依据了"儒雅"那个标准定出来的。可是唐代中叶以后，这个尺度似乎已经暗地里独立运用，这已经不是上德化下的尺度而是下情上达的尺度了。人民参加着定了这个尺度，而俗语的掺入文学，正与这个尺度配合着。

说是人民参加着订定文学的尺度，如上文所提到的，该起于春秋末年贵族渐渐没落平民渐渐兴起的时候。这些受了教育的平民加入了统治集团，多少还带着他们的情感和语言。这种新的士流日渐增加，自然就影响了文化的面目乃至精神。汉乐府的搜集与流行，就在这样氛围之中。韩诗解《伐木》一篇说到"饥者歌其食，劳者歌其事"。"饥者歌其食，劳者歌其事"正是"人情物理"，正是"观风"；这说明了三百篇诗的一些诗，也说明了乐府里的一些诗。"饥者歌其食，劳者歌其事"，自然周代的贵族也会如此的，可是这两句带着浓重的平民的色彩；配合着语言的通俗，尤其可以见出。这就是前面说的"参加"，这参加倒是不自觉的。但那"人情物理"或"观风"的尺度的订定却是自觉的。汉以来的社会是士民对立，同时也是士民流通。《世说新语》里记录一些俗语，取其自然。在"风流"的标准下，一般的固然以"含英咀华"的语言为主，但是到了这时代稍加改变，取了"自然"这个尺度，也不足为怪的。

唐代中叶以后，士民间的流通更自由了，士人更多了。于是乎"人情物理"的著作也更多。元代蒙古人压迫汉人，士大夫的地位降低下去。真正领导文坛的是一些吏人以及"书会先生"。他们依据了"人情物理"的尺度作了许多戏曲。明代士大夫的地位高了些，但是还在暴君压制之下。他们这时去口恢复了文坛的领导权，他们可也在作戏曲，并且在提倡小说，作小说了。公安派竟陵派就是受了这种风气的影响而形成的。清代士大夫的地位又高了些，但是又在外族统治之下，还不能恢复元代以前的地位。他们也在作戏曲和小说，可是戏曲和小说始终还是小道，不能跟诗文并列为正宗。"人情物理"还是一种尺度，不能成为标准。但是平民对文学的影响确乎渐渐在扩大。原来士民的对立并不是严格的。尤其在文学上，平民所表现的生活还是以他们所"虽不能至，然心向往之"的士大夫生活为标准。他们受自己的生活折磨够了，只羡慕着士大夫的生活，可又只能耐着苦羡慕着，不知道怎样用行动去争取，至多是表现在他们的文学就是民间文学里；低级趣味是免不了的，但那时他们的理想是爬上高处去。这样，士大夫的文学接受他们的影响，也算是个顺势。虽然"人情物理"和"通俗"到清代还没有成为标准，可是"自然"这尺度从晋代以来已渐渐成为一种标准。这究竟显出人民的力量。

大清帝国改了中华民国，新文化运动新文学运动配合着

"五四"运动画出了一个新时代。大家拥戴的是"德先生"和"赛先生"，就是民主与科学。但是实际上做到的是打倒礼教也就是反封建的工作。反封建解放了个人，也发现了民众，于是乎有了个人主义和人道主义；前者是实践，后者还是理论。这里得指出在那个阶段上，我们是接受了种种外国标准，而向现代化进行着。这时的社会已经不是士民的对立，而是封建的军阀官僚和人民的对立。从清末开设学校，受教育的人大量增多。士或读书人渐渐变了质；到这时一部分成为军阀和官僚的帮闲，大部分却成了游离的知识阶级。知识阶级从军阀和官僚独立，却还不能跟民众联合起来，所以游离着。这里面大部分是青年学生。这时候的文学是语体文学，开始似乎是应用着"人情物理""通俗"那两个尺度以及"自然"那个标准。然而"人情物理"变了质成为"打倒礼教"就是"反封建"也就是"个人主义"这个标准，"通俗"和"自然"也让步给那"欧化"的新尺度；这"欧化"的尺度后来并且也成了标准。用欧化的语言表现个人主义，顺带着人道主义，是这时期知识阶级向着现代化的路。

"五卅"运动接着国民革命，发展了反帝国主义运动；于是"反帝国主义"也成了文学的一种尺度。抗战起来了，"抗战"立即成了一切的标准，文学自然也在其中。胜利却带来了一个动乱时代，民主运动发展，"民主"成了广大应用的尺度，文学也在其中。这时候知识阶级渐渐走近了民众，

"人道主义"那个尺度变质成为"社会主义"的尺度，"自然"又调剂着"欧化"，这样与"民主"配合起来。但是实际上做到的还只是暴露丑恶和斗争丑恶。这是向着新社会发脚的路。受教育的越来越多，这条路上的人也将越来越多，文学终于要配合上那新的"民主"的尺度向前迈进的。大概文学的标准和尺度的变换，都与生活配合着，采用外国的标准也如此。表面上好像只是求新，其实求新是为了生活的高度深度或广度。社会上存在着特权阶级的时候，他们只见到高度和深度；特权阶级垮台以后，才能见到广度。从前有所谓雅俗之分，现在也还有低级趣味，就是从高度深度来比较的。可是现在渐渐强调广度，去配合着高度深度，普及同时也提高，这才是新的"民主"的尺度。要使这新尺度成为文学的新标准，还有待于我们自觉的努力。

文艺的真实性

　　我们所要求的文艺，是作者真实的话，但怎样才是真实的话呢？我以为不能笼统的回答；因为文艺的真实性是有种别的，有等级的。

　　从"再现"的立场说，文艺没有完全真实的，因为感觉与感情都不能久存，而文艺的抒写，又必在感觉消失了，感情冷静着的时候，所以便难把捉了。感觉是极快的，感觉当时，只是感觉，不容做别的事。到了抒写的时候，只能凭着记忆，叙述那早已过去的感觉。感情也是极快的。在它热烈的时候，感者的全人格都没入了，那里有从容抒写之暇？——一有了抒写的动机，感情早已冷却大半，只剩虚虚的轮廓了。所以正经抒写的时候，也只能凭着记忆。从记忆里抄下的感觉与感情，只是生活的意思，而非当时的生活；与当时的感觉感情，自然不能一致的。不能一致，就不是完全真实了——虽然有大部分是真实的。

在大部分真实的文艺里，又可分为数等。自叙传性质的作品，比较的最是真实，是第一等。虽然自古哲人说自知是最难的，虽然现在的心理学家说内省是靠不住的，研究自己的行为和研究别人的行为同其困难，但那是寻根究底的话；在普通的意义上，一个人知道自己，总比知道别人多些，叙述自己的经验，总容易切实而详密些。近代文学里，自叙传性质的作品一日一日的兴盛，主观的倾向一日一日的浓厚；法朗士甚至说，一切文艺都是些自叙传。这些大约就因力求逼近真实的缘故。作者唯恐说得不能入微，故只拣取自己的经验为题材，读者也觉作者为别人的说话，到底隔膜一层，不如说自己的话亲切有味，这可叫做求诚之心，欣赏力发达了，求诚之心也便更觉坚强了。

叙述别人的事不能如叙述自己的事之确实，是显然的，为第二等。所谓叙述别人的事，与第三身的叙述稍有不同。叙别人的事，有时也可用第一身；而用第三身叙自己的事，更是常例。这正和自叙传性质的作品与第一身的叙述不同一样。在叙述别的事的时候，我们所得而凭借的，只有记忆中的感觉，与当事人自己的话，与别人关于当事人的叙述或解释。——这所谓当事人，自然只是些"榜样"Model。将这些材料加以整理，仔仔细细下一番推勘的工夫，体贴的工夫，才能写出种种心情和关系；至于显明性格或脚色，更需要塑造的工夫。这些心情，关系和性格，都是推论所得的意思；而推论或体贴与塑造，是以自己为标准的。人性虽有大齐，细端末节，却是千差万殊的，这叫做个性。人生的丰富的趣味，正在这细端末节的千差万殊里。能显明这个千差万殊的个性的文艺，才是活泼的，真实的文艺。自叙传性质的作品，确能做到一大部分；叙述别人的事，却就难了。因为我们的叙述，无论如何，是以自己为标准的；离不了自己，哪里会有别人呢？以自己为标准所叙别人的心情，关系，性格，至多只能得其轮廓，得其形似而已。自叙凭着记忆，已是间接；这里又加上推论，便间接而又间接了；愈间接，去当时当事者的生活便愈远了，真实性便愈减少了。但是因为人性究竟是有大齐的，甲所知于别人的固然是浮面的，乙丙丁……所知于别人的也不见得有多大的差异；因此大家相忘于无形，对于"别人"的叙述之真实性的减少，并不觉有空虚之感。我们在文人叙述别人的文字里，往往能觉着真实的别人，而且觉着相当的满足，就为此故。——这实是我们的自骗罢了。

相像的抒写，从"再现"的立场看，只有第三等的真实性。相像的再现力是很微薄的。它只是些凌杂的端绪 Fringe，凌杂的影子。它是许多模糊的影子。依着人们随意短起的骨架，构成一团云雾似的东西。和普遍所谓实际，相差自然极远极远了。影子已经靠不住了，何况又是模糊的，凌杂的呢？

何况又是照着人意重行结构的呢？虽然想像的程度也有不同，但性质总是类似的。无论是想像的实事，无论想像的奇迹，总只是些云雾，不过有浓有淡罢了。无论这些想像是从事实来的，是从别人的文字来的，也正是一样。它们的真实性，总是很薄弱的。我们若要剥头发一样的做去，也还能将这种真实性再分为几等；但这种剖析，极难"铢两悉称"非我的力量所能及。所以只好在此笼统地说，想像的抒写，只有第三等的真实性。

从"再现"的立场所见的文艺的真实性，不是充足的真实性；这令我们不能满意。我们且再从"表现"的立场看。我们说，创作的文艺全是真实的。感觉与感情是创作的材料；而想像却是创作的骨髓。这和前面所说大异了。"创作"的意义绝不是再现一种生活于文字里，而是另造一种新的生活。因为说生活的再现，则再现的生活决不能与当时的生活等值，必是低一等或薄一层的。况说生活再现于文字里，将文字与生活分开，则主要的是文字，不是生活，这实是再现生活的"文字"，而非再现的"生活"了。这里文艺之于生活，价值何其小呢？说创作便不如此。我前面解释创作，说是另造新生活；这所谓"另造"，骤然看来，似乎有能造与所造，又有方造与既造。但在当事的创作者，却毫不起这种了别。说能造是作者，所造是表现生活的文字，或文字里表现的生活；说方造是历程，既造是成就：这都是旁观者事后的分析，创作者是不觉得的。这种分析另有它的价值，但绝不是创作的价值。创作者的创作，只觉是一段生活，只觉是"生活着"。"我"固然是这段生活的一部，文字也是这段生活的一部；"我"与文字合一，便有了这一段生活。这一段生活继续进行，有它自然的结束；这便是一个历程。在历程当中，生活的激动性很大；剧烈的不安引起创作者不歇的努力。历程终结了，那激动性暂时归于平衡状态；于是创作者如释了重负，得到一种舒服。但这段生活之价值却不仅在它的结束。创作者并不急急地盼望结束的到临；他在继续的不安中，也欣赏着一步步的成功——一步步实现他的生活。这样，历程中的每一点，都于他有价值了。所以方造与既造的辨别，在他是不必要的；他自然不会感着了。总之，创作只是浑然的一段生活，这其间不容任何的了别的。至于创作的材料则因生活是连续的，而创作也是一段生活，所以仍免不了取给予记忆中所留着的过去生活的影像。但这种影像在创作者的眼中，并不是过去的生活之模糊的副本，而是现在的生活之一部——记忆也是现在的生活；所以是十分真实的。这样，便将记忆的价值增高了。再则，创作既是另造新生活，则运用现有的材料，自然有自由改变之权，不必保持原状；现有的材料，存于记忆中的，对于创作，只是些媒介罢了。这和再现便不同了。创作的主要材料，便是，创作者唯一的向导——这是想像。想像就现有的记忆材料，加以删汰，补充，联络，使新的生活得以完满地实现。所以宽一些说，创作的历程里，实只有想像一件事；其余感觉，感情等，已都融冶于其中了。想像在创作中第一重要，和在再现中居末位的大不相同。这样，创作中虽含有现在生活的一部，即记忆中过去生活的影像，而它的价值却不在此，它的价值在于向未来的生活开展的力量，即想像的力量。开展就是生活；生活的真实性，是不必怀疑的。所以创作的真实性，也不必怀疑的。所以我说，从表现的立场看，创作的文艺全是真实的。

至于自叙或叙别人，在创作里似乎不觉有这样分别。因为创作既不分"能""所"，当然也不分"人""我"了。"我"的过去生活的影像与"人"的过去生活的影像，同存于记忆之内，同为创作的材料；价值是相等的。在创作时，只觉由一个中心而扩大，其间更无界划。这个中心或者可说是"我"；但这个"我"实无显明的封域，与平常人所执着的我广狭不同。凭着这个意义的"我"，我们说一切文艺都是自叙传，也未尝不可。而所谓近代自叙传性质的作品增多，或有一大部分指着这一意义的自叙传，也未可知。——我想，至少十九世纪末期及二十世纪的文艺是如此。在创作时，只觉得扩大一件事。扩大的历程是不能预料的；惟其不能预料，才成其为创造，才成其为生活。我们写第一句诗，断不知第二句之为何——谁能知道"满城风雨近重阳"的下一句是什么呢？就是潘大临自己，也必不晓得的。这时何暇且何能，斤斤斟酌于"人""我"之间，而细为剖辨呢？只任情而动罢了。事后你说它自叙也好，说它叙别人也好，总无伤于它完全的真实性。胡适的《应该》，俞平伯的《在鸤鹰声里的》，事后看来，都是叙别人的。从"再现"方面看，诚然或有不完的真实的地方。但从"创作"方面看，则浑然一如，有如满月；那有丝毫罅隙，容得不真实的性质溜进去呢？总之，创作实在是另辟一世界，一个不关心的安息的世界。便是血与泪的文学，所辟的也仍是这个世界（此层不能在此评论）。在这个世界里，物我交融，但有窈然的向往，但有沛然的流转；暂脱人寰，逐得安息。至于创作的因缘，则或由事实，或由文字。但一经创作的心的熔铸，就当等量齐观，不宜妄生分别。俗见以为由文字而生之情力弱，由事实而生之情力强，我以为不然。这就因为事实与文字同是人生之故。即如前举俞平伯《在鸤鹰声里的》一诗，就是读了康白情的《天亮了》，触动宿怀，有感而作。那首诗谁能说是弱呢？这可见文字感人之力，又可见文字与事实之易相牵引了。上来所说，都足证创作只是浑然的真实的生活；所以我说，创造的文艺全是真实的。

从"表现"的立场看，没有所谓"再现"；"再现"是不可能的。创作只是一现而已。就是号称如实描写客观事象的作品，也是一现的创作，而不是再现；因所描写的是"描写当时"新生的心境（记忆），而不是"描写以前"旧有的事实。这层意思，前已说明。所以"再现"不是与"创作"相对待的。在"表现"的立场里，和"创作"相对待的，是"模拟"及"撒谎"。模拟是照别人的样子去制作。"拟古"，"拟陶"，"拟谢"，"拟某某篇"，"效某某体"，"拟陆士衡拟古"，"学韩"，"学欧"……都是模拟，都是将自己揿在他人的型里。模拟的动机，或由好古，或由趋时，这是一方面；或由钦慕，或由爱好，这是另一方面。钦慕是钦慕其人，爱好是爱好其文。虽然从程度上论，爱好比钦慕较为真实，好古与趋时更是浮泛；但就性质说，总是学人生活，而非自营生活。他们悬了一些标准，或选了一些定型，竭力以求似，竭力以求合。他们的制作，自然不能自由扩展了。撒谎也可叫作"捏造"，指在实事的叙述中间，插入一些不谐和的虚构的叙述；这些叙述与前后情节是不一致的，或者相冲突的。从"再现"的立场说，文艺里有许多可以说是撒谎的；甚至说，文艺都是撒谎的。因为文艺总不能完全与事实相合。在这里，浪漫的作品，大部分可以说完全是谎话了。历史小说，虽大体无背于事实，但在详细的节目上，也是撒谎了。便是写实的作品，谎话诚然是极少极少，但也还免不了的。不过这些谎话全体是很谐和的，成为一个有机体，使人不觉其谎。而作者也并无故意撒谎之心。假使他们说的真是谎话，这个谎话是自由的，无所为的。因此，在"表现"的立场里，我们宁愿承认这些是真实的。然则我们现在所谓"撒谎"的，是些什么呢？这种撒谎是狭义的，专指的实事的叙述里，不谐和的，故意的撒谎而言。这种撒谎是有所为的；为了求合于某种标准而撒谎。这种标准或者是道德的，或者是文学的。章实斋《文史通义古文十弊》篇里有三个例，可以说明这一种撒谎的意义。我现在抄两个给诸君看：

（一）"有名士投其母行述……叙其母之节孝：则谓乃祖衰年病废，卧床，溲便无时；家无次丁，乃母不避秽亵，躬亲熏濯。其事既已美矣，又述乃祖于时戚然不安，乃母肃然对曰，'妇年五十，今事八十老翁，何嫌何疑'？节母既明大义，定知无是言也！此公无故自生嫌疑，特添注以斡旋其事；方自以谓得体，而不知适如冰雪肌肤，剜成疮痏，不免愈濯愈痕瘢矣。"

（二）"尝见名士为人撰志。其人盖有朋友气谊；志文乃仿韩昌黎之志柳州也。——一岁一趋，惟恐其或失也。中间感叹世情反复，已觉无病费呻吟矣；未叙丧费出于贵人，及内亲竭劳其事。询之其家，则贵人赠赙稍厚，非能任丧费也；而内亲则仅一临穴而已，亦并未任其事也。且其子俱长成。非若柳州之幼子孤露，必待人为经理者也。诘其何为失实至此？则曰，仿韩志终篇有云……今志欲似之耳。……临文摹古，迁就重轻，又往往似之矣。"

第一例是因求合于某种道德标准（所谓"得体"）而捏造事实，第二例是因求似于韩文而附会事实；虽然作者都系"名士"，撒谎却都现了狐狸尾巴！这两文的漏洞（即冲突之处）及作者的有意撒谎，章实斋都很痛快地揭出来了。看了这种文字，我想谁也要觉着多少不舒服的。这种作者，全然牺牲了自己的自由，以求合于别人的定型。他们的作品虽然也是他们生活的一部，但这种生活是怎样的局促而空虚哟！

　　上面第一例只是撒谎；第二例是模拟而撒谎，撒谎是模拟的果。为什么只将它作为撒谎的例呢？这里也有缘故。我所谓模拟，只指意境，情调，风格，词句四项而言；模拟而至于模拟实事，我以为便不是模拟了。因为实事不能模拟，只能捏造或附会；模拟事实，实在是不通的话。所以说模拟实事，不如说撒谎。上面第二例，形式虽是模拟而实质却全是撒谎；我说模拟而撒谎，原是兼就形质两方而论。再明白些说，我所谓模拟有两种：第一种，里面的事实，必是虚构的，且谐和的，以求生出所模拟之作品的意境，情调。第二种，事实是实有的，只仿效别人的风格与字句。至于在应该叙实事的作品里，因为模拟的缘故，故意将原有事实变更或附会，这便不在模拟的范围之内，而变成撒谎了。因为实事是无所谓模拟的。至于不因模拟，而于叙实事的作品里插入一些捏造的事实，那当然更是撒谎，不成问题的。这是模拟与撒谎的分别。一般人说模拟也是撒谎。但我觉得模拟只是自动的"从人"，撒谎却兼且被动的"背己"。因为模拟时多少总有些向往之诚，所以说是自动的；因为向往的结果是"依样葫芦"，而非"任性自表"，所以说是"从人"。但这种"从人"，不至"背己"。何以故？从人的意境，字句，可以自圆其说，成功独立的一段生活，而无冲突之处。这里无所谓"背己"的；因为虽是学人生活，但究竟是自己的一段完成的生活。——却不是充足的，自由的生活。至于从人的风格，情调，似乎会"背己"了，其实也不然。因为风格与情调本是多方面的，易变化的，况且一切文艺里的情调，风格，总有其大齐的。所以设身处地去体会他人情调而发抒之，是可能的。并且所模仿的，虽不尽与"我"合，但总是性之所近的。因此，在这种作品里，虽不能自由发抒，但要谐和而无冲突，是甚容易的。至于撒谎，如前第一例，求合于某种道德标准，只是根于一种畏惧，掩饰之心；毫无什么诚意。——连模拟时所具的一种倾慕心，也没有了。因此，便被动了的背了自己的心瞎说了。明明记着某人或自己是没有这些事的，但偏偏不顾是非的说有；这如何能谐和呢？这只将矛盾显示于人罢了。第二例自然不同，那是以某一篇文的作法为标准的。在这里，作者虽有向往之诚，可惜取径太笨了，竟至全然牺牲了自己；因为他悍然地违背了他的记忆，关于那个死者的。因此，弄巧成拙，成了不诚的话了。总之，模拟与撒谎，性质上没有多大的不同，只是程度相差却甚远了。我在这里将捏造实事的所谓模拟不算作模拟，而列入撒谎之内，是与普通的见解不同的；但我相信如此较合理些。由以上的看法，我们可以说，在表现的立场里，模拟只有低等的真实性，而撒谎全然没有真实性——撒谎是不真实的，虚伪的。

我们要有真实而自由的生活，要有真实而自由的文艺，须得创作去；只有创作是真实的，不过创作兼包精粗而言，并非凡创作的都是好的。这已涉及另一问题，非本篇所能详了。

附注：本篇内容的完成，颇承俞平伯君的启示，在这里谢谢他。

文艺之力

我们读了《桃花源记》《红楼梦》《虬髯客传》《灰色马》《现代日本小说集》《茵梦湖》《卢森堡之一夜》……觉得新辟了许多世界。有的开着烂漫的花，绵连着芊芊的碧草。在青的山味，白的泉声中，上下啁啾着玲珑的小鸟。太阳微微地笑着；天风不时掠过小鸟的背上。有的展着一片广漠的战场，黑压压的人都冻在冰里，或烧在火里。却有三两个战士，在层冰上，在烈焰中奔驰着。那里也有风，冷到刺骨，热便灼人肌肤。那些战士披着发，红着脸，用了铁石一般的声音叫喊。在这个世界里，没有困倦，没有寂寞；只有百度上的热，零度下的冷，只有热和冷！有的是白发的老人和红衣的幼女，乃至少壮的男人，妇人，手牵着手，挽成一个无限大的圈儿，在地上环行。他们都踏着脚，唱着温暖的歌，笑容可掬的向着；太阳在他们头上。有的全是黑暗和阴影，仿佛夜之国一般。大家摸索着、挨挤着，以嫉恨的眼互视着。这些闪闪的眼波，在暗地里仿佛是幕上演着的活动影戏，有十足的机械风。又像舞着的剑锋，说不定会落在谁的颈上或胸前的。这世界如此的深而莫测，真有如"盲人骑瞎马，夜半临深池"了。有的却又不同。将眼前的世界剥去了一层壳，只留下她的裸体，显示美和丑的曲线。世界在我们前面索索地抖着，便不复初时那样的仪态万方了。有时更像用了X光似的，显示出她的骨骼和筋络等等，我们见其肺肝了，我们看见她的血是怎样流的了。这或者太不留余地。但我们却能接触着现世界的别面，将一个胰皂泡幻成三个胰皂泡似的，得着新国土了。

另有词句与韵律，虽常被认为末事，却也酝酿着多样的空气，传给我们种种新鲜的印象。这种印象确乎是简单些；而引人入胜，有催眠之功用，正和前节所述关于意境情调的一样——只是程度不同吧了。从前人形容痛快的文句，说是如啖哀家梨，如用并州剪。这可见词句能够引起人的新鲜的筋肉感觉。我们读晋人文章如《世说新语》一类的书遇着许多"隽语"，往往翛然有出尘之感，真像不食人间烟火似的，也正是词句的力。又如《红楼梦》中的自然而漂亮的对话，使人觉得轻松，觉得积伶。《点滴》中深曲而活泼的描写，多用拟人的字眼和句子，更易引起人神经的颤动。《诱惑》中的：

忽然全世界似乎打了一个寒噤。

仿佛地正颤动着，正如伊的心脏一般的跳将起来了。

便足显示这种力量。此外"句式"也有些关系。短句使人敛；长句使人宛转；锁句（periodicalsentence）使人精细；散句使人平易；偶句使人凝整，峭拔。说到"句式"，便会联想到韵律，因为这两者是相关甚密的。普通说韵律，但就诗歌而论；我所谓韵律却是广义的，散文里也有的。这韵律其实就是声音的自然的调节，凡是语言文字里都有的。韵律的性质，一部分随着字音的性质而变，大部分随着句的组织而变。字音的性质是很复杂的。我于音韵学没有什么研究，不能详论。约略说来，有刚音，有柔音，有粗涩的音，有甜软的音。清楚而平滑的韵（如"先"韵）可以引起轻快与美妙的感觉，开张而广阔的韵（如"阳"韵）可以引起飏举与展扩的感觉。浊声（如ㄅ，ㄉ，ㄍ）使人有努力、冲撞、粗暴、艰难、沉重等印象；清声（如ㄆ，ㄊ，ㄋ）则显示安易、平滑、流动、稳静、轻妙、温良与娴雅。浊声如重担在肩上；清声如蜜在舌上。这些分别，大概由于发音机关的变化；旧韵书里所谓开齐合撮、阴声、阳声、弁声、侈声，当能说明这种缘故。我却不能做这种工作；我只总说一句，因发音机关的作用不同，引起各种相当而不同的筋肉感觉，于是各字的声音才有不同的力量了。但这种力量也并非一定，因字在句中的位置而有增减。在句子里，因为意思与文法的关系，各字的排列可以有种种的不同。其间轻重疾徐，自然互异。轻而疾则力减，重而徐则力增。这轻重徐疾的调节便是韵律。调节除字音外，更当注重音"节"与句式；音节的长短，句式的长短，曲直，都是可以决定韵律的。现在只说句式，音节可以类推。短句促而严，如斩钉截铁，如一柄晶莹的匕首。长句舒缓而流利，如风前的马尾，如拂水的垂杨。锁句宛转腾挪，如夭矫的游龙，如回环的舞女。散句曼衍而平实，如战场上的散兵线，如依山临水的错落的楼台。偶句停匀而凝练，如西湖上南北两峰，如处女的双乳。这只论其大凡，不可拘执；但已可见韵律的力量之一斑了。——所论的在诗歌里，尤为显然。

由上所说，可见文艺的内容与形式都能移人情；两者相依为用，可以引人入胜，引人到"世界外之世界"。在这些境界里，没有种种计较利害的复杂的动机，也没有那个能分别的我。只有浑然的沉思，只有物我一如的情感（fellowfeeling）。这便是所谓"忘我"。这时虽也有喜、怒、哀、乐、爱、恶、欲等的波动，但是无所附的、无所为的、无所执的。固然不是为"我自己"而喜怒哀乐，也不是为"我的"亲戚朋友而喜怒哀乐，喜怒哀乐只是喜怒哀乐自己，更不能说是为了谁的。既不能说是为了谁的，当然也分不出是"谁的"

了。所以，这种喜怒哀乐是人类所共同的。因为是共同的，无所执的，所以是平静的，中和的。有人说文艺里的情绪不是真的情绪，纵然能逼紧人的喉头，燃烧人的眼睛。我们阅读文艺，只能得着许多鲜活的意象（idea）吧了；这些意象是如此的鲜活，将相连的情绪也微微的带起在读者的心中了。正如我们忆起一个噩梦一样，虽时过境迁，仍不免震悚；但这个震悚的力量究竟是微薄的。所以文艺里的情绪的力量也是微薄的；说它不是真的情绪，便是为此，真的情绪只在真的冲动，真的反应里才有。但我的解说，有些不同。文艺里既然有着情绪，如何又说是不真？至多只能加上"强""弱""直接""间接"等限制词吧了。你能说文艺里情绪是从文字里来的，不是从事实里来的，所以是间接的，微弱的；但你如何能说它不是真的呢？至于我，认表现为生活的一部，文字与事实同是生活的过程；我不承认文艺里的情绪是间接的，因而也不能承认它是微弱的。我宁愿说它是平静的，中和的。这中和与平静正是文艺的效用，文艺的价值。为什么中和而平静呢？我说是无"我执"之故。人生的狂喜与剧哀，都是"我"在那里串戏。利害、得失、聚散……之念，萦于人心，以"我"为其枢纽。"我"于是纠缠、颠倒，不能已已。这原是生活意志的表现；生活的趣味就在于此。但人既执着了"我"，自然就生出"我爱""我慢""我见""我痴"；情之所发，便有偏畸，不能得其平了。与"我"亲的，哀乐之情独厚；渐疏渐薄，至于没有为止。这是争竞状态中的情绪，力量甚强而范围甚狭。至于文艺里的情绪，则是无利害的，泯人我的，无利害便无竞争，泯人我便无亲疏。因而纯净、平和、普遍，像汪汪千顷，一碧如镜的湖水。湖水的恬静，虽然没有涛澜的汹涌，但又何能说是微薄或不充实呢？我的意思，人在这种境界里，能够免去种种不调和与冲突，使他的心明净无纤尘，以大智慧普照一切；无论悲乐，皆能生趣。——日常生活中的悲哀是受苦，文艺中的悲哀是享乐。愈易使我们流泪的文艺，我们愈愿意去亲近它。有人说文艺的悲哀是"奢华的悲哀"（luxurious sadness）正是这个意思。"奢华的"就是"无计较的享乐"的意思。我曾说这是"忘我"的境界；但从别一面说，也可说是"自我无限的扩大"。我们天天关闭在自己的身份里，如关闭在牢狱里；我们都渴望脱离了自己，如幽囚的人之渴望自由。我们为此而忧愁、扫兴、阴郁。文艺却能解放我们，从层层的束缚里。文艺如一个侠士，半夜里将我们从牢狱里背了出来，飞檐走壁的在大黑暗里行着，又如一个少女，偷偷开了狭的鸟笼，将我们放了出来，任我们向海阔天空里翱翔。我们的"我"，融化于沉思的世界中，如醉如痴的浑不觉了。在这不觉中，却开辟着，创造着新的自由的世界，在广大的同情与纯净的趣味的基础上。前面所说各种境界，便可见一斑了。这种解放与自由只是暂时的，或者竟是顷刻的。但那中和与平静的光景，给我们以安息，给我们以滋养，使我们"焕然一新"；文艺的效用与价值惟其是暂而不常的，所以才有意义呀。普通的娱乐如打球、跳舞等，虽能以游戏的目的代替实利的目的，使人忘却一部分的计较，但绝不能使人完全忘却了自我，如文艺一样。故解放与自由实是文艺的特殊的力量。

文艺既然有解放与扩大的力量，它毁灭了"我"界，毁灭了人与人之间重重的障壁。它继续的以"别人"调换我们"自己"，使我们联合起来。现在世界上固然有爱，而疑忌、轻蔑、嫉妒等等或者更多于爱。这决不是可以满足的现象。其原因在于人为一己之私所蔽，有了种种成见与偏见，便不能了解他人，照顾他人了。各人有各人的世界；真的，各人独有一个世界。大世界分割成散沙似的碎片，便不成个气候；灾祸便纷纷而起了。灾祸总要避除了。有心人于是着手打倒种种障壁；使人们得以推诚相见，携手同行。他们的能力表现在各种形式里，而文艺亦其一种。文艺在隐隐中实在负着联合人类的使命。从前俄国托尔斯泰论艺术，也说艺术的任务在借着情绪的感染以联合人类而增进人生之幸福。他的全部的见解，我觉得太严了，也可以说太狭了。但在"联合人类"这一层上，我佩服他的说话。他说只有他所谓真正的艺术，才有联合的力量，我却觉得他那斥为虚伪的艺术的，也未尝没有这种力量；这是和他不同的地方。单就文艺而论，自然也事同一例。在文艺里，我们感染着全人类的悲乐，乃至人类以外的悲乐（任举一例，如叶圣陶《小蚬的回家》中所表现的）。这时候人天平等，一视同仁；"我即在人中"，人即在自然中。"全世界联合了哟！"我们可以这样绝叫了。便是自然派的作品，以描写丑与恶著名，给我们以夜之国的，看了究竟也只有会发生联合的要求；所以我们不妨一概论的。这时候，即便是一刹那，爱在我们心中膨胀，如月满时的潮汛一般。爱充塞了我们的心，妖魅魍魉似的疑忌轻蔑等心思，便躲避得无影无踪了。这种联合力，是文艺的力量的又一方面。

有人说文艺并不能使人忘我，它却使人活泼泼的实现自我（selfrealization），这就是说，文艺给人以一种新的刺激，足以引起人格的变化。照他们说，文艺能教导人，能鼓舞人；有时更要激动人的感情，引起人的动作。革命的呼声可以唤起睡梦中的人，使他们努力前驱，这是的确的。俄国便是一个好例。而"靡靡之音"使人"缠绵歌泣于春花秋月，消磨其少壮活泼之气"，使人"儿女情多，风云气少"，却也是真的。这因环境的变迁固可影响人的情思及他种行为，情思的变迁也未尝不能影响他种行为及环境；而文艺正是情思变迁的一个重要因子，其得着功利的效果，也是当然的。文艺如何影响人的情思，引起他人格的变化呢？梁任公先生说得最明白，我且引他的话：

抑小说之支配人道也，复有四种力：一曰熏。熏也者，如入云烟中而为其所烘，如近墨朱处而为其所染。……人之读一小说也，不知不觉之间，而眼识为迷漾，而脑筋为之摇飏，而神经为之营注；今日变一二焉，明日变一二焉，刹那刹那，相断相续：久之，而此小说之境界遂入其灵台而据之，成一特别原质之种子。有此种子故，他日又更有所触所受者，旦旦而熏之，种子愈盛。而又以之熏他人。……

（《论小说与群治之关系》）

此节措辞虽间有不正确之处，但议论是极透辟的。他虽只就小说立论，但别种文艺也都可作如是观。此节的主旨只是说小说（文艺）能够渐渐的，不知不觉的改变读者的旧习惯，造成新习惯在他们的情思及别种行为里。这个概念是很重要的；所谓"实现自我"，也便是这个意思。近年文坛上"血与泪的文学"，爱与美的文学之争，就是从这个见解而来的。但精细的说，"实现自我"并不是文艺之直接的，即时的效用，文艺之直接的效用，只是解放自我，只是以作品的自我调换了读者的自我；这都是阅读当时顷刻间的事。至于新刺激的给予，新变化的引起，那是片刻间的扩大，自由，安息之结果，是稍后的事了。因为阅读当时没有实际的刺激，便没有实际的冲动与反应，所以也没有实现自我可言。阅读之后，凭着记忆的力量，将当时所感与实际所受对比，才生出振作，颓废等样的新力量。这所谓对比，自然是不自觉的。阅读当时所感，虽同是扩大，自由与安息，但其间的色调却是千差万殊的；所以所实现的自我，也就万有不同。至于实现的效用，也难一概而论。大约一次两次的实现是没有多大影响的；文艺接触得多了，实现的机会频频了，才可以造成新的习惯，新的人格。所以是很慢的。原来自我的解放只是暂时的，而自我的实现又不过是这暂时解放的结果；间接的力量，自然不能十分强盛了。故从自我实现的立场说，文艺的力量的确没有一般人所想象的那样大。周启明先生说得好：

　　我以为文学的感化力并不是极大无限的，所以无论善之华恶之华都未必有什么大影响于后人的行为，因此除了真不道德的思想以外（资本主义及名分等）可以放任。

（《诗》一卷四号通信）

他承认文艺有影响行为的力量，但这个力量是有限度的。这是最公平的话。但无论如何，这种"实现自我"的力量也是文艺的力量的一面，虽然是间接的。它是与解放、联合的力量先后并存的，却不是文艺的唯一的力量。

　　说文艺的力量不是极大无限的，或许有人不满足。但这绝不足为文艺病。文艺的直接效用虽只是，"片刻间"的解放，而这"片刻间"已经多少可以安慰人们忙碌与平凡的生活了。我们如奔驰的马。在接触文艺的时候，暂时松了羁绊，解了鞍辔，让嚼那青青的细草，饮那凛冽的清泉。这短短的舒散之后，我们仍须奔驰向我们的前路。我们固愿长逗留于清泉嫩草之间，但是怎能够呢？我们有我们的责任，怎能够脱卸呢？我们固然要求无忧无虑的解放，我们也要求继续不断的努力与实现。生活的趣味就在这两者的对比与调和里。在对比的光景下，文艺的解放力因稀有而可贵；它便成了人生的适量的调和剂了。这样说来，我们也可不满足地满足了。至于实现自我，本非文艺的专责，只是余力而已；其不能十分盛大，也是当然。又文艺的效用是"自然的效用"，非可以人力强求；你若故意费力去找，那是钻入牛角湾里去了。而文艺的享受，也只是自然的。或取或舍，由人自便；它决不含有传统的权威如《圣经》一样，勉强人去亲近它。它的精神如飘忽来往的轻风，如不能捕捉的逃人；在空闲的甜蜜的时候来访问我们的心。它来时我们决不十分明白，而它已去了。我们欢迎它的，它给我们最小到最大的力量，照着我们所能受的。我们若决绝它或漠然地看待它，它便什么也不丢下。我们有时在伟大的作品之前，完全不能失了自己，或者不能完全失了自己，便是为此了。文艺的精神，文艺的力，是不死的；它变化万端而与人生相应。它本是"人生底"

呀。看第一第二两节所写，便可明白了。

　　以上所说大致依据高斯威赛（Galsworthy）之论艺术（art）；所举原理可以与他种艺术相通。但文艺之力就没有特殊的色彩么？我说有的，在于丰富而明了的意象（idea）。他种艺术都有特别的，复杂的外质，——绘画有形，线，色彩，音乐有声音，节奏——足以掀起深广的情澜在人们心里；而文艺的外质大都只是极简单的无变化的字形，与情潮的涨落无关的。文艺所恃以引起浓厚的情绪的，却全在那些文字里所含的意象与联想（association）（但在诗歌里，还有韵律）。文艺的主力自然仍在情绪，但情绪是伴意象而起的。——在这一点上，我赞成前面所引的 Puffer 的话了。他种艺术里也有意象，但没有文艺里的多而明白。情绪非由意象所引起，意象便易为情绪所蔽了。他种艺术里的世界虽也有种种分别，但总是混沌不明晰的，文艺里的世界，则大部分是很精细的。以"忘我"论，他种艺术或者较深广些，"以创造新世界"论，文艺则较精切了；以"解放联合"论，他种艺术的力量或者更强些，"以实现自我"论，文艺又较易见功了。——文艺的实际的影响，我们可以找出历史的例子，他种艺术就不能了。总之，文艺之力与他种艺术异的，不在性质而在程度；这就是浅学的我所能说出的文艺之力的特殊的调子了。

什么是文学？

　　什么是文学？大家愿意知道，大家愿意回答，答案很多，却都不能成为定论。也许根本就不会有定论，因为文学的定义得根据文学作品，而作品是随时代演变，随时代堆积的。因演变而质有不同，因堆积而量有不同，这种种不同都影响到什么是文学这一问题上。比方我们说文学是抒情的，但是像宋代说理的诗，十八世纪英国说理的诗，似乎也不得不算是文学。又如我们说文学是文学，跟别的文章不一样，然而就像在中国的传统里，经史子集都可以算文学。经史子集堆积得那么多，文士们都钻在里面生活，我们不得不认这些为文学。当然，集部的文学性也许更大些。现在除经史子集外，我们又认为元明以来的小说戏剧是文学。这固然受了西方的文学意念的影响，但是作品的堆积也多少在逼迫着我们给它们地位。明白了这种种情形，就知道什么是文学这问题大概不会有什么定论，得看作品看时代说话。

新文学运动初期，运动的领导人胡适之先生曾答复别人的问，写了短短的一篇《什么是文学?》。这不是他用力的文章，说的也很简单，一向不曾引起注意。他说文字的作用不外达意表情，达意达得好，表情表得妙就是文学。他说，文学有三种性：一是懂得性，就是要明白。二是逼人性，要动人。三是美，上面两种性联合起来就是美。这是并不特别强调文学的表情作用，却将达意和表情并列，将文学看作和一般文章一样，文学只是"好"的文章、"妙"的文章、"美"的文章罢了。而所谓"美"就是明白与动人，所谓三种性其实只是两种性。"明白"大概是条理清楚，不故意卖关子；"动人"大概就是胡先生在《谈新诗》里说的"具体的写法"。当时大家写作固然用了白话，可是都求其曲，求其含蓄。他们注重求暗示，觉得太明白了没有余味。至于"具体的写法"，大家倒是同意的。只是在《什么是文学?》这一篇里，"逼人""动人"等语究竟太泛了，不像《谈新诗》里说的"具体的写法"那么"具体"，所以还是不能引人注意。

再说当时注重文学的类型，强调白话诗和小说的地位。白话新诗在传统里没有地位，小说在传统里也只占到很低的地位。这儿需要斗争，需要和只重古近休诗与骈散文的传统斗争。这是工商业发展之下新兴的知识分子跟农业的封建社

会的士人的斗争，也可以说是民主的斗争。胡先生的不分型
类的文学观，在当时看来不免历史癖太重，不免笼统，而不
能鲜明自己的旗帜，因此注意他这一篇短文的也就少。文学
型类的发展从新诗和小说到散文——就是所谓美的散文，又
叫做小品文的。虽然这种小品文以抒情为主，是外来的影响，
但是跟传统的骈散文的一部分却有接近之处。而文学包括这
种小说以外的散文在内，也就跟传统的文的意念包括骈散文
的有了接近之处。小品文之后有杂文。杂文可以说是继承
"随感录"的，但从它的短小的篇幅看，也可以说是小品文
的演变。小品散文因应时代的需要从抒情转到批评和说明上，
但一般还认为是文学，和长篇议论文说明文不一样。这种文
学观就更跟传统的文的意念接近了。而胡先生说的什么是文
学也就值得我们注意了。

　　传统的文的意念也经过几番演变。南朝所谓"文笔"的
文，以有韵的诗赋为主，加上些典故用得好，比喻用得妙的文
章；昭明《文选》里就选的是这些。这种文多少带着诗的成
分，到这时可以说是诗的时代。宋以来所谓"诗文"的文，却
以散文就是所谓古文为主，而将骈文和辞赋附在其中。这可以
说是到了散文时代。现代中国文学的发展，虽只短短的三十
年，却似乎也是从诗的时代走到了散文时代。初期的文学意念
近于南朝的文的意念，而与当时还在流行的传统的文的意念，
就是古文的文的意念，大不相同。但是到了现在，小说和杂文

似乎占了文坛的首位，这些都是散文，这正是散文时代。特别是杂文的发展，使我们的文学意念近于宋以来的古文家而远于南朝。胡先生的文学意念，我们现在大概可以同意了。

英国德来登早就有知的文学和力的文学的分别，似乎是日本人根据了他的说法而仿造了"纯文学"和"杂文学"的名目。好像胡先生在什么文章里不赞成这种不必要的分目。但这种分类虽然好像将表情和达意分而为二，却也有方便处。比方我们说现在杂文学是在和纯文学争着发展。这就可以见出这时代文学的又一面。杂文固然是杂文学，其他如报纸上的通讯，特写，现在也多数用语体而带有文学意味了，书信有些也如此。甚至宣言，有些也注重文学意味了。这种情形一方面见出一般人要求着文学意味，一方面又意味着文学在报章化。清末古文报章化而有了"新文体"，达成了开通民智的使命。现代文学的报章化，该是德先生和赛先生的吹鼓手罢。这里的文学意味就是"好"，就是"妙"，也就是"美"；却绝不是卖关子，而正是胡先生说的"明白""动人"。报章化要的是来去分明，不躲躲闪闪的，杂文和小品文的不同处就在它的明快，不大绕弯儿，甚至简直不绕弯儿。具体倒不一定。叙事写景要具体，不错。说理呢，举例子固然要得，但是要言不烦，或简截了当也就是干脆，也能够动人。使人威固然是动人，使人信也未尝不是动人。不过这样理解着胡先生的用语，他也许未必同意罢？

什么是散文？

　　散文的意思不止一个。对骈文说，是不用对偶的单笔，所谓散行的文字。唐以来的"古文"便是这东西。这是文言里的分别，我们现在不大用得着。对韵文说，散文无韵；这里所谓散文，比前一文所包广大。虽也是文言里旧有的分别，但白话文里也可采用。这都是从形式上分别。还有与诗相对的散文，不拘文言白话，与其说是形式不一样，不如说是内容不一样。内容的分别，很难说得恰到好处；因为实在太复杂，凭你怎么说，总难免顾此失彼，不实不尽。这中间又有两边儿跨着的。如所谓散文诗，诗的散文；于是更难划清界限了，越是缠夹，用得越广，从诗与散文派生"诗的""散文的"两个形容词，几乎可用于一切事上，不限于文字。——茅盾先生有一个短篇小说，题作"诗与散文"，是一个有趣的例子。

按诗与散文的分法，新文学里的小说、戏剧（除掉少数诗剧和少数剧中的韵文外）、"散文"，都是散文。——论文，宣言等不用说也是散文，但是通常不算在文学之内——这里得说明那引号里的散文。那是与诗，小说，戏剧并举，而为新文学的一个独立部门的东西，或称白话散文，或称抒情文，或称小品文。这散文所包甚狭，从"抒情文"，"小品文"两个名称就可知道。小品文对大品而言，只是短小之文；但现在却兼包"身边琐事"或"家常体"等意味，所以有"小摆设"之目。近年来这种文体一时风行；我们普通说散文，其实只指的这个。这种散文的趋向，据我看，一是幽默，一是游记、自传、读书记。若只走向幽默去，散文的路确乎更狭更小，未免单调；幸而有第二条路，就比只写身边琐事的时期已展开了一两步。大体上说，到底是前进的。有人主张用小品文写大众生活，自然也是一个很好的意思，但盼望做出些实例来。

读书记需要博学，现在几乎还只有周启明先生一个人动手。游记、传记两方面都似乎有很宽的地步可以发展。我以为不妨打破小品，多来点儿大的。长篇的游记与自传都已有人在动手，但盼望人手多些，就可热闹起来了。传记也不一定限于自传，可以新作近世人物的传，可以重写古人的传；游记也不一定限于耳闻目睹，掺入些历史的追想，也许别有风味。这个先得多读书，搜集体料，自然费功夫些，但是值得做的。不愿意这么办，只靠敏锐的观察力和深刻的判断力，也可写出精彩的东西；但生活的方面得广大，生活的态度得认真。——不独写游记、传记如此，写小说、戏剧也得如此（写历史小说、历史戏剧，却又得多读书了）。生活是一部大书，读得太少，观察力和判断力还是很贫乏的。日前在天津看见张彭春先生，他说现在的文学有一条新路可以走。就是让写作者到内地或新建设区去，凭着他们的训练（知识与技巧）将所观察的写成报告文学。这不是报纸上简陋的地方通信，也不是观察员冗杂的呈报书，而应当是文学作品。他说大学生、高中学生都可利用假期试试这个新设计。我在《太白》里有《内地描写》一文，也有相似的说话，这确是我们散文的一个新路。此外，以人生为题的精悍透彻的——抒情的论文，像西赛罗《说老》之类，也可发展；但那又得多读书或多阅世，怕不是一时能见成绩的。

什么是文学的"生路"?

杨振声先生在本年十月十三日《大公报》的《星期文艺》第一期上发表了《我们打开一条生路》一篇文。中间有一段道:

> "过去种种譬如昨日死",不是譬如,它真的死亡了;帝国主义的死亡,独裁政体的死亡,资本主义与殖民政策也都在死亡中,因而从那些主义与政策发展出来的文化必然的也有日暮途穷之悲。我们在这里就要一点自我讽刺力与超己的幽默性,去撞自己的丧钟,埋葬起过去的陈腐,从新抖擞起精神作这个时代的人。

这是一个大胆的,良心的宣言。

杨先生在这篇文里可没有说到怎样打开一条生路。十一月一日《星期文艺》上有废名先生《响应"打开一条生路"》一篇文，主张"本着（孔子的）伦常精义，为中国创造些新的文艺作品"，他说伦常就是道，也就是诗。杨先生在文后有一段按语，提到了笔者的疑问，主张"综合中外新旧，胎育我们新文化的蓓蕾以发为新文艺的花果"。但是他说"这些话还是很笼统"。

具体的打开的办法确是很难。第一得从"作这个时代的人"说起。这是一个动乱时代，是一个矛盾时代。但这是平民世纪。新文化得从矛盾里发展，而它的根基得打在平民身上。中国知识阶级的文人吊在官僚和平民之间，上不在天，下不在田，最是苦闷，矛盾也最多。真是做人难。但是这些人已经觉得苦闷，觉得矛盾，觉得做人难，甚至愿意"去撞自己的丧钟"，就不是醉生梦死。他们我们愿意做新人，为新时代服务。文艺是他们的岗位，他们的工具。他们要靠文艺为新时代服务。文艺有社会的使命，得是载道的东西。

做过美国副国务卿的诗人麦克里希在一九三九年曾写过一篇文叫做《诗与公众世界》，说："我们是活在一个革命的时代；在这时代，公众的生活冲过了私有的生命的堤防。……私有经验的世界已经变成了群众，街市，都会，军队，暴徒的世界。"他因而主张诗歌与政治改革发生关系。后来他做罗斯福总统的副国务卿，大概就为了施展他的政治改革的抱负。可惜总统死了，他也就下台了。他的主张，可以说是诗以载道。诗还要载道，不用说文更要载道了。时代是一个，天下是一家，所以大家心同理同。

这个道是社会的使命。要表现它，传达它，得有一番生活的经验，这就难。知识阶级的文人，虽然让"公众的生活冲过了私有的生命的堤防"，但是他们还惰性的守在那越来越窄的私有的生命的角落上。他们能够嘲讽的"去撞自己的丧钟"，可是没有足够的勇气"从新抖擞起精神作这个时代的人"。这就是他们我们的矛盾和苦闷所在。

古代的文人能够代诉民间疾苦，现代的文人也能够表现人道主义。但是这种办法多多少少有些居高临下。平民世纪所要求的不是这个，而是一般高的表现和传达；这就是说文人得作为平民而生活着，然后将那生活的经验表现、传达出来。麦克里希所谓"革命的时代"的"革命"，不知是不是这个意思，然而这确是一种革命。革命需要大勇气，自然难。

然而苦闷要求出路，矛盾会得发展。我们的文人渐渐地在工商业的大都市之外发现了农业的内地。在自己的小小的圈子之外发现了小公务员。他们的视野扩大了，认识也清楚多了，他们渐渐能够把握这个时代了。自然，新文学运动以来的作者早就在写农村，写官僚。然而态度不同，他们是站在知识阶级自己的立场尽了反封建反帝国主义的任务。现在这时代进一步要求他们自己站到平民的立场上来说话。他们写内地，写小公务员，就是在不自觉的多多少少接受着这个要求，所以说是"发现"。再说第一次世界大战以后，个人主义一度猛烈的抬头，一般作者都将注意集中在自己身上，甚至以"身边琐事"为满足。现在由自己转到小公务员，转到内地人，也该算是"发现"。

知识阶级的文人如果再能够自觉的努力发现下去，再多扩大些，再多认识些，再多表现、传达或暴露些，那么，他们会渐渐的终于无形的参加了政治社会的改革的。那时他们就确实站在平民的立场，"作这个时代的人"了。现在举例来说，文人大多数生活在都市里，他们还可以去发现知识青年，发现小店员，还可以发现摊贩：这些人都已经有集团的生活了，去发现也许并不太难。现在的报纸上就有这种特写，那正是一个很好的起头。

说起报纸，我觉得现在的文艺跟报章体并不一定有高低的分别，而是在彼此交融着，看了许多特写可以知道。现在的文艺因为读者群的增大，不能再是"文章千古事，得失寸心知"了，它得诉诸广大的读众。加上话剧和报纸特写的发达和暗示，它不自觉的渐渐的走向明白痛快的写实一路。文艺用的语言虽然总免不掉夹杂文言，夹杂欧化，但是主要的努力是向着活的语言。文艺一面取材于活的语言，一面也要使文艺的语言变成活的语言。在这种情形之下，杂文、小说和话剧自然就顺序的一个赛一个的加速的发展。这三员大将依次的正是我们开路的先锋。杨先生那篇文就是杂文，他用的就是第一员先锋。

写作杂谈

　　我是一个国文教师，我的国文教师生活的开始可以说也就是我的写作生活的开始。这就决定了我的作风，若是我也可说是有作风的话。我的写作大体上属于朴实清新一路。一方面自己的才力只能作到这地步，一方面也是国文教师的环境教我走这一路。我是个偏于理智的人，在大学里学的原是哲学。我的写作人部分是理智的活动，情感和想象的成分都不多。虽然幼年就爱好文学，也倾慕过《聊斋志异》和林译小说，但总不能深入文学里。开始写作的时候，自己知道对于小说没希望，尝试的很少。那时却爱写诗。不过自己的情感和想象都只是世俗的，一点儿也不能超群绝伦。我只是一个老实人，或一个乡下人，如有些人所说的。——外国文学的修养差，该也是一个缘故。可是我做到一件事，就是不放松文字。我的情感和想象虽然贫弱，却总尽力教文字将它们尽量表达，不留遗憾。我注意每个词的意义，每一句的安排和音节，每一段的长短和衔接处，想多少可以补救一些自己的贫弱的地方。已故的刘大白先生曾对人说我的小诗太费力，实在是确切的评语。但这正是一个国文教师的本来面目。

后来丢开诗，只写些散文；散文对于自己似乎比较合宜些，所以写得也多些。所谓散文便是英语里的"常谈"，原是对"正论"而言；一般人又称为小品文，好似对大品文而言，但没有大品文这名称。散文虽然也叙事、写景、发议论，却以抒情为主。这和诗有相通的地方，又不需要小说的谨严的结构，写起来似乎自由些。但在我还是费力。有时费力太过，反使人不容易懂。如《桨声灯影里的秦淮河》里有一处说到"无可无不可"，有"无论是升的沉的"一句话。升的"无可无不可"指《论语》里孔子的话，所谓"时中"的态度。沉的指一般人口头禅的"无可无不可"，只是"随便""马虎"的意思。有许多人不懂这"升的沉的"。也许那句话太简了，因而就太晦了。可是太简固然容易晦，繁了却也腻人。我有一篇《扬州的夏日》（在《你我》里），篇末说那些在城外吃茶的人回城去，有些穿上长衫，有些只将长衫搭在胳膊上。一个朋友说穿上长衫是常情，用不着特别叙出。他的话有道理。但这并不由于我的疏忽：这是我才力短，不会选择。我的写作有时不免牵于事实，不能自由运用事实，这是一例。

我的《背影》《儿女》《给亡妇》三篇，注意的人也许多些。《背影》和《给亡妇》都不曾怎样费力写出。《背影》里引了父亲来信中一句话。那封信曾使我流泪不止。亡妇一生受了多少委屈，想起来总觉得对不起她。写《给亡妇》那篇是在一个晚上，中间还停笔挥泪一回。情感的痕迹太深刻了，虽然在情感平静的时候写作，还有些不由自主似的。当时只靠平日训练过的一支笔发挥下去，几乎用不上力量来。但是《儿女》，还有早年的《笑的历史》，却是费了力琢磨成的。就是《给亡妇》，一方面也是一个有意的尝试。那时我不赞成所谓欧化的语调，想试着避免那种语调。我想尽量用口语，向着言文一致的方向走。《给亡妇》用了对称的口气，一半便是为此。有一位爱好所谓欧化语调的朋友看出了这一层，预言我不能贯彻自己的主张。我也渐渐觉得口语不够用。我们的生活在欧化（我愿意称为现代化），我们的语言文字适应着，也在现代化，其实是自然的趋势。所以我又回到老调子。所谓老调子是受《点滴》等书和鲁迅先生的影响。当时写作的青年很少不受这种影响的。后来徐志摩先生，再后来梁宗岱先生、刘西渭先生等，直接受取外国文学的影响，算是异军突起，可是人很少。话说回来，上文说到的三篇文里，似乎只有《背影》是"情感的自然流露"，但也不尽然。《背影》里若是不会闹什么错儿，我想还是平日的训练的缘故。我不大信任"自然流露"，因为我究竟是个国文教师。

国文教师做久了，生活越来越狭窄，所谓"身边琐事"的散文，我慢慢儿也写不出了。恰好谢谢清华大学，让我休假上欧洲去了一年。回国后写成了《欧游杂记》和一些《伦敦杂记》。那时真是"身边琐事"的小品文已经腻了，而且有人攻击。我也觉得身边琐事确是没有多大意思，写作这些杂记时便专从客观方面着笔，尽力让自己站在文外。但是客观的描叙得有充分的、详确的知识作根据，才能有新的贡献。自己走马看花所见到的欧洲，加上游览指南里的一点儿记载，实在太贫乏了，所以写出来只是寒尘。不过客观的写作却渐渐成了我的唯一的出路。这时候散文进步了。何其芳先生的创作，卞之林先生的翻译，写那些精细的情感，开辟了新境界。我常和朋友说笑，我的散文早过了时了。既没有创新的力量，我只得老老实实向客观的描叙的路走去。我读过瑞恰慈教授几部书，很合脾胃，增加了对于语文意义的趣味。从前曾写过几篇论说的短文，朋友们似乎都不大许可。这大概是经验和知识还不够的缘故。但是自己总不甘心，还想尝试一下。于是动手写《语文影》。第一篇登在《中央日报》昆明版的《平明》上，闹了点错儿，挨了一场骂。可是我还是写下去。更想写一些论世情的短文，叫做《世情书》。试了一篇，觉得力量还差得多，简直不能自圆其说似的，只得暂且搁下。我是想写些"正论"或"大品文"，但是小品文的玩世的幽默趣味害我"正"不住我的笔，也得再修养几年。十六年前曾写过一篇《正义》（见《我们的七月》），虽然幼稚，倒还像"正义"，可惜没有继续训练下去。现在大约只能先试些《语文影》。这和《世情书》都以客观的分析为主，而客观的分析语文意义，在国文教师的我该会合宜些。

　　我的写作的经验有两点也许可以奉献给青年的写作者。一是不放松文字，注意到每一词句，我觉得无论大小，都该从这里入手。控制文字是一种愉快，也是一种本领。据说陀思妥耶夫斯基很不讲究文字，却也成为大小说家。但是他若讲究文字，岂不更美？再说像陀思妥耶夫斯基那样大才力，古今中外又有多少人？为一般写作者打算，还是不放松文字的好。现在写作的青年似乎不大在乎文字。无论他们的理由怎样好听，吃亏的恐怕还是他们自己，不是别人。二是不一定创作，五四以来，写作的青年似乎都将创作当做唯一的出路。不管才力如何，他们都写诗，写散文，写小说戏剧。这中间必有多数人白费了气力，闹得连普通的白话文也写不好。这也是时代如此，当时白话文只用来写论文，写文学作品，应用的范围比较窄。论文需要特殊的知识和经验，青年人办不了，自然便拥挤到创作的路上。这几年白话文应用的范围慢慢儿广起来了，报纸上可以见出。"写作"这个词代替了"创作"流行着，正显示这个趋势。写作的青年能够创作固然很好，不能创作，便该赶紧另找出路。现在已经能够看到的最大的出路，便是新闻的写作。新闻事业前途未可限量，一定需要很多的人手。现在已经有青年记者协会，足见写作的青年已找出这条路。从社会福利上看，新闻的写作价值决不在文艺的写作之下，只要是认真写作的话。